Endommagé

Damaged

Jeanne St. James

Traduction par
Marion McGuinness / Valentin Translation

Crédits :
Couverture: Golden Czermak at FuriousFotog
Traduction de l'anglais au français: Marion McGuinness /Valentin Translation

---

www.jeannestjames.com

Inscrivez-vous à ma lettre d'information pour recevoir des informations privilégiées, des nouvelles d'auteurs et des nouveautés: www.jeannestjames.com/newslettersignup

Avertissement : Ce livre contient des scènes explicites, quelques déclencheurs possibles et un langage adulte qui peut être considéré comme offensant pour certains lecteurs. Ce livre est destiné à la vente aux adultes UNIQUEMENT, selon les lois du pays dans lequel vous avez effectué votre achat. Veuillez stocker vos fichiers dans un endroit sûr, où ils ne pourront pas être consultés par des lecteurs mineurs.

Ceci est une œuvre de fiction. Toute ressemblance avec des personnes réelles, vivantes ou décédées, ou des événements réels, est purement fortuite.

Dirty Angels MC, Blue Avengers MC & Blood Fury MC are registered trademarks of Jeanne St James, Double-J Romance, Inc.

Pour ne rien rater de ses actualités et de ses parutions, consultez son site web www.jeannestjames.com ou inscrivez-vous à sa newsletter (Seulement en anglais) : http://www.jeannestjames.com/newslettersignup

Liens d'auteur : Instagram * Facebook * Goodreads Author Page * Newsletter * Jeanne's Readers Group * BookBub * TikTok * YouTube

Chapitre Un

Lorsque Mace Walker glissa la clé dans la serrure, un soulagement immédiat l'envahit. Il n'était pas rentré à la maison depuis... *bon sang*, des siècles. Certes, la maison lui appartenait et il la considérait comme son foyer, pour autant, il se sentit comme un étranger en ouvrant la porte d'entrée. Avec un soupir, il balança le trousseau sur la table toute proche. Il n'était chez lui que depuis trente minuscules secondes que l'agitation le gagnait déjà.

Tout était silencieux, et il se demanda où était sa sœur. Probablement en train de dormir, *crétin*, puisqu'il était – il jeta un œil à sa montre – déjà une heure du matin. La plupart des gens normaux dormaient à cette heure-là. Lui en revanche n'était pas normal. Dans son travail, il ne pouvait pas se le permettre.

Mais après tout, il n'était plus en mesure de bosser maintenant. On l'avait contraint à rentrer chez lui pour se reposer. Contre sa volonté.

Putain de conneries.

L'entrée était plongée dans l'obscurité, mais il n'éprouva

pas le besoin d'allumer. Il connaissait encore assez bien la maison. Mace se dirigea vers l'escalier et déposa au pied des marches ses sacs en toile, avant de passer une main dans ses cheveux trop longs.

Dans ces deux petits bagages, bien peu de traces de sa vie au cours des deux dernières années — uniquement quelques affaires de toilette et vêtements indispensables.

Il pivota vers la cuisine, et l'entrée s'illumina, l'aveuglant l'espace d'une seconde. Il cligna des yeux pour contrer la lumière crue, et une jeune voix retentit depuis le palier supérieur.

— Ne bougez pas ! Les mains en l'air et éloignez-vous des marches.

Qu'est-ce que c'était que ce bordel ?

Mace s'était attendu à ce que sa sœur dévale les escaliers de cette maison coloniale à deux étages, surexcitée de le revoir après deux ans d'absence. Enfin, plutôt un an, onze mois et quinze jours. Il ne tenait pas précisément les comptes, évidemment.

Non, au lieu de cela, il fixait le canon mortel d'un Glock. De là, l'arme ressemblait à un modèle 27, calibre 40 — un pistolet compact, mais de taille tout à fait décente, au creux d'une petite main très apeurée. Aussitôt, le duvet sur sa nuque se hérissa.

Et merde.

Il avait fréquenté des huiles du crime organisé et leurs larbins, dans les milieux de la drogue ou du porno, et avait survécu. Et maintenant, il allait se faire tuer par un minable voyou surpris en plein cambriolage de sa maison à l'instant même où il rentrait chez lui ? La cruelle ironie de la situation lui donna envie de rire. Il préféra néanmoins obéir. Il leva prudemment les mains au-dessus de sa tête avant de reculer jusqu'au centre de l'entrée. Il évita le halo du plafonnier, essayant de mieux discerner le haut des marches. Sa manoeuvre resta vaine, le palier du premier étage et les marches supérieures baignant dans l'obscurité.

S'il se débrouillait bien, cette charmante situation serait sous son contrôle d'ici peu. Il n'avait qu'à s'assurer que le voleur reste calme et lui faire croire que c'était bien lui qui menait la barque. Le pistolet n'était pas équipé d'une sécurité. Tout ce que le gamin avait à faire, c'était appuyer sur la gâchette, encore et encore, jusqu'à ce que toutes les balles du chargeur constellent le corps de Mace. D'après ce qu'il distinguait dans la pénombre, les doigts du jeune tremblaient de nervosité.

Pas de très bon augure.

Où est-ce qu'un vaurien avait bien pu dégoter une arme à feu aussi chère ? Il ne l'avait clairement pas trouvée ici. Et même si c'était le cas, le pistolet aurait été rangé dans le coffre avec les autres.

Si seulement il parvenait à apercevoir le visage du garçon. Il avait besoin de voir ses yeux. Sans ce détail, Mace ne pouvait pas espérer prédire ce qu'il allait faire.

— Vous n'avez pas intérêt à bouger, ou je vous fais exploser la tête !

La voix dans l'escalier grimpa d'une octave, lui rappelant de plus en plus... une femme.

Mace se crispa quand la personne entreprit de descendre les marches. Au début, il ne vit que des orteils, puis le bas d'un mollet, et un autre. Son regard glissa rapidement vers le Glock avant de revenir vers des cuisses nues et galbées qui ne pouvaient en aucun cas appartenir à un mioche. Absolument impossible. Et surtout pas à un garçon, putain. Ces jambes douces étaient manifestement celles d'une femme, et il était impatient de découvrir le reste de son corps.

Pour l'instant, le spectacle justifiait presque de se faire tenir en joue. Presque.

Il éprouva une étrange déception quand un tee-shirt immense – bordel, c'était Bob l'Éponge dessus ? – lui bloqua la vue de cette peau claire. Ses bras levés le fatiguaient, sa jambe pulsait de douleur et il commençait à perdre patience. Pourtant, il lui était impossible de bouger puisqu'il n'avait toujours aucune idée de l'identité de la femme descendant les escaliers. Quand elle s'avança sous la lumière, la curiosité de Mace fut piquée : de longs cheveux roux brillaient sous le halo, et deux immenses yeux verts *furieux* étincelaient, prêts à le fusiller.

Une décharge électrique traversa tout son corps jusqu'à son entrejambe. S'il eut le souffle coupé, ce n'était ni de peur ni de douleur. Non, c'était bien à cause de ses seins, rebondissant sous le coton de son haut à chacun de ses pas. Ses tétons se dressaient sous le tissu usé, tels deux phares dans la nuit noire.

Seigneur.

Il dut s'éclaircir la voix par deux fois avant de lui lancer :

— Vous cambriolez la maison dans cette tenue ?

Clairement, s'il n'y avait pas eu ce pistolet pointé vers son abdomen, il ne prendrait pas une seconde cette situation au sérieux. Elle hésita au milieu de l'escalier, une expression incertaine voilant soudain ses traits avant de disparaître aussi vite. Elle plissa les yeux et se mit à l'invectiver :

— Je cambriole la maison, vraiment ? La question, c'est plutôt : qu'est-ce que *vous* faites ici ?

La douleur dans sa jambe se remit à pulser, comme un peu plus tôt lors de son long trajet en voiture jusqu'ici. Il préférait toutefois éprouver cette souffrance que plus rien du tout – il était soulagé d'avoir même toujours sa jambe. Bordel, il avait de la chance d'être simplement encore en vie. Enfin, pour le moment en tout cas, parce que la situation pourrait bien se retourner rapidement.

— J'habite ici.

La jeune femme fronça les sourcils, ses sourcils se rapprochant dangereusement. Rien d'étonnant à ce qu'elle ne le croie pas.

— Je peux redescendre les mains maintenant ?

Il serra les poings au-dessus de la tête, luttant non seulement contre la douleur, mais aussi l'envie de baisser la main pour se frotter la cuisse.

— Non ! Ne bougez pas ! J'appelle la police. Reculez, insista-t-elle en agitant le pistolet vers lui.

Il ne bougea pas, se contentant de pousser un lourd soupir d'impatience.

— Reculez, j'ai dit ! Reculez, ou je vous tire dessus.

— Ce ne sera pas ma première fois, répondit-il sèchement.

La rousse le dévisagea, surprise, ses pieds vacillant sur la dernière marche.

— Quoi ?

— On m'a déjà tiré dessus. Alors, allez-y, apparemment j'ai neuf vies.

Il retint un rictus. Énerver une femme avec un flingue n'était pas une très bonne idée. L'expérience, et il n'en manquait pas, lui avait au moins appris cela. Elle resserra sa prise sur l'arme, ses phalanges blanchissant davantage sous l'effort.

— Eh bien, ta chance vient de tourner, connard.

Connard ? Mince, c'était dur. Il n'avait encore rien fait pour mériter une telle insulte.

— Y a quoi dans le chargeur ? lança-t-il.

Ses yeux verts papillonnèrent vers l'arme, et ce rapide mouvement n'échappa pas à Mace.

— Vous avez déjà tiré ? Vous avez déjà *vu* quelqu'un se faire tirer dessus ? À part à la télé ou au cinéma, évidemment. Ça fout un sacré bordel.

Le bras au bout de l'arme noire et légère se mit à trembler.

— Vous n'avez jamais entendu le proverbe « Si vous le prenez, c'est pour l'utiliser » ? Si c'est ce que vous prévoyez, pensez à le tenir à deux mains. Assurez-vous de me tuer, pas juste m'estropier, ajouta-t-il. Deux coups, juste ici, dans le tronc. Si vous le faites, faites-le bien.

— *La ferme !*

Il obtempéra.

La femme positionna sa main libre sous la crosse de l'arme pour la soutenir. Au moins, elle semblait ouverte aux suggestions. Toutefois, son discours l'avait déconcertée, et il n'avait aucune envie qu'elle presse la détente accidentellement. Peu importe le type de munitions dans ce chargeur, toutes les balles ont tendance à faire mal. Il fronça les sourcils.

— Allongez-vous sur le sol ! Les mains derrière la tête ! Tout de suite !

Bon sang, cette salope devenait emmerdante. Mais là, elle était assez près pour le tuer, même en tirant maladroitement. Il en avait assez de ces histoires pour ce soir. Il était épuisé, et ne voulait qu'une chose : se coucher dans son propre lit, dans sa propre maison.

Mace évalua la distance entre eux.

— Je ne peux pas.

Il lui suffisait qu'elle se rapproche de quelques pas. Elle brandit l'arme vers lui, imprudente, en avançant son pied gauche.

— Tout de suite !

Encore un pas...

— Je ne peux pas m'agenouiller facilement. J'ai une jambe amochée.

Cette partie était plutôt vraie, mais il avait un peu exagéré pour ce qui était de se mettre à genoux. Il était connu pour ses talents de menteur quand on le menaçait d'une arme. Parfois, les mensonges lui venaient plus facilement que les vérités. Et il avait de l'expérience dans ce domaine, aussi.

— À cause de toutes ces fois où on vous a tiré dessus, hein ?

— Eh bien, justement, oui.

— Couchez-vous par terre, ou je vous fais sauter la cervelle dans l'entrée.

En entendant ses mots lents, articulés entre ses mâchoires serrées, il se dit qu'elle était peut-être sérieuse. Elle déplaça son pied droit pour se stabiliser. C'était le moment ou jamais.

Mace plongea. Du poing, il frappa son bras tendu, lui arrachant un cri de douleur aigu. L'arme tomba, glissa sur le carrelage, et elle serra son poignet blessé. Il saisit les deux bras de la jeune femme et la poussa en arrière malgré ses efforts pour se débattre. Lorsqu'elle bascula dans les escaliers, ses poumons se vidèrent de leur air et sa tête manqua le bord d'une marche de quelques centimètres. Il coinça ses cuisses nues entre ses genoux, les plaquant l'une contre l'autre.

Mace fixa la femme piégée sous son corps. Il savait que son poids l'écrasait sur les marches moquettées, mais il s'en fichait. Il souffrait, alors, pourquoi pas elle ?

— Oh, mon Dieu, s'il vous plaît. Ne faites pas ça, chuchota-t-elle, et sa voix se brisa.

Les yeux écarquillés, elle mordilla sa lèvre inférieure.

Il se renfrogna.

— Ne faire pas quoi ? Vous faire du mal ? Après m'avoir pointé un pistolet sur la tempe, vous ne voudriez pas que je vous fasse mal ?

Le pouls dans son cou délicat battait comme s'il voulait s'échapper.

— Si... si vous partez maintenant, je n'appellerai pas la police. J'oublierais ce qui s'est passé.

Menteuse. À la moindre occasion, elle attraperait le téléphone le plus proche et appellerait les flics.

Mace n'avait aucune pitié pour sa douleur, déjà un peu accaparé par la sienne. Merde, pas juste un peu, mais beaucoup. Le muscle de sa jambe brûlait comme un cercle de l'enfer.

— Si vous appelez la police, la seule personne qu'ils arrêteront ici, c'est vous.

Elle se débattit sous son poids, le faisant grimacer de douleur. Il serra les dents pour éviter de grogner tout haut. Ça n'aurait pas été un râle de plaisir. Pas du tout. Et quel dommage. Cela faisait bien longtemps qu'il ne s'était pas trouvé avec une belle femme comme celle juste en dessous de lui. Il allait devoir y remédier, et vite.

Mais pour l'instant, il avait un problème à régler, et ce problème n'arrêtait pas de se tortiller. Il ne se sentait pas du tout d'humeur charitable, mais il devait la laisser se relever. Pour son propre bien à lui. Mace se redressa, la soulevant avec lui et veillant à ne pas lâcher ses poignets. Il s'écarta légèrement d'elle, s'assurant qu'un genou ou un pied ne puisse toucher une de ses zones vitales. Il souffrait déjà assez.

— Qui êtes-vous, et que faites-vous ici ?

— Je pourrais vous poser la même question.

Elle expira bruyamment, reprenant visiblement le contrôle d'elle-même. Il secoua la tête et resserra sa prise sur ses poignets — juste pour lui rappeler qui menait la danse.

— Non. C'est moi qui commande maintenant. À moins que vous ne vouliez que je vous traîne hors d'ici menottée, vous feriez mieux de répondre à mes putains de questions.

— Je ne vais pas me présenter à un... un *criminel*.

Si la situation n'était pas si grave, il aurait pu en rire.

— Je ne suis pas un criminel.

Au travers de sa longue crinière de cheveux roux tombant sur son visage, elle le dévisagea, sceptique.

— D'accord, alors qui êtes-vous ?

Mace laissa échapper un autre soupir d'impatience. Peut-être qu'il devrait fermer les yeux et compter jusqu'à dix... Nan, et puis merde.

— Je vous l'ai déjà dit, je vis ici. Et arrêtez de vous foutre de moi. Répondez juste à mes questions.

— Je ne me fous pas de vous. Allez-y, appelez la police.

Elle pinça les lèvres en une fine ligne et leva le menton vers le plafond.

Bon sang, qu'elle était bornée ! Allait-il devoir essayer une autre tactique pour la faire parler ? Il voulait rester raisonnable, mais sa marge de manœuvre était limitée. Il ne voulait vraiment pas que la police municipale s'en mêle. Pas s'il pouvait l'éviter, en tout cas. Et ce n'était pas nécessaire ; s'il ne pouvait pas gérer tout seul une femme avec un cul maigrichon, il devrait renoncer à son travail de jour.

Bon sang, ce n'était pas correct, elle n'était probablement pas maigrichonne. Elle avait probablement un beau petit derrière, parfaitement assorti à son très beau devant. Il n'avait rien contre l'idée de vérifier par lui-même, juste pour être bien sûr. Il aimait les femmes bien équilibrées – avec des seins et des fesses.

— Si vous ne me dites pas qui vous êtes et ce que vous faites ici, je vous enlève ce tee-shirt tout fin et tout ce que vous portez, et je parie que ça ira assez vite.

Il parcourut à nouveau du regard son petit corps long, souple et sexy. Bon sang. Cela faisait trop longtemps. Il bandait déjà à moitié rien qu'en l'imaginant nue.

Il bluffait bien sûr, mais le peu de couleur qui lui restait disparut aussitôt de son visage.

Sa lèvre inférieure se mit à trembler, et elle écarquilla les yeux.

— Vous... vous allez me violer ?

Oh non. Non non non non non !

Bordel non, jamais. Mais il pourrait laisser la menace planer entre eux si ça pouvait la faire parler. Toutefois, il se sentait vraiment nul de ne pas clarifier ce malentendu.

Et quand il resta silencieux, elle l'imita.

Il n'en revenait pas : elle n'allait vraiment pas se mettre à parler. Il attrapa ses deux poignets d'une main, et de l'autre, commença à remonter lentement l'ourlet de sa chemise de nuit, révélant une culotte rose. *Bordel.* Sa queue était au garde-à-vous maintenant, et malheureusement piégée dans une position inconfortable. Pour autant, il était hors de question qu'il l'ajuste et révèle à quel point il était méchamment excité.

Avant qu'il ne puisse relever le tissu en coton doux au-dessus de son ventre – *bon sang, elle avait un adorable nombril en dedans* – elle se dégagea d'un coup de hanche, la couleur revenant de plein fouet sur son visage.

— D'accord, d'accord ! Je m'appelle Colby Parks.

Dans un geste qui ressemblait à une défaite, elle ferma les yeux.

Avec un soupir, Mace relâcha le tee-shirt à contrecœur, chassa un léger regret, et suivit du regard le tissu retombant sur sa hanche. L'espace d'une demi-seconde, il avait espéré qu'elle serait plus têtue, puisqu'elle ne portait visiblement pas de soutien-gorge. Il aurait aimé voir ce qui se cachait sous le personnage de dessin animé. Il se ressaisit.

— Colby Parks ? C'est votre vrai nom ?

— Oui, murmura-t-elle en secouant la tête, écartant ses cheveux de son visage.

Une constellation de taches de rousseur lui barrait le nez. Il savait qu'il ne devait pas se laisser distraire par un détail aussi trivial que des taches de rousseur. Mais il ne pouvait s'empêcher de se demander où elle pouvait bien en avoir d'autres. Bon, il devait se concentrer. Cette femme avait pointé une arme sur lui. Dans sa profession, il ne pouvait pas se permettre de relâcher sa vigilance.

— Ça doit être vrai. Qui pourrait inventer un nom pareil ? Que faites-vous ici ?

— Je garde la maison.

— Mais bien sûr, gloussa Mace. Super boulot, clairement.

Son humour céda aussitôt la place à un sérieux impitoyable. Il rapprocha son visage du sien. Sa tentative d'intimidation échoua une fois de plus lorsque son souffle doux, franchissant rapidement ses lèvres pulpeuses et fendues, le déstabilisa. Pendant une seconde. Ou deux.

— Qui vous a engagée ?

Colby Parks lui lança un regard d'un vert furieux. Maintenant, il savait d'où venait le dicton « les yeux revolver »...

— Si vous vivez vraiment ici, vous devriez le savoir !

Il resserra un peu plus les poignets de la jeune femme. Ses yeux se plissèrent et il marmonna :

— Ma petite dame, je ne suis pas là pour jouer. Répondez à cette fichue question.

Elle hésita une seconde avant que Mace ne lût la résignation sur son visage. Bon sang, il était un peu déçu qu'elle capitule si facilement. Il aimait bien sa fougue... plus que bien, même.

— Maxi... Maxine Walker.

Ah, voilà pourquoi sa sœur ne l'avait pas accueilli. Elle

n'était pas là et avait engagé cette petite peste armée pour surveiller la maison.

Mace la libéra sans prévenir, et Colby recula en trébuchant, se frottant les poignets, puis se retourna et courut vers la cuisine. Il la suivit de près, s'assurant de rester entre elle et le pistolet. Bien sûr, elle fit exactement ce qu'il avait prévu. Il appuya sur le bouton de l'appareil alors qu'elle composait frénétiquement un numéro. Tout en le maintenant enfoncé, il vérifia rapidement qu'aucun téléphone portable ne se trouvait à proximité. Il doutait qu'elle en ait un dans sa culotte.

— Ne vous embêtez pas à appeler la police. Ça pourrait assez mal finir pour vous.

Colby serra le combiné contre sa poitrine comme une bouée de sauvetage. Elle le dévisageait, les yeux écarquillés. La pression du plastique contre le coton fin et usé ne faisait qu'accentuer ce qu'il s'efforçait de ne pas remarquer — et ne voulait pas admettre avoir remarqué tout court. Il se détourna, ramassa l'arme, la fourra dans la poche de sa veste et boita jusqu'à la table de la cuisine.

Dans un grognement, il se laissa lentement tomber sur une chaise en bois dur et se passa une main dans les cheveux.

— Je suis Mace Walker. Le frère de Maxi.

Il ne prit pas la peine de lui accorder un regard. Il espérait qu'elle ferait le bon choix maintenant. Le récepteur claqua sur son socle derrière lui. Hum, il avait eu raison. Incroyable. Il se massa la cuisse droite, serrant les dents pour contrer la douleur.

— Le frère de Maxi... murmura-t-elle dans son dos, mais dans la seconde qui suivit, elle se tenait devant lui, les mains sur les hanches, les yeux plissés. Elle n'a pas de frère !

Mace observa le coton froncé autour de sa taille, essayant d'ignorer – et échouant misérablement – l'ourlet du tee-shirt maintenant relevé, exposant presque cette culotte rose. Cette culotte sentait probablement si bon. Il frotta plus fort sa cuisse.

— Eh bien, si elle n'en a pas, alors je suis juste le fruit de votre imagination.

Elle lui lança un regard incrédule.

— Je connais Maxi depuis plus d'un an, et elle n'a jamais, pas une seule fois, parlé d'un frère. Et elle ne m'a absolument pas annoncé sa visite.

Elle resta figée un instant, comme si elle ne savait plus comment poursuivre. Elle poussa un soupir agacé et tira la chaise en face de lui. Après avoir ajusté l'ourlet de sa chemise de nuit, elle s'assit. Son geste, triste tentative pour couvrir sa longue cuisse, enveloppa ce joli petit paquet enveloppé de satin rose.

Allez, concentre-toi, bon sang.

— Elle ne dit à personne qu'elle a un frère, donc personne ne pose de questions.

Il se leva et quitta la cuisine, revenant quelques instants plus tard avec un flacon de médicaments. Après s'être assuré qu'elle lui prêtait toute son attention, il sortit l'arme de sa poche, dégagea le chargeur plein et déchargea la cartouche dans la chambre. Un frisson lui parcourut l'échine lorsque l'unique balle à pointe creuse roula sur la table de la cuisine. *Cette femme aurait vraiment pu lui tirer dessus.* Il lui balança l'arme vide sur les genoux, ce qui la fit sursauter. Évidemment, il fallait qu'une femme soit plus dangereuse pour lui que la mafia. *Putain.*

— J'espère que vous avez un permis pour ça.

Mace fourra le chargeur au fond de sa poche de veste et alla chercher un verre dans le vaisselier. Le soulagement l'inonda lorsqu'il trouva les verres au même endroit après presque deux ans d'absence. Il avait eu d'horribles visions de sa sœur envahissant sa maison et la redécorant dans un style purement féminin. Heureusement, elle avait eu assez de bon sens pour laisser ses affaires en l'état.

Quand il traversa la pièce vers l'évier, il se rendit compte qu'il avait tort. Maxi avait changé quelque chose. Il fronça les sourcils devant le petit canard jaune en céramique avec un ruban bleu noué autour du cou, sur lequel une éponge était posée. Ce truc allait devoir disparaître.

Après avoir rempli le verre au robinet, il avala un comprimé avec une gorgée d'eau froide. Après réflexion, il en prit un autre. Il se réinstalla en face de Colby, l'étudiant en attendant que les analgésiques fassent effet. Sa bouche était pincée – une honte pour ces lèvres pulpeuses – et il pouvait voir les rouages de ses pensées.

— Pourquoi voudrait-elle que personne ne sache qu'elle a un frère ? Vous étiez en prison ? lança-t-elle en haussant les sourcils. Vous êtes un détenu en fuite ?

Mace secoua la tête et ne put s'empêcher de sourire. Elle devait plaisanter.

— Oui, je me suis évadé de taule et tu es mon otage. Tu dois faire ce que je dis. Mets-toi à poil et allonge-toi sur la table.

Mace guetta une réaction. Rien. Il perdait la main.

Colby avait l'air froide comme la pierre, sans l'ombre d'un sourire sur son visage.

— Je veux avoir des preuves de qui vous prétendez être.

Ma petite dame, on a dû bien vous échauder pour vous rendre méfiante au point d'interroger le frère d'une amie. Oh, et de porter une arme. Comment l'oublier ? Mais, honnêtement, il ne lui en voulait pas. Il serait tout aussi prudent et méfiant s'il était à sa place – il jeta un coup d'œil à ses pieds nus – ou à celle de ses jolis orteils vernis de rose.

— Ben alors, savoir où sont rangés les verres n'est pas une preuve suffisante ?

— Ne faites pas l'idiot avec moi. Je veux voir une pièce d'identité.

Sa détermination le fascinait. Comme tout le reste chez elle. Ce n'était pas tous les jours qu'il rencontrait une femme comme elle – obstinée, ne craignant pas les armes à feu et sacrément sexy... rousse aux yeux verts avec des taches de rousseur en plus. Colby lui rappelait une institutrice guindée – le genre à défaire son chignon et à se déchaîner le soir.

Elle pourrait être une bombe sexuelle sous son apparence opiniâtre. Son style de femme. Mace sourit jusqu'aux oreilles. Il repensa à leur conversation et se rendit compte qu'elle attendait sa réponse.

— Une pièce d'identité ? Comme ma carte de détenu avec ma photo et mon numéro de matricule ?

— N'importe quel justificatif fera l'affaire.

— Désolé, je l'ai laissée derrière moi quand je me suis fait la malle. Obligé de voyager léger... C'était une longue traversée à la nage entre Alcatraz et le continent. Malheureusement, elle ne semblait pas apprécier son sens de l'humour. La douleur dans sa jambe s'atténuait lentement, et il poussa un soupir de satisfaction. Mais son soulagement fut de courte durée, car, pour une raison quelconque, il avait maintenant mal à la tête. Il jeta un coup d'œil à la cause de désagrément.

— Où est ma chère sœur, au fait ?

— Partie.

— Oui, merci, j'avais compris. Je me doute qu'elle n'aurait pas eu besoin qu'on garde la maison pour elle si elle était simplement sortie pour la soirée.

— Elle est en lune de miel.

Mace se redressa, fronçant les sourcils.

— En lune de miel ?

Il tenta de déchiffrer son expression, mais Colby restait impassible. Un vrai roc.

— Oui, vous savez, le voyage qu'on fait après s'être marié ?

Il préféra ignorer son sarcasme, estimant que son humour n'était pas meilleur que le sien.

— Elle s'est mariée ? Avec qui ? Quand ? Où est-elle allée ?

Colby s'adossa à sa chaise et croisa les bras sur sa poitrine. Mace voulut protester parce qu'il ne pouvait plus voir les perles fermes de ses tétons à travers le tissu.

— Si vous êtes son frère, pourquoi ne savez-vous pas déjà tout ça ? Pourquoi n'étiez-vous pas au mariage ? Vous vous êtes disputés, ou vous étiez vraiment en prison ?

— Ni l'un ni l'autre. Nous étions éloignés l'un de l'autre pour des raisons indépendantes de notre volonté.

Cette piètre explication sonnait faux, même à ses propres oreilles.

— Indépendantes de votre volonté, articula-t-elle lentement, les mots roulant dans sa bouche comme si elle voulait les goûter. Et combien de temps a duré cette soi-disant séparation ?

— Je ne sais pas, marmonna-t-il, mais bien sûr, il le savait. Deux ans...

Le dire à voix haute rendait la vérité bien pire encore.

— Deux ans, répéta-t-elle en fronçant les sourcils. Alors, vous devrez attendre qu'elle revienne. Je ne pense pas avoir le droit de vous parler de ses histoires personnelles si elle ne vous en a pas parlé elle-même.

Avec un soupir de lassitude, Mace se passa une main sur les yeux. Trop fatigué pour discuter, il lança :

— Et elle revient quand ?

— Dans deux mois.

Mace maugréa dans sa barbe. Deux mois ? Qui part en lune de miel pendant deux mois ?

— Je ne vais peut-être pas rester aussi longtemps.

— Vous n'allez pas rester du tout. Je n'ai reçu aucune instruction concernant l'accueil éventuel de visiteurs pendant son absence. Vous devrez donc vous planquer ailleurs.

Il arqua un sourcil, surpris. Ça. Suffit.

— Je suis navré de vous l'annoncer, mais cette maison est à moi.

Un immense sourire se dessina sur son visage quand Colby se raidit sur sa chaise, et que ses mains retombèrent sur ses genoux.

Colby se leva et posa l'arme sur la table, étudiant l'homme assis devant elle. La seule présence de Mace Walker avait suffi à l'ébranler au début, mais maintenant, des émotions contradictoires la tiraillaient dans deux directions opposées. Il prétendait être le frère de Maxi. Cette maison était la sienne, pas celle de Maxi. Pourquoi Maxi ne lui avait-il pas dit ? Pouvait-elle lui faire confiance ? Il n'avait clairement pas l'air digne de confiance.

Ses yeux intensément sombres, presque noirs, et son visage mal rasé la troublaient. Ses vêtements foncés semblaient suspects, et sa veste en cuir, trop grande et encombrante, semblait assez large pour dissimuler quelque chose. Qu'il pénètre furtivement dans la maison après la tombée de la nuit le rendait encore plus suspect. Peut-être qu'elle devrait quand même appeler la police. Cela dit, il ressemblait un peu à Maxi, dans un genre plus musclé et masculin.

— Je veux quand même voir une pièce d'identité, répéta-t-elle, plus fermement cette fois.

En ronchonnant, il sortit son portefeuille et l'ouvrit. Une carte d'identité avec photo était glissée dans la poche avant en plastique transparent, mais il ne la retira pas, et elle ne pouvait pas la voir clairement d'où elle était. Il fouilla plutôt jusqu'à trouver une pièce spécifique.

Il lui tendit un vieux permis de conduire périmé, sur lequel il avait l'air beaucoup plus jeune... et bien plus insouciant. Aucune ride du lion n'entachait l'homme qui la fixait sur la photo, mais cette dernière prouvait bien qu'il était Macen Jeffrey Walker, et l'adresse de résidence correspondait à cette maison.

— Quoi, vous n'avez pas fait refaire votre permis de conduire depuis... hésita Colby en regardant la date. Dix-huit ans ? Vous êtes allé en prison si longtemps ?

Elle fit un calcul rapide de son âge. Trente-six ans. Même si elle doutait sérieusement qu'il ait jamais été emprisonné, elle voulait lui rendre la monnaie de sa pièce pour l'avoir effrayée. Ce n'était que justice.

— Non. Aucun avec mon vrai nom dessus.

— Ah. Alors que faites-vous dans la vie, M. Walker, qui vous aurait empêché de voir ou même de parler à votre sœur pendant deux ans, d'avoir un permis de conduire valide avec votre propre nom dessus, et qui expliquerait pourquoi vous vous faufilez dans votre propre maison en pleine nuit ?

Elle lui relança le permis, impatiente d'entendre son explication. Et elle voulait vraiment voir la carte d'identité plus récente qu'il refusait de sortir de son portefeuille. Que cachait-il ?

Il attrapa le permis en plein vol et prit tout son temps pour le ranger avant de lui répondre.

— Oh, des trucs par-ci par-là. Vous savez, beaucoup de voyages.

— Non, je ne sais pas.

— C'est bien dommage, Colby.

Elle n'était pas sûre de ce qu'il voulait dire. Mais elle était sûre d'une chose : son prénom sur ses lèvres l'agaçait, pour plus de raisons qu'elle ne voulait l'admettre.

— Pas vraiment. Votre travail n'a rien à voir avec la fabrication de plaques d'immatriculation, si ?

— En quelque sorte. C'est moi qui embauche, en quelque sorte.

Il se leva d'un bond et passa de longs doigts dans ses cheveux couleur café, le genre de café qu'il buvait probablement. Noir et fort.

— Bon, eh bien moi, je suis crevé. Je vais me coucher.

— Attendez... Je ne pense toujours pas que ce soit une bonne idée.

Elle le suivit jusqu'à l'entrée où elle aperçut les deux sacs posés près de l'escalier. Elle ne les avait pas remarqués plus tôt dans leur altercation.

Tandis qu'il se penchait pour ramasser ses bagages, il s'agrippa fermement à la rampe, si fort qu'elle n'aurait pas été surprise de voir les empreintes de ses doigts dans le bois.

— Honnêtement, je me fiche de ce que vous pensez. Je suis fatigué. C'est chez moi ici et je vais dans mon lit. Ce sont les faits, acceptez-les ou partez.

Il s'efforçait clairement de garder un visage impassible. Le simple fait de grimper les marches provoquait l'apparition de traits tirés autour de ses lèvres serrées.

Mais il ne pouvait pas partir en laissant la situation en suspens comme ça. Devait-elle rester ? Partir ? Et s'il voulait qu'elle parte, devait-elle partir maintenant ou demain matin ? Colby lui emboîta le pas et décida de le tester.

— Si vous êtes d'accord, je rassemblerai mes affaires dans la matinée.

Mace s'immobilisa brusquement en haut de l'escalier avant de se retourner pour la surplomber. Elle s'arrêta net dans son élan, s'agrippant instinctivement à la rambarde pour garder l'équilibre.

— Vous n'êtes pas obligée de partir. Puisque Maxi vous a engagée, vous pouvez rester et finir votre travail. Je ne sais pas combien de temps je vais rester en ville, de toute façon. Je ne voudrais pas avoir à trouver quelqu'un d'autre au pied levé pour garder la maison alors que nous avons déjà trouvé une très bien.

Colby faillit s'effondrer de soulagement. Elle n'avait nulle part où aller ; la maison qu'elle rénovait ne serait pas habitable avant au moins deux mois. Voilà pourquoi elle était si reconnaissante envers Maxi de lui laisser sa maison. Leurs emplois du temps s'étaient parfaitement accordés... enfin, hormis ce petit accroc.

Petit n'était pas le mot pour le décrire : il devait bien dépasser le mètre quatre-vingt-dix avec ses bottes. Elle était sûre que sa veste le faisait paraître plus lourd qu'il ne l'était vraiment. Mais ses jambes étaient longues et élancées, surtout dans ce jean bleu usé et serré à souhait. Zut alors, elle ne pouvait s'empêcher d'apprécier un homme avec un beau cul dans un jean bien ajusté.

Mace se détourna soudainement et tourna dans le couloir. Peut-être n'aimait-il pas que les femmes le reluquent. Pourtant, ce n'était que justice après avoir senti ses yeux noirs brûler sur sa peau nue un peu plus tôt.

Elle le suivit jusqu'au bout du couloir, gardant ses distances lorsqu'il sortit un trousseau de clés et déverrouilla la première porte à gauche. Elle s'était demandé pourquoi la chambre en face de la sienne était fermée à clé et avait même essayé de l'ouvrir un jour pendant qu'elle passait l'aspirateur. La chambre de Maxi était tout au bout du couloir, et Colby dormait dans une des chambres d'amis.

Maintenant, tout cela prenait un sens... la chambre secrète du frère secret.

Elle tenta de jeter un coup d'œil par-dessus son épaule lorsqu'il ouvrit la porte, mais ne vit que la poussière s'élevant dans l'air de la pièce lorsqu'il alluma. Elle voulut le suivre à l'intérieur pour contempler le sanctuaire verrouillé, mais il lui bloqua la vue et le chemin en se tournant vers elle.

— Eh bien, bonne nuit.

Colby tendit une main pour que la porte ne lui claque pas au nez. Elle leva son arme vide.

— Et mon chargeur ?

Mace fronça les sourcils.

— Vous le récupérez quand vous m'aurez montré que vous savez comment manier une arme et tirer correctement. Allez vous coucher.

Et sur ce, il referma la porte d'un coup sec.

Colby resta plantée là, un poing sur la hanche, fixant la porte fermée pendant quelques instants. Elle écouta un bruissement sourd et se demanda ce qu'il fabriquait. *Il se préparait à aller au lit, probablement, grosse maligne.*

Demain arriverait vite et elle pourrait creuser pour trouver plus d'informations sur lui. Pour l'instant, elle suivit son conseil et alla se coucher.

De retour dans sa chambre, elle posa l'arme sur la table de nuit pour la garder à portée de main. Il lui avait peut-être rendu une arme vide, mais...

Elle sourit en ouvrant le petit tiroir du meuble. À l'intérieur se trouvait un autre chargeur. Ainsi que deux autres boîtes de munitions.

MACE JETA ses sacs sur le lit et s'affala à côté d'eux. Il passa une main dans ses cheveux déjà ébouriffés et laissa échapper un long soupir apaisant. Il balaya la chambre principale du regard. Une fine couche de poussière recouvrait les meubles, quelques photos encadrées de ses défunts parents et de sa sœur étaient éparpillées dans la pièce, et son réveil n'avait jamais été remis à zéro après la dernière panne de courant. Il clignotait sans cesse en affichant 12 : 00. Il baissa les yeux vers sa montre. Presque 2 h 30 déjà. Merde.

Mais il était chez lui. Vraiment chez lui. Pas dans un quelconque hôtel pourri dans une ville inconnue, entouré de gens qui ne méritent pas le statut d'êtres humains.

Il en avait assez de la vie en ville : le bruit, la frénésie et la méfiance constante. Une grande partie de la tension dans son corps se dissipait dès qu'il atteignait Malvern. Tout ici était différent, plus décontracté, et même si c'était une grande ville universitaire, la population ne représentait qu'une fraction de celle de New York.

Il était quand même déçu. Il avait espéré passer du temps avec sa sœur, la seule personne qui le comprenait vraiment. La seule avec qui il pouvait être complètement sincère.

Il voulait lui parler un peu de certaines choses, quitte à la saouler un peu avec ses histoires. Bon sang, même beaucoup. Il avait besoin de démêler à son avenir. Et maintenant, il devait attendre – attendre pour enfin être avec quelqu'un qui l'aimait pour ce qu'il était vraiment.

Pas qui l'aimait ou même qui le détestait pour ce qu'il prétendait être.

Il ne savait pas combien de temps il tiendrait, à faire ça. Ce boulot l'avait miné. Passer du temps avec des gens qu'il exécrait et à qui il ne pouvait pas faire confiance l'épuisait. Il était fatigué de devoir mémoriser péniblement les détails d'une vie inventée, une existence où le moindre faux pas pouvait coûter sa vie ou celle d'un collègue.

Il se frotta la cuisse. Sa dernière mission avait été un véritable enfer, tant sur le plan émotionnel que physique. Il avait juste besoin de temps maintenant.

Du temps pour oublier.

Du temps pour guérir.

Il repensa à la rousse qui se trouvait de l'autre côté du couloir et ressentit une pointe de culpabilité pour sa brusquerie envers elle. En même temps, c'était difficile d'être gentil quand on était à la merci d'une arme chargée. Certes, elle l'avait impressionné par sa bravoure et sa détermination, que celles-ci soient réelles ou qu'elles servent à masquer sa peur.

Mace s'était attendu à ce que son séjour chez lui soit ennuyeux. Morne. Sans intérêt. Colby Parks venait peut-être de changer la donne.

Chapitre 2

Colby touilla les œufs dans la poêle pour les brouiller.

Elle était épuisée, car elle avait à peine dormi la nuit dernière, trop occupée à écouter le moindre craquement dans l'obscurité. Chaque fois qu'elle avait cru entendre des bruits de pas, elle s'était redressée dans son lit pour attraper son arme. Finalement, ce n'était rien, et ce matin, elle se sentait stupide. Vraiment stupide.

Comme tous les samedis, elle avait prévu de passer chez elle pour vérifier l'avancée des rénovations.

Dans la mesure où elle investissait toutes ses économies dans la vieille bâtisse, elle devait s'assurer que tout se déroulait bien. De plus, elle voulait finir de peindre la cuisine.

Les placards étaient posés, mais les murs avaient seulement été enduits et apprêtés, prêts à être peints. Elle espérait que la couleur jaune qu'elle avait choisie égayerait cette pièce morne, mais en doutait. La seule chose dont elle était sûre, c'est qu'elle était nulle en décoration d'intérieur. Mais elle n'avait pas les moyens d'engager...

— Mmm. Ça sent bon. Il y en a assez pour deux ?

La spatule retomba contre le bord de la poêle, projetant des morceaux d'œufs sur la cuisinière. Elle prit deux grandes inspirations pour tenter de calmer son rythme cardiaque avant de récupérer l'ustensile et de se tourner vers l'intrus.

La raison pour laquelle elle n'avait pas réussi à fermer l'œil de la nuit ou presque pénétra dans la petite cuisine, écartant ses cheveux légèrement humides de son visage. Il portait un vieux tee-shirt noir usé et un pantalon de survêtement de la même couleur. Depuis quand un pantalon de survêtement miteux est-il sexy sur un homme ? Et il se baladait pieds nus, ses longs orteils se tortillant sur le lino frais.

— Bien sûr.

Il fit comme chez lui, attrapant le jus de pamplemousse fraîchement pressé qu'elle avait posé sur la table un peu plus tôt et se versant un verre. Eh bien, c'était logique, songea-t-elle, puisque c'était vraiment chez lui. Qu'elle le veuille ou non.

— Bien dormi ?

— Oh oui, mentit-elle. Elle dissimula un gloussement derrière sa main quand il fit une moue dégoûtée après la première gorgée. Le jus était un peu amer, et elle le préférait comme ça. C'était une des raisons pour lesquelles elle le pressait elle-même.

Mace s'essuya la bouche du revers du poignet.

— Bon sang, y a du café ?

Colby secoua la tête.

— Je n'en bois pas.

Il haussa un sourcil vers elle.

— C'est vrai ? Quelle personne saine d'esprit n'aime pas le café ?

Il se mit en mouvement, ouvrant les placards de la cuisine jusqu'à ce qu'il trouve une vieille cafetière un peu sale. Il la sortit, fit de la place sur le plan de travail et la brancha.

— J'essaie de faire attention à ce que je mange, expliqua-t-elle.

Elle ne put s'empêcher de remarquer qu'il avait lui-même l'air plutôt en forme ce matin. Et, à la lumière du jour, très appétissant. Le tee-shirt en coton épousait ses larges épaules et les courbes de son torse, accentuant ses pectoraux ciselés. Il fouillait dans les tiroirs, le moindre mouvement obligeant ses biceps à se contracter sous les manches serrées de son tee-shirt. Il était bien taillé, mais svelte, pas comme un culturiste surdimensionné et déformé. Elle n'avait rien pu voir de ces détails la nuit précédente lorsqu'il portait cette veste trop large. Elle reporta son attention sur la poêle avant qu'il ne la surprenne salivant.

Mace dénicha quelques filtres dans un tiroir, puis se dirigea vers le réfrigérateur. Il laissa échapper un juron bas et claqua la porte.

— Pas de café ! J'aurais au moins espéré que ma sœur en laisse.

Soudain, il était derrière elle, lorgnant par-dessus son épaule vers la poêle.

— Je croyais que les œufs étaient interdits dans une alimentation saine.

L'odeur de savon frais qui flottait au-dessus d'elle, combinée à la chaleur de son corps, accéléra son pouls. Bien qu'il ne se soit pas rasé ce matin, à la lumière du jour, il ressemblait beaucoup moins au criminel qu'elle avait cru qu'il était quelques heures auparavant.

À moins que cela ne constitue un crime d'être aussi beau.

— Seulement si on en mange beaucoup. Deux par semaine ne font pas de mal. Ce sont de bonnes protéines.

Elle sortit une miche de pain multicéréales de la boîte à pain.

— C'est bon à savoir. Je pense que je crains davantage

d'être tué par votre arme que par deux œufs qui boucheraient mes artères.

Une chaise racla le sol derrière elle.

— J'ai bien dormi moi aussi, au fait. C'était vraiment agréable d'être dans mon propre lit.

— Oui, je parie qu'en prison, les matelas ne sont pas très confortables.

Elle entendit un faible grognement.

— Encore ? Quand est-ce que vous allez arrêter avec les blagues sur la prison ?

Colby haussa les épaules et réprima un sourire en glissant quatre tranches de pain dans le grille-pain.

— Dès que je serai à court.

Elle masqua toute trace d'humour de son visage avant de se retourner. Il la scrutait de sa place, assis à la table, se demandant probablement pourquoi elle était habillée comme un ouvrier du bâtiment. Elle portait une salopette en jean sur un simple tee-shirt blanc trop grand, les manches courtes retroussées. Les bottes à embout d'acier qu'elle portait n'étaient pas très féminines non plus. Ce n'était clairement pas une tenue séduisante, pourtant son regard noir rivé sur elle ne le laissait pas deviner.

— Vous travaillez dans le bâtiment ?

— En quelque sorte, répondit-elle, faisant écho à la réponse ambiguë qu'il lui avait offerte la veille.

Elle posa une barquette de beurre salé sur la table.

— C'est vraiment dommage de retenir vos cheveux en arrière.

Elle était assez proche de lui pour qu'il tire sur sa longue et lourde tresse. La vue de sa grande main glissant sur ses cheveux lui coupa le souffle, mais pas à cause de la peur. Et c'était bien ça qui l'effrayait.

Elle recula la tête d'un coup sec, libérant ses cheveux de

son emprise, et fit un pas en arrière, se ménageant ainsi une distance de sécurité.

— Je dois les attacher pour éviter qu'ils ne trempent dans la peinture ou le plâtre, expliqua-t-elle avant de pointer la spatule vers ses cheveux à lui. En parlant de péché... C'est un péché pour un homme d'avoir des cheveux aussi longs et épais que les vôtres. Je parie que certaines femmes sont envieuses. Certains hommes aussi.

Il glissa une main dans ses cheveux.

— Ils ont bien besoin d'un tour chez le coiffeur, admit-il avec regret.

Colby n'était pas de cet avis. La coupe semblait lui correspondre. Non pas qu'elle en sache beaucoup sur lui. Elle se demandait encore pourquoi il était resté absent de la vie de sa propre sœur pendant deux ans. Quand elle n'avait pas réussi à trouver le sommeil la nuit dernière, sa tête avait été envahie de trop de questions. Un homme singulier dormant juste de l'autre côté du couloir ne l'avait pas aidée non plus. Oui, le manque de sommeil pouvait être attribué au fait qu'elle était sur ses gardes en présence d'un étranger, mais pas parce qu'il la dérangeait d'une tout autre manière – et qu'elle refusait d'admettre.

Mace interrompit le fil de ses pensées.

— Qu'est-ce que vous peignez et plâtrez ?

— Une maison, répondit-elle distraitement, en répartissant les œufs dans deux assiettes, puis en ajoutant les toasts avant de faire glisser une assiette vers lui. Et ce n'est pas la peine de demander du bacon.

— Je n'y aurais même pas pensé, répliqua-t-il en piquant les œufs avec sa fourchette. La maison de qui ? C'est votre travail ?

Colby leva les yeux au ciel.

— Pas du tout. C'est bien trop pénible.

Elle prit une chaise et attrapa une petite boîte en plastique au centre de la table. Une gorgée de jus de pamplemousse l'aida à gober quelques comprimés de vitamines. Elle lui tendit la boîte.

— Vous en voulez ?

Mace secoua la tête et sortit son propre petit flacon de sa poche – le même que celui de la veille. Il en sortit deux pilules blanches et oblongues.

— J'ai les miens.

— Qu'est-ce que c'est ?

Colby loucha sur le nom du médicament, curieuse. Avant qu'elle ne puisse lire l'étiquette, il rangea le flacon dans sa poche.

— Des vitamines assez puissantes.

Colby haussa un sourcil, mais s'abstint de tout commentaire. Ses affaires, son problème.

— Alors, chez qui allez-vous vous salir ?

Elle avala une bouchée d'œufs.

— Chez moi. J'ai acheté une vieille maison. Je la retape.

— Toute seule ? lança-t-il, l'air intrigué.

Elle secoua la tête.

— Non. Pendant la semaine, j'ai un entrepreneur qui fait la plupart des travaux. Le week-end, j'aime y aller et flâner. Faire des petites choses ici et là. La plupart du temps, je finis par m'asseoir au milieu d'une pièce à moitié finie, en rêvant à ce à quoi elle ressemblera lorsque tout sera fin prêt.

Mace termina son petit déjeuner et zieuta le dernier morceau de pain grillé dans l'assiette de Colby.

— Ça a l'air d'être un gros boulot.

Elle lui proposa la tartine. Il accepta, plantant ses dents blanches dans le toast croustillant alors qu'elle le tenait encore, effleurant à peine le bout de son doigt. Il sourit quand elle retira brusquement sa main.

Pour se retenir de trembler, elle serra les poings tout en essayant de rester concentrée sur le sujet. Elle ne voulait pas qu'il sache à quel point il l'affectait.

— C'est complètement ça. C'est tout ce que j'ai. Tout mon argent, tout l'argent que j'ai gagné, est dans cette maison. Je ne peux pas simplement rester là à attendre qu'elle soit terminée.

Porter les assiettes vides jusqu'à l'évier pour les laver lui donna une excuse parfaite pour s'éloigner de lui, mais il lui emboîta le pas, attrapant le torchon avant qu'elle ne puisse le faire.

Sa tentative pour garder un peu de distance fut un échec, puisqu'il se tenait près d'elle pour lui prendre la vaisselle mouillée et la sécher. Et chaque fois qu'elle lui tendait un couvert ou une assiette, il faisait en sorte que leurs doigts se frôlent, ce qui n'arrangeait rien à sa nervosité.

— Ne serait-il pas plus facile de construire une nouvelle maison de A à Z ?

— Peut-être. Mais ce n'est pas la question. La maison devait être sauvée. Je l'ai senti jusque dans mes os la première fois que je l'ai vue. Je ne pense pas que la démolition d'un vieux bâtiment soit justifiée uniquement parce qu'il a besoin d'un peu d'huile de coude. La maison a une histoire puisque de nombreuses vies y ont défilé. Si seulement les murs pouvaient parler...

— C'est peut-être mieux qu'ils ne le puissent pas. Sinon, je serais victime de chantage de la part de beaucoup, beaucoup de murs aujourd'hui.

Colby appuya sa hanche contre le comptoir tout en se séchant les mains. Elle observa sa mâchoire forte et anguleuse recouverte d'une peau légèrement mate et d'une barbe foncée.

— Ah, donc vous avez fait beaucoup de trucs répréhensibles dans votre vie, hein, Macen Walker ?

— Appelle-moi simplement Mace, et on se dit tu ? Pour répondre à ta question : pas particulièrement. C'est juste que je ne voudrais pas que toutes mes affaires soient divulguées. Bonnes ou mauvaises. C'est à moi de les raconter.

— Comme la raison pour laquelle tu es resté éloigné de ta sœur pendant si longtemps ?

— Il y avait une bonne raison pour ça, mais je préfère ne pas en parler, rétorqua-t-il en pliant minutieusement le torchon, avant de le poser sur le comptoir et de se tourner vers elle. J'aimerais plutôt t'accompagner et voir cette maison qui a besoin de tant de travaux.

Elle se serait attendue à tout sauf à cette proposition. Il se rapprocha un peu plus, et l'espace d'un instant, elle crut qu'il allait l'empoigner. Dans des circonstances normales, sa proximité l'aurait mise bien mal à l'aise — les inconnus la rendaient nerveuse. Mais celui-là... Celui-là lui faisait un tout autre effet : il réveillait en elle des sentiments qu'elle avait presque oubliés.

Colby se ressaisit. À quoi pensait-elle ? Elle venait juste de rencontrer ce type, et tout ce qu'elle retenait, c'était à quel point il était beau et mystérieux, le tout enveloppé dans un emballage sexy. Le simple fait de le regarder provoquait une réaction dans le bas de son ventre. Sa culotte était humide, et ses mamelons picotaient presque douloureusement. Elle n'était pas comme ça d'habitude. Pas du tout.

Mais c'était le frère de Maxi. Elle avait confiance en Maxi. Et jusqu'à présent, ce matin, cet homme s'était montré tout à fait gentil et, surtout, jamais menaçant. Pour l'instant, elle n'avait aucune raison de ne pas lui accorder sa confiance. Sauf en ce qui concerne sa disparition au cours des deux dernières années. Elle ne l'oubliait pas, et c'était un peu bizarre.

Elle ne s'était pas retrouvée seule avec quelqu'un comme lui depuis bien longtemps. Un homme entièrement masculin, qui lui faisait penser au sexe et non à la peur. Et à l'heure actuelle, le sexe était tout ce qui lui venait à l'esprit quand elle regardait Mace.

Elle ouvrit la bouche pour refuser, mais à la place, elle dit :

— Super, mais on va devoir prendre ta voiture. J'avais prévu d'y aller à vélo.

Elle supposait qu'il en avait une, mais elle n'avait pas pris la peine de vérifier.

Il haussa les sourcils, comme s'il s'apprêtait à lui poser une question, mais changea soudain d'avis.

— Pas de problème. On va prendre mon pick-up, répondit-il avec un petit sourire. Je vais me préparer.

Colby le suivit des yeux tandis qu'il quittait la cuisine pour aller se changer. S'il y avait bien une chose qu'elle n'avait pas prévue, c'était qu'un homme mystérieux entre dans sa vie. Et elle devrait avoir peur, très peur. Tout à coup, sa petite vie tranquille, pour laquelle elle avait travaillé très dur, allait être bouleversée. Elle n'était pas sûre d'être prête pour ça.

Et s'il pensait qu'il allait pouvoir rester mystérieux, il avait tort. Royalement tort.

Mace gara son F-150 à cabine allongée devant l'énorme et imposante ancienne bâtisse. Il lui fallut toute sa force de caractère pour ne pas rester bouche bée. Des rosiers sauvages et envahissants encerclaient cette monstruosité. Le terrain semblait stérile par endroits et envahi par la végétation à d'autres. Il s'efforça de ne pas grimacer devant ce spectacle, mais Colby le surprit.

— Oh, ce ne sera pas si mal quand j'aurai passé une couche de peinture fraîche et réparé un peu le grand porche qui fait tout le tour. Un paysagiste va venir dans quelques semaines pour s'occuper du jardin.

Mace n'avait pas le courage de lui dire qu'il avait besoin de plus que ça. Bien plus. Les vieilles gouttières en cuivre — d'un vert noirâtre à cause des intempéries — dépassaient de l'avant-toit en divers points, certains des volets étaient portés disparus et le reste... le reste aurait dû être démoli. Bon sang, de sa place, il voyait le toit du porche s'affaisser.

— Il faut voir l'intérieur pour vraiment se rendre compte du potentiel, lança-t-elle en sautant du camion, et il la suivit à contrecœur.

— Je n'en doute pas, murmura-t-il.

Il en doutait vraiment. Ce dont il ne doutait pas, c'était de ce qu'elle éprouvait pour cette propriété. Le visage de Colby rayonna lorsqu'ils franchirent le portail en fer forgé. La beauté était *bien* dans l'œil de celui qui regarde. Et cet œil n'était pas le sien. Pour lui, la maison ressemblait au décor d'un film d'horreur, et encore, un film de série B au mieux.

La seule beauté de cette propriété était la rouquine élancée qui avançait devant lui. Il était subjugué par le balancement de ses hanches. Même dans cette horrible salopette en jean, elle était baisable. Sa queue durcit rien qu'en y pensant. Glisser dans son étroit, humide...

— Attention.

Elle l'attrapa par le coude quand ils atteignirent le porche et le guida prudemment, sachant apparemment où marcher pour éviter les planches pourries.

Heureusement qu'elle était là pour lui montrer le

chemin, car ses lèvres pulpeuses le déconcentraient. Quand elle passa la langue sur ses lèvres, il retint un gémissement. Bon sang, il ne valait pas mieux qu'un adolescent en rut. Mais il ne pouvait nier avoir envie de ces lèvres sur une certaine partie dure de son anatomie. Bon sang, n'importe quelle partie de son corps ferait l'affaire.

Quand ils arrivèrent à la porte d'entrée, Colby s'arrêta net, son sourire s'élargissant encore. Mace ferma les yeux une seconde, se persuadant de bien se tenir. Quand il les rouvrit, il remarqua tout d'abord que les doubles portes avaient besoin d'un bon décapage et d'une nouvelle couche de peinture. Malgré tout, Colby promenait ses doigts avec amour sur l'un des panneaux ovales en verre teinté. Sa queue tremblait à chaque mouvement de ses doigts. Il voulait désespérément plonger une main dans son jean et s'ajuster. Mais il se retint. *Difficilement.*

— Regarde ça. Je ne peux pas entrer dans cette maison sans m'arrêter pour admirer ces sublimes portes. J'ai fait remplacer les vitraux. Quand j'ai acheté l'endroit, presque toutes les fenêtres de la maison étaient cassées.

Une fois son esprit un peu plus clair, Mace dut admettre que les portes étaient plutôt belles. Mais il ne pouvait pas fonder son opinion sur la maison sur les seules portes d'entrée, et il était maintenant curieux de voir l'intérieur. Ça ne pouvait pas être pire que l'extérieur, sans quoi les lieux auraient été barricadés, voire condamnés.

— Depuis combien de temps possèdes-tu la maison ?

— La banque et moi en sommes propriétaires depuis cinq mois.

— Je suis surpris que la banque accepte de parier sur un tel projet.

Colby se tourna vers lui, surprise.

— Pourquoi ?

Ah putain. Les pieds dans le plat.

— Euh, parce que c'est... hésita-t-il, pensant très fort « *Parce que c'est un taudis, et qu'aucun organisme de crédit intelligent n'aurait...* » avant de se reprendre rapidement. À cause de l'assurance. Je suppose que tu as eu du mal à assurer un bien aussi vieux.

— Non, non, aucun problème.

Elle déverrouilla la porte et entra.

Ouf, elle avait une assurance. La meilleure chose à faire serait de mettre le feu et de recommencer à zéro. Si seulement la fraude à l'assurance ne constituait pas un délit fédéral. Il secoua la tête et lui emboîta le pas.

Plus tard, Mace dut admettre que l'endroit avait du cachet et comprit pourquoi Colby l'aimait tant. Elle faisait du bon travail en le restaurant avec l'aide des entrepreneurs. Mais de toute évidence, ce serait un processus long et lent.

Ils s'assirent à même le sol dans la salle à manger vide et surdimensionnée. Leur « pique-nique » en guise de déjeuner était étalé sur une toile au milieu d'un plancher qui avait désespérément besoin d'être rafraîchi. Colby avait apporté des restes de poulet frit et de la salade de pommes de terre maison.

À en juger par les deux repas qu'elle lui avait servis jusqu'à présent, elle semblait être une bonne cuisinière. Il pourrait très facilement s'habituer à se nourrir ainsi. Manger tout seul dans des bouis-bouis ou des fast-foods trop gras l'avait vite lassé. Ils déjeunèrent dans un silence complice jusqu'à être tous les deux rassasiés. Mais il n'était pas complètement rassasié... pas encore.

Avec un soupir de contentement si courant après un bon repas, Mace fixa les menuiseries complexes bordant le plafond et les murs. Au moins les boiseries teintées, qui longeaient les murs sous une cimaise, semblaient en bon état et n'avaient même pas besoin d'une couche de peinture.

— Cette maison est très grande pour une personne seule.

— Ouaip. Mais j'aime les grandes maisons. Et ça ne me dérange pas de vivre seule. Je suis tout à fait capable de prendre soin de moi maintenant.

Même si ce dernier mot attira son attention, il laissa ce « maintenant » de côté pour le moment.

— J'ai remarqué, répondit-il à la place, en repensant à l'arme qu'elle avait cachée dans son sac. Elle l'avait apportée, croyant probablement qu'il ne le saurait pas. Mais Mace savait. Son radar était intimement lié à son instinct de survie. Sans parler de son expérience.

Pourquoi s'était-elle seulement sentie obligée de prendre le pistolet ? Il ne connaissait pas beaucoup de femmes qui se baladaient avec une arme à moins de faire partie des forces de l'ordre. Alors pourquoi Colby ? Elle ne se sentait pas en sécurité avec lui, ou y avait-il une autre raison ?

Un point à élucider si – non, quand – il apprendrait à mieux la connaître. Et à ce propos, rien ne vaut le présent...

— Tu as l'intention de remplir toutes ces chambres ?

Il avala une autre bouchée de la délicieuse salade, puis leva les yeux juste à temps pour voir Colby lécher le jus de poulet au bout de son doigt du bout de sa langue. Quelque chose se mit soudain à le lancer, et ce n'était pas sa jambe.

Il lui foutrait probablement la trouille si elle savait à quel point il était raide en ce moment. Il devait être patient. La patience était une vertu qu'il maîtrisait depuis qu'il travaillait sous couverture. Il savait manipuler et « faire tourner » presque toutes les situations en sa faveur. Cependant, il n'était pas en service aujourd'hui, et sa queue suppliait qu'on la libère.

— J'assiste à des ventes aux enchères de biens mobiliers

dès que possible, et je vais parfois chez des antiquaires. Je pense que c'est le meilleur moyen de trouver des meubles qui correspondent à cette maison. Tu ne crois pas ?

Il poussa un soupir, s'éclaircissant les idées. C'était une véritable épreuve de rester concentré sur la conversation, et il résista à l'envie de suggérer qu'ils fassent autre chose que parler. Une idée plus liée à la nudité totale.

— Ce n'est pas ce que je voulais dire. Je voulais dire les remplir avec une famille, d'enfants.

Parler de l'avenir, de famille et d'enfants suffisait à endiguer son excitation. Un peu. Il fallait faire avec les moyens du bord.

— Oh, lâcha Colby en attrapant une serviette en papier pour s'essuyer les lèvres. Un jour, je suppose.

Bon, d'accord... La plupart des femmes rêvaient d'avoir leur propre maison et de la remplir d'une famille, non ? Pourquoi pas elle ? Elle ne semblait pas vraiment s'intéresser à la partie familiale. Elle était peut-être trop indépendante. Si ce « maintenant » lui trottait dans la tête, il ne voulait pas exagérer et risquer qu'elle se referme.

Après avoir rangé les restes dans la glacière et ramassé les ordures, elle se releva en se frottant les mains sur sa salopette.

— Prêt à m'aider à finir de peindre la cuisine ?

En toute honnêteté, pas du tout. Sa jambe lui faisait mal. Il aurait préféré rester assis et regarder son corps se mouvoir tandis qu'elle recouvrait les murs d'un jaune vif comme un artiste devant sa toile.

Et il était bien moins doué qu'elle. Au bout de quelques taches, elle insista pour qu'il prenne le rouleau et s'occupe du milieu des murs pendant qu'elle peignait les bords. Il l'admirait tout de même, elle travaillait dur et ne se plaignait jamais. Lui voulait se plaindre, mais se taisait, déterminé à tenir aussi longtemps qu'elle.

Dans la cuisine, la lumière déclinait, annonçant le coucher du soleil à l'horizon. Colby se tenait au centre de la pièce désormais jaune vif, évaluant leurs performances. Mace avait trouvé des zones bien plus intéressantes à étudier, comme ses cheveux flamboyants éclaboussés de peinture jaune. Son corps ressemblait à un fin roseau alors même qu'elle avait rivalisé avec son propre appétit au déjeuner, ses poignets délicats et ses longs doigts fins l'avaient fasciné pendant qu'elle appliquait la peinture. Il était étonné qu'elle ne porte aucun bijou à l'exception de minuscules clous en or aux oreilles. Évidemment, sa chevelure était le meilleur accessoire qui soit. Les bijoux ne pouvaient guère lui faire honneur à côté de cette masse brûlante cramoisie – un feu qu'il voulait sentir brûler sur tout son corps.

L'idée de la déshabiller et de la prendre sauvagement sur le drap au sol le submergea. Il se détourna pour éviter qu'elle ne voie la bosse visible dans son jean. En temps normal, il était capable de contrôler ses pulsions, mais cela faisait longtemps qu'il n'avait pas été en présence d'une femme comme Colby. Innocente, pas encore blasée de tout. Une femme qui n'était impliquée dans aucune activité illégale, sans rien de louche.

C'était rafraîchissant.

Et le plus beau, c'était qu'elle ne lui hérissait pas les poils de la nuque.

— Qu'est-ce que tu en penses ? Je trouve que ça rend bien, lança-t-elle, avant de continuer devant le silence de Mace. Attends que les nouveaux appareils électroménagers arrivent, et les nouveaux plans de travail. J'espère que le jaune était le bon choix.

Sa voix trahissait son manque de confiance en elle. Pour

une raison qui lui échappait, sa vie semblait dépendre d'une question aussi banale que celle de savoir si elle avait fait le bon choix de couleur. Si le jaune soleil ne correspondait pas parfaitement au nouvel évier et aux comptoirs, elle serait dévastée.

— S'il s'avère que non, on pourra le repeindre.

Non pas qu'il veuille vraiment se porter volontaire pour cette mission, mais... Un silence pesant le saisit. Il se tourna vers elle. Son expression d'horreur le préoccupait ; c'était presque comme si elle avait pris sa réponse comme une attaque personnelle. Il se glissa derrière elle et posa les mains sur ses épaules, puis les frotta doucement.

— Le jaune est très réussi, lui assura-t-il, puis il remonta ses doigts sur sa nuque, ses pouces caressant les muscles fins sous la peau douce.

Son sourire revint aussi vite qu'il avait disparu, mais elle se libéra de ses caresses et quitta la pièce. Elle se mit à discourir sur les couleurs des murs des autres pièces. Mace secoua la tête et soupira. Soit elle ne voyait rien, soit elle voulait ignorer l'étincelle qui crépitait entre eux.

Mais une chose était claire, elle ne s'enterrait pas dans cette maison par hasard. Sans doute pour la même raison qu'elle avait ajouté le mot « maintenant » quand elle avait déclaré pouvoir s'occuper d'elle-même. Une blessure fraîche était là, quelque part. Physique, mentale, il ne le savait pas encore.

Bien sûr, les gens étaient fiers de leur domicile, mais elle semblait un peu trop obsédée. Et il voulait savoir pourquoi.

Chapitre 3

Mace finit par passer une bonne partie du dimanche matin à dormir. Il avait trouvé un mot que Colby avait laissé sur la porte de la salle de bain lors d'une expédition à l'aube pour soulager sa vessie. Le message précisait qu'elle était allée à une vente de meubles avec un ami, et qu'ils allaient faire un tour dans des brocantes sur le chemin. Oh, et elle espérait que ça ne le dérangeait pas qu'elle emprunte son pick-up. Hé ben, bordel. C'était plutôt gonflé de sa part.

En même temps, la fuite de Colby au volant de son véhicule lui donnait une très bonne excuse pour se recoucher. Et là, quelques heures plus tard, toujours aussi indolent, il restait enfoui sous ses couvertures. Si elle avait été futée, elle aurait fait la grasse matinée aussi. Bon sang, s'il avait été futé, il se serait réveillé avec elle dans les bras, de préférence nue, et aurait commencé la journée du bon pied. Mais non. Au lieu de cela, il était allongé tout seul dans son lit, avec pour seule compagnie son érection matinale, ou plutôt de milieu de matinée.

Il passa une main sous l'élastique de son caleçon et redressa sa verge. Merde. Le faire tout seul, ce n'était pas pareil. C'était comme se contenter d'une pastille à la menthe après le repas quand on avait vraiment envie d'une part de tarte au chocolat.

Mais puisque Colby était partie, il n'avait pas d'autre choix. En roulant vers sa table de nuit, il tomba nez à nez avec la photo de ses défunts parents. Il pesta et renversa le cadre, face contre le sol. Juste ce dont il avait besoin : ses parents le surveillant tandis qu'il évacuait un peu de tension sexuelle. Quand il était adolescent, il avait déjà eu bien assez peur qu'ils le surprennent. Même s'il n'avait jamais été pris sur le vif, ce n'était pas passé loin à certaines occasions. Bien trop nombreuses pour être comptées.

Heureusement pour sa queue ce matin, ce n'était plus un problème. Il ouvrit le tiroir d'un coup sec et y plongea la main jusqu'à ce que ses doigts butent contre une petite boîte. Il la sortit – des préservatifs – et la retourna pour lire la date d'expiration. Bon sang, ils étaient tellement vieux, et probablement tellement secs, qu'ils s'effriteraient rien qu'en essayant de les dérouler. Inutilisables. Il allait devoir s'approvisionner lors de ses prochaines courses. Il avait prévu d'en avoir besoin de nouveaux. Il pourrait peut-être les ajouter à la liste de courses de Colby, sur le petit bloc de papier fixé au frigo par un aimant. Lait, œufs, pain, préservatifs. Oui, ça pourrait être un bon tuyau.

La boîte termina sa course à côté du cadre photo, et il reprit ses recherches. Ah, victoire.

Avec un soupir de soulagement, il sortit le tube de lubrifiant à l'eau. Il sourit. Il avait besoin d'être soulagé et il allait l'être. Il aurait juré avoir une érection perpétuelle depuis son retour à la maison l'autre jour et son face-à-face avec une rouquine.

Le pire, c'était que chaque fois qu'il essayait de la toucher, même innocemment, elle s'éloignait. Il n'arrivait à rien. Il s'était dit que se porter volontaire pour l'aider dans cette horrible maison l'amadouerait un peu. Et ça avait été le cas, mais pas encore assez. Pas assez vite à son goût, du moins.

Il souleva les hanches et enleva son caleçon, le jetant par-dessus le cadre photo tombé. Les parents ne risquaient pas de le surprendre. Après avoir regonflé ses oreillers dans son dos, il se redressa pour s'appuyer contre la tête de lit. C'était mieux comme ça.

D'un simple geste du doigt, le bouchon du tube sauta et il en fit gicler une bonne quantité sur sa paume. Son sexe frétilla d'impatience contre son bas-ventre. Il balança le tube de côté dans sa hâte, saisit la base de son membre de sa main lubrifiée et le serra.

Le gland vira au rouge profond, et la veine qui courait sur toute sa longueur se mit à palpiter. Il serra plus fort jusqu'à ce que l'extrémité devienne presque violette et alors, seulement alors, il fit glisser sa main vers le haut. Il passa le pouce sur la couronne jusqu'à ce qu'elle soit bien lubrifiée. Il l'empoigna, gardant le poing serré en redescendant jusqu'à la base.

Putain de merde. Un léger frisson le parcourut. Il ne se souvenait pas de la dernière fois où il s'était branlé.

Il ferma les yeux, reposa son crâne contre la tête de lit et poussa un soupir saccadé. Il ne s'était caressé qu'une fois. Juste un coup et il avait déjà envie d'exploser. Il ajusta sa prise, s'assurant que chaque doigt entourait sa circonférence, avant de recommencer, mais plus lentement.

C'était Colby qu'il voulait sur lui, à califourchon, pressant ses lèvres serrées, pulpeuses et humides autour de son érection. Glissant de haut en bas. *De haut. En bas.*

Guidant sa main plus rapidement le long de son sexe, il garda un rythme régulier et doux. Même si son poing était lisse et chaud, il aurait préféré que ce soit elle qui le chevauche, faisant claquer ses fesses contre ses genoux, s'emparant de chaque centimètre de lui et en redemandant encore.

Serrant son poing, il accéléra la cadence. Jusqu'au bout du gland, une pression, puis un mouvement ferme vers le bas. Ses bourses se contractèrent sous l'envie de jouir entre ses cuisses. Ou dans son cul, sa bouche, peu importe.

Répétant le mouvement, encore et encore, il soulevait le bassin à chaque retour vers le bas et poussait contre le matelas à chaque remontée.

Son thorax se bomba, comme pour reprendre son souffle. Il y était presque. Si près du but. Il agrippa plus fort la base de sa verge et la serra jusqu'au gland. Puis vers le bas une fois de plus. Au dernier passage, un grognement rauque s'échappa de ses lèvres tandis que du sperme chaud giclait sur son ventre et son torse. Il se renversa en arrière, haletant, incapable de bouger, sa queue frémissant de plaisir. Il la serra une dernière fois pour la vider de tout le liquide restant.

Un léger gloussement lui échappa. C'était exactement ce dont il avait eu besoin et il allait devoir recommencer très bientôt. Il se dirigea vers la salle de bain, nu, et le léger boitement qui le gênait était le résultat de ses actions complaisantes. « Très bientôt », se transforma en « maintenant ». Pendant qu'il se douchait, il se savonna et se branla à nouveau, un peu plus tranquillement cette fois.

Quand l'eau chaude vint à manquer, il se traîna hors de la douche. Il passa une grande serviette autour de sa taille, sortit dans le couloir et percuta Colby de plein fouet.

Ils sursautèrent tous les deux, surpris, Colby poussa un « oh » en même temps que Mace s'excusait.

— Désolé, désolé. Je ne t'avais pas vue. Ça va ?

Bon sang ! L'avait-elle entendu se branler sous la douche ?

Si c'était le cas, elle ne le montrait pas. Elle recula d'un pas et lui offrit un sourire hésitant, la main sur le cœur.

— Je vais bien. J'aurais dû être plus attentive.

— Non, c'est ma faute.

Plus assez d'oxygène dans le cerveau. Ou plutôt plus assez de sang.

Elle se détourna légèrement et recula encore, se plaquant contre le mur du couloir. Était-elle mal à l'aise parce qu'il ne portait qu'une serviette ? Il baissa les yeux pour s'assurer qu'elle ne glissait pas. Oui, il avait envie d'elle, mais pas assez pour laisser le tissu tomber au milieu du couloir et s'offrir comme ça.

Il se racla la gorge, et ses pensées précédant l'histoire de la serviette lui revinrent en mémoire.

— Comment s'est passée ta chasse aux bonnes affaires ?

— Oh, euh, bien. On s'est amusées. J'ai trouvé quelques jolies petites tables aux enchères et j'ai récupéré quelques articles de cuisine dans les vide-greniers.

— Alors, mon pick-up t'a été utile ?

Le rouge lui monta à la poitrine et jusqu'à la gorge.

— Je suis désolée. J'aurais dû demander. Les clés étaient en bas près de la porte d'entrée, et je ne voulais pas te réveiller. J'ai rempli ton réservoir.

— T'inquiète, pas de problème. Au moins, tu as laissé un mot.

Colby s'efforçait de ne pas reluquer le torse de Mace. Il était exactement comme elle l'avait imaginé. Sculpté, mais pas trop dur. Juste comme il faut. Il avait de petits tétons foncés qui dépassaient d'une fine épaisseur de poils foncés. Une ligne de poils entourait son nombril et disparaissait sous la serviette. Il n'avait pas d'abdos en tablettes de chocolat, mais pas loin.

Ses cheveux humides, si longs qu'ils touchaient presque ses épaules, bouclaient légèrement autour de son visage. Elle serra les poings, luttant contre l'envie de les peigner.

Elle étudia l'angle de sa mâchoire, la courbe de sa lèvre supérieure et son arcade sourcilière avant de croiser son regard. Elle se rendit compte qu'il se tenait là, silencieux, à attendre qu'elle ait fini de le mater. Merde. Combien de temps étaient-ils restés là sans dire un mot ? La chaleur, qui léchait déjà sa gorge, lui monta aux joues.

Quand il tendit la main, elle tressaillit machinalement. Il hésita une longue seconde, puis effleura sa pommette de ses phalanges. Même si son expression semblait toujours neutre, elle perçut la curiosité dans ses yeux avant qu'il ne la dissimule également. Colby sentit son visage devenir encore plus brûlant. Elle n'arrivait pas à concevoir d'avoir eu si peur d'un geste qui s'était révélé si doux.

— Il n'y a aucune raison d'être gênée.

Elle ouvrit la bouche pour lui dire qu'elle ne l'était pas, mais au lieu de cela, elle ne dit rien. Il ne pouvait pas savoir qu'elle avait rougi non pas à cause du contact physique, mais à cause de sa propre réaction instinctive et honteuse à son geste inattendu vers elle.

Lorsqu'il se rapprocha, à portée de souffle, elle recula contre le mur, espérant se fondre dans la cloison sèche. Il portait une serviette. Juste une serviette. Même si elle était assez longue pour le couvrir pratiquement jusqu'aux genoux, un seul faux pas et il serait entièrement nu.

Elle lécha ses lèvres asséchées, et le mouvement attira le regard de Mace. Les paupières à demi closes, il glissa son pouce le long de sa mâchoire, puis sur sa lèvre inférieure tout juste humectée.

Il baissa la tête jusqu'à être à quelques centimètres d'elle.

— Je peux t'embrasser ?

Colby déglutit difficilement, mais la boule dans sa gorge persistait.

— Je ne pense pas que ce soit une bonne idée.

— Pourquoi pas ?

Son haleine chaude se mêlait à la sienne. Comme si leurs souffles vitaux étaient déjà intimes, occupés à s'embrasser.

— On ne se connaît pas si bien que ça.

— Un baiser pourrait remédier à la situation.

Elle secoua légèrement la tête, toujours captivée par sa présence toute proche. Au moindre mouvement de sa part, leurs lèvres se toucheraient.

— Je ne veux pas que l'ambiance soit épineuse entre nous. Nous partageons un toit en ce moment. Un baiser pourrait... compliquer les choses.

— C'est juste un baiser. Un simple baiser, rapide. Deux personnes qui joignent leurs lèvres.

Bizarrement, elle ne pensait pas que ce serait si simple. Ou rapide.

Elle tendit une main pour le repousser ; elle avait besoin d'un peu d'espace pour respirer, de clarté pour son cerveau embrouillé. Mais à cet instant, ses doigts rencontrèrent sa peau chaude, ses muscles, les poils légers et courts de son torse.

À ce contact, elle inspira profondément, et il combla l'espace infinitésimal qui les séparait. Ses lèvres effleurèrent les siennes, puis reculèrent d'un centimètre. Il la respira et elle l'imita. Il frôla de nouveau ses lèvres. Tout doucement. Sans aucune pression.

Au troisième mouvement, il la saisit par les épaules et plaqua ses lèvres sur les siennes. Elle ouvrit la bouche pour protester, mais il inclina la sienne, plongeant sa langue pour la sonder.

Elle oublia ses objections lorsque la langue de Mace envahit sa bouche, effleura ses dents et s'entremêla avec la sienne jusqu'à ce qu'elle gémisse et étire timidement sa langue contre la sienne. Leurs langues se rencontraient, luttaient, se tortillaient et se poussaient l'une l'autre. Elle remonta les mains le long de son torse jusqu'à ce que l'une d'elles s'accroche autour de son cou, tandis que l'autre maintenait son visage en place, avant de l'attirer encore plus près. Elle ne pouvait pas se passer de lui. Il n'était pas assez près. Pas du tout assez près.

Il avait bon goût. Sa fraîcheur mentholée combinée à sa propre saveur. Un goût très masculin. Elle ne pouvait pas mettre le doigt sur cette saveur, mais elle s'en délectait.

Il glissa les mains sur sa taille, en posa une dans le creux de son dos, l'autre sur une fesse. Il la tira contre lui pour qu'elle sente son érection à travers la serviette en coton, prête et chargée de désir. Un faible gémissement lui échappa, vite englouti par leur baiser. Quand il inclina légèrement les hanches, sa rigidité se pressa contre son bas-ventre.

Mace retira sa main du bas de son dos pour empoigner l'autre fesse. Il les serra rapidement et souleva sans rompre le baiser, la plaquant contre lui.

La panique commença à monter et à obscurcir l'esprit de la jeune femme lorsqu'elle se surprit à vouloir lui arracher sa serviette et l'allonger sur le sol. C'était mal. Très mal. Elle ne le connaissait que depuis quelques jours tout au plus.

Il fallait qu'ils ralentissent. Qu'ils respirent un peu. Rien de cela ne devrait se produire.

Colby détendit finalement son emprise sur ses cheveux. Elle mit fin à leur baiser et chercha à reprendre son souffle. Il déposait un baiser léger derrière son oreille à l'instant où elle reprit la parole :

— Arrête.

Il obtempéra. Immédiatement.

Quand il relâcha ses fesses, ses talons redescendirent jusqu'à ce qu'elle puisse tenir debout toute seule. Il se décala légèrement, mais sans reculer. Il voulut croiser son regard, mais elle détourna la tête.

— Tu n'as pas aimé ?

— Non… Si… Si, c'était agréable. C'était… très agréable.

Elle ne pouvait pas encore lui faire face. Pas encore. Il était encore trop près. Trop sexy. Trop tentant.

— Agréable ?

Du pouce, il saisit son menton et releva son visage pour qu'elle le regarde. Il affichait un sourire en coin. Il n'était pas arrogant, plutôt un peu inquiet de sa réaction. Et cette simple attitude la détendit.

— Tu vas à la pêche aux compliments ?

Elle s'efforça de rire, mais en vain.

— Toujours, répondit-il en secouant. Mais plus sérieusement, je suis désolé si j'y suis allé trop fort.

Elle resta silencieuse. Même si elle en avait aimé chaque seconde, tout comme lui, elle n'aurait pas dû. Elle n'aurait pas dû. Elle ne faisait pas ce genre de trucs avec des inconnus.

— Colby…

Le téléphone de la maison retentit, et Colby sursauta.

— Le téléphone.

— Oui, je reconnais la sonnerie. Oublie-le.

— Et si c'est Maxi ?

— Peu probable, mais si c'est elle, elle rappellera.

À la quatrième sonnerie, elle souffla :

— C'est peut-être Martin.

Elle se dégagea de son emprise et se précipita dans sa

chambre. Elle grimpa sur son lit pour atteindre l'un des rares combinés de la maison.

— Allô ?

L'espace d'un instant, un silence de mort la salua à l'autre bout du fil. Absolument rien. Puis elle entendit une respiration.

— Allô ? Il y a quelqu'un ? répéta-t-elle.

Encore une respiration bruyante. Le duvet sur sa nuque se hérissa. Le cœur battant la chamade, elle hurla dans le téléphone :

— Qui est là ?

Mace lui arracha le combiné des mains.

— Allô ?

Une seconde plus tard, il l'écrasait sur le récepteur. Il fixa l'appareil sans fil pendant un long moment, un muscle sursautant dans sa mâchoire crispée, avant de se tourner vers elle.

— Ça devait être un faux numéro, souffla-t-il avant de se passer une main dans les cheveux. Pourquoi y a-t-il encore une ligne fixe dans cette maison ?

Même si elle ne comprenait pas sa frustration concernant le téléphone fixe, il avait probablement raison pour le faux numéro. Personne ne savait où elle vivait, sauf au travail. Malgré tout, elle ne pouvait retenir ses tremblements.

Sans réfléchir, elle se pencha devant Mace et ouvrit le tiroir de la table de nuit pour vérifier que son arme était bien là. Elle la prit et retira la glissière pour s'assurer qu'une balle se trouvait dans la chambre.

— C'est quoi ce bordel ? Tu avais d'autres chargeurs ? lança Mace en lui arrachant le pistolet des mains et en le remettant dans le tiroir, le refermant violemment. Colby, réponds-moi.

— Oui. Bien sûr.

Elle jeta un coup d'œil vers le tiroir fermé. Elle avait besoin de sentir son arme entre ses mains, de percevoir la sécurité qu'elle lui procurait. Mais un homme costaud se tenait entre elle et son Glock.

— Qu'est-ce que tu vas faire ? Tirer sur le téléphone ? C'était un faux numéro, c'est tout, reprit-il sur un ton plus apaisant.

Il avait raison, il avait raison, il avait raison. Elle était stupide. Il pouvait s'agir d'une simple blague d'un enfant ou d'un faux numéro. Elle en faisait tout un plat pour rien. Elle se concentra sur l'homme en face d'elle.

— Désolée. Tu as raison. Je suis juste... hésita-t-elle, les mots « folle » ou « paranoïaque » lui venant à l'esprit. Je suis juste idiote.

Il s'assit sur le lit à côté d'elle et lui prit la main. Elle voulait qu'il la serre dans ses bras, pour se sentir en sécurité, mais elle ne voulait pas non plus qu'il se rapproche encore d'elle. Elle ne voulait pas dépendre de lui ou de quiconque. Elle était responsable de sa propre vie et de ses propres actions maintenant.

La seule personne qui pouvait la protéger, c'était... eh bien, elle-même.

Elle leva et retira sa main de la sienne. Reculant d'un pas vers la porte de la chambre, elle ne résista pas à la tentation de lui jeter un dernier regard. Il était si sexy sur son lit, vêtu d'une simple serviette. Si elle avait voulu de lui, elle aurait pu l'avoir dans la seconde. Après le baiser dans le couloir, elle était sûre que si elle lui proposait de se dénuder, il n'aurait pas hésité à balancer la serviette au loin.

Nul doute qu'elle avait besoin d'un peu d'amour sans complications, de tendresse, et peut-être même de sexe torride, moite et coquin, mais ce n'était pas sa priorité.

Pour l'instant, elle avait besoin de survivre, besoin de sortir de cette chambre.

— Je descends cuisiner un rôti.

Elle se retourna et s'enfuit dans le couloir.

Dans sa hâte, elle entendit difficilement la question renfrognée de Mace.

— Au fait, c'est qui ce Martin ?

Chapitre 4

Mace se séchait les cheveux à la serviette lundi matin quand la sonnerie stridente de son téléphone portable fendit l'air. Il était capable de faire fonctionner des équipements de surveillance très sophistiqués, mais ne savait même pas comment changer cette foutue sonnerie. Certes, il n'avait pas vraiment cherché. Surtout après avoir principalement utilisé des téléphones prépayés ces deux dernières années.

Il boitilla jusqu'à la chambre et considéra la mention « numéro masqué » sur l'écran. Il répondit à contrecœur avant que la messagerie ne s'enclenche.

— Alors, comment te sens-tu ? demanda une voix masculine très familière.

Mace s'assit sur le lit et jeta la serviette humide sur ses genoux nus.

— Mal. Tu appelles pour une raison particulière ?

— Pas vraiment. Je prends juste des nouvelles d'un de mes meilleurs hommes. Tu t'es rasé la barbe ?

— Non, rétorqua Mace en passant une main sur son

menton barbu. J'aime bien. Je crois que je vais la garder un peu.

— Ça te donne l'air…

— D'un criminel. J'ai déjà entendu cette remarque. La flatterie t'ouvrira toutes les portes. Au fait, c'est toi qui as appelé sur le fixe de la maison hier ?

Ça serait bien le genre de son chef de raccrocher si une inconnue décrochait. Pour éviter toute question gênante, arguerait-il.

— J'ai ton portable.

Oui, c'était la réponse parfaite. Mais il avait raison. Il avait le portable de Mace, et donc aucune raison d'appeler à la maison.

— Il y a un problème, Walker ?

— Non. Non, rien.

Rien d'autre que des gamins qui font des blagues au téléphone.

— S'il y en a un, je suis sûr que tu pourrais t'en occuper.

— Oui. Dans le cas présent, je suis content que tu aies attendu jusqu'à maintenant pour appeler. Une femme habite ici. Heureusement, elle est au travail en ce moment.

— Je sais. Tu parles de mademoiselle Colby Parks.

Mace serra le téléphone plus fort.

— Tu sais ?

— Bien sûr. Je ne te laisserais pas t'embarquer aveuglément dans une situation potentiellement dangereuse.

— Ne te fous pas de moi. Tout ce que je fais, la moindre situation dans laquelle tu me fourres est dangereuse.

Mace jeta un coup d'œil au chargeur plein de l'arme, toujours posé sur sa table de nuit. Il le saisit et l'étudia. Par réflexe, il poussa la balle du haut avec son pouce, testant la tension du ressort du chargeur. C'était un mouvement qu'il avait fait des milliers de fois ; pour une raison obscure, ce geste le réconfortait.

— Tiens, en parlant de danger, elle a failli me tirer dessus en pensant que j'étais un cambrioleur. Ça aurait été bien que tu me préviennes.

Il crut entendre un gloussement, ou peut-être juste une suffocation, à l'autre bout du fil.

— Ça n'aurait pas été drôle, si je t'avais prévenu. Peut-être qu'elle t'obligera à rester en alerte, et t'empêchera de devenir gros et paresseux pendant ta petite convalescence, lança son interlocuteur, avant d'ajouter plus sérieusement : Je me suis renseigné sur elle.

— Pourquoi ça ne me surprend pas ? En fait, tu as juste devancé ma question, j'allais appeler le Bureau aujourd'hui.

Il reposa le chargeur à côté de la photo encadrée de ses parents.

— Donc tu sais que ma sœur s'est mariée et qu'elle est en lune de miel ?

— Oui. Elle s'est mariée il y a un peu plus d'un mois. Elle me l'a dit, mais je ne pouvais pas te transmettre cette info. Mauvais timing, c'est tout. D'abord, tu étais trop bien infiltré. Et puis, avec ta petite mésaventure, je ne voulais pas que tu sois dérangé.

Sa petite mésaventure.

— Oui, d'accord, lâcha Mace avec un rire petit sec. Tu sais au moins qui elle a épousé, où elle est allée ?

Il avait beau essayer de soutirer ces renseignements à Colby, elle se refermait et lui disait de le découvrir par lui-même. Elle estimait que si Maxi voulait qu'il soit au courant, elle lui aurait dit. Ce qui était faux. Il voulait expliquer que c'était lié à sa carrière, mais avait finalement décidé que ça ne valait pas la peine de se disputer. Il devait choisir ses batailles, et il préférait nettement s'efforcer de la mettre suffisamment à l'aise avec lui pour qu'elle se déshabille.

Question de priorités.

Il sourit en y pensant. Mais la voix de son patron fit irruption dans ses pensées, gâchant son fantasme.

— Évidemment, je sais tout. Elle a épousé le banquier qui a financé le monstrueux projet de Mlle Parks, sur Shady Lane. C'est comme ça que ta sœur a rencontré Mlle Parks. Est-ce que tu l'aimes bien ?

Mace ignora la question.

— Elle est terrifiante avec une arme.

— Un Glock...

— Oui. Tu sais tout. Tu es trop méticuleux.

— Pas le choix, nos vies en dépendent, Walker. Je suppose que tu ne veux pas que je te dise tout sur elle. Une femme mystérieuse peut être tellement plus... fascinante, reprit-il, et un bruit de papier froissé résonna à l'autre bout de la ligne. J'espère que tu continues bien tes séances de kiné - et je ne parle pas de la bête à bon Dieu avec Mlle Parks. Tâche de guérir rapidement. Je pourrais avoir besoin de toi pour remplacer un autre agent en mission. Il s'implique trop personnellement.

— Une femme ?

— Mmm. Malheureusement, elle est du mauvais côté.

— Erreur fatale, souffla Mace. Mais, bien entendu, tu le sais. Si possible, j'aimerais rester dans le coin pendant quelques mois.

— Jusqu'à ce que ta sœur revienne au pays ?

— Elle est à l'étranger ?

— Oui, son nouveau mari a de la famille en Angleterre. Ils ont décidé de faire un circuit en Europe, répondit l'homme en riant. C'est évidemment pour pouvoir revoir ta sœur. Je n'imaginerais pas une seconde que tu veuilles rester juste pour aider Mlle Parks à rénover son horrible vieille baraque.

— Elle n'est pas si mal, en vrai.

Est-ce qu'il venait vraiment de prononcer ces mots ?

— Et elle en vaut la peine même dans ce cas, non ? Peut-être qu'elle t'aidera à te sentir mieux. Demande-lui de t'aider avec tes exercices de rééducation.

Son patron gloussa.

Peut-être que quelques mois auprès de Colby lui permettraient de se sentir mieux. Si elle était d'accord.

— Maxi sait-elle au moins ce qui s'est passé ?

Un silence éloquent lui apporta la réponse. Bien sûr que non, sinon sa petite sœur ne serait pas partie en Europe. Elle se serait fait un sang d'encre. Elle aurait repoussé son mariage, mis sa vie entre parenthèses. Peut-être que c'était mieux que Maxi ne sache rien.

L'homme se racla la gorge.

— Bon, on reste en contact.

Mace fixa le portable un moment après l'extinction de l'écran, puis le jeta sur le lit.

Maintenant qu'il savait que son patron n'avait pas appelé hier, il repensa à la réaction de Colby. Pourquoi avait-elle été bouleversée par cet unique appel ? Bon, d'accord deux, il y en a eu un plus tard dans la soirée. Mais il avait décroché en premier, et il n'y avait eu qu'un clic rapide et plus rien.

Mace avait fait passer le second pour un autre faux numéro puisque Colby était à portée de voix. Il avait fini par lui dire que quelqu'un voulait commander dans un restaurant chinois et avait composé un mauvais numéro. Qui sait si elle l'avait cru ou non, mais au moins elle n'avait pas paniqué comme la fois précédente.

Lorsqu'il lui avait demandé si les raccrochages intempestifs avaient été récurrents avant son retour, elle avait changé de sujet et il avait laissé tomber. Pour l'instant. Mais il irait au fond de cette affaire d'une manière ou d'une autre.

En fin d'après-midi, Mace entendit une voiture remonter l'allée et ouvrit la porte d'entrée pour voir qui était là. Il se surprit lui-même ; il n'avait même jamais jeté un œil par le judas avant. C'était bien agréable d'ouvrir une porte sans avoir peur qu'un malfrat le transforme en passoire. Trois jours à la maison, et il commençait déjà à se détendre.

Colby gara une décapotable d'un rouge éclatant assez vieille, à côté de son pick-up Ford moins vieux, mais moins éclatant aussi. Il aperçut des sacs de courses sur la banquette arrière et sortit l'aider.

— Pas mal, dit-il, en prenant deux sacs.

Colby lui en tendit un troisième et en attrapa un elle-même.

— Moi ou la voiture ?

— Les deux. Je ne pensais pas que tu avais un véhicule.

— Elle était au garage. J'avais besoin d'une nouvelle pompe à eau.

Il la suivit dans la maison.

— Ah oui ? Dommage que je ne sois pas rentré plus tôt. Je suis doué avec les voitures.

— Et avec les femmes ? lança-t-elle par-dessus son épaule.

Il sourit.

— Avec elles aussi.

— As-tu acquis toutes ces compétences en mécanique en...

Mace laissa tomber les sacs de courses sur la table de la cuisine juste à temps pour recouvrir sa bouche de sa main.

— Non, je t'en prie. J'en ai assez de tes blagues sur la taule.

Ses doigts contre ses lèvres chaudes et humides envoyèrent aussitôt une décharge électrique jusqu'à son sexe. Il voulait promener son pouce le long de sa lèvre inférieure, puis le plonger dans sa bouche en un mouvement de va-et-vient jusqu'à ce qu'il soit humide. Ensuite, il remplacerait son pouce par sa langue. Et d'autres choses. Ou juste une autre chose : sa verge brûlante et gonflée. Il ferma les paupières sous le choc du désir jusqu'à ce que Colby s'éloigne, se libérant de son emprise, s'immisçant dans ses pensées.

— Trop près de la vérité ? demanda-t-elle, la voix un peu tremblante.

Parfait. Peut-être qu'il l'affectait autant qu'elle l'affectait.

— Non.

— Alors, dis-moi ce que tu fais dans la vie.

Il rompit d'abord le contact visuel, parce que sans cela, il aurait relevé sa jupe de Mademoiselle Comme-il-Faut et l'aurait pénétrée de manière très inconvenante contre le meuble de la cuisine. Par devant, par-derrière, il ne ferait pas la fine bouche.

Il se concentra plutôt sur le sujet du moment.

— Toi d'abord. Que faites-vous de vos journées, *Mlle Parks* ?

— Tu évites ma question. Termine de rentrer les courses pendant que je les range, et ensuite, et seulement ensuite, j'accepterai de jouer à votre petit jeu, M. Walker.

Si seulement elle savait à quel jeu il voulait vraiment jouer avec elle...

Il se tint à carreau et rapporta les derniers sacs, s'installa sur une chaise et observa Colby tandis qu'elle préparait le dîner.

— Es-tu un mascu ?

Un quoi ? Il lui adressa un regard perplexe.

— Un masculiniste. Un sale macho, précisa-t-elle. Tu ne fais pas la cuisine, le ménage ou la lessive ?

Mace lui décocha un sourire.

— J'essaie d'éviter à tout prix.

— Alors, qui s'occupe normalement de toutes tes tâches domestiques ?

— Et c'est reparti avec les questions. Tu me dois toujours une réponse.

Elle haussa les épaules.

— D'accord.

Il se leva et se plaça derrière Colby. Elle se retourna et sursauta en le trouvant si proche. Suffisamment pour sentir sa chaleur. Et lui faire perdre la tête.

— Qu'est-ce que tu fais ?

Le tressaillement dans la voix de la jeune femme attira son attention et jeta un peu d'eau froide sur sa libido brûlante.

— Je donne un coup de main. Je suppose que c'est ce que tu voulais quand tu as commencé à parler de ces foutaises machistes.

Devant son soulagement évident, Mace secoua la tête. Trois jours s'étaient écoulés. Ils avaient partagé des repas et regardé la télévision ensemble, et il l'avait même aidée à peindre sa cuisine en jaune. Sans parler du long baiser dans le couloir la veille. Pourtant, elle ne semblait toujours pas se détendre avec lui.

En repensant au moment intime passé ensemble dimanche, sa queue se mit au garde-à-vous. Mais il devait être prudent. Même s'il voulait se frotter à elle, découvrir tous ses secrets, il ne pouvait pas trop insister. Pas encore. Il ne voulait pas l'effrayer. Bon sang, s'il ne se surveillait pas, cette tension sexuelle le tuerait.

— Tu as lu dans mes pensées. Tu peux t'occuper de la salade.

S'ils lisaient chacun dans les pensées de l'autre, il avait un gros problème. Parce qu'en ce moment, son esprit était vraiment cochon, tellement cochon. Il s'imaginait enfoncer ses doigts dans sa crinière de feu pendant qu'elle le suçait. Elle serait à genoux, et il guiderait sa tête d'avant en arrière. Sa bouche humide autour de sa queue, des petits gémissements s'échappant de ses lèvres...

Mace retint un grognement et sortit les légumes rincés de la passoire où ils avaient été égouttés. Il prit une planche à découper et s'assit à nouveau à la table pour les hacher. Il devait se concentrer sur un autre sujet. Comme la laitue.

— Tu ne peux pas faire ça ici, au comptoir ?

— Non. Parfois, je ne peux pas m'appuyer sur ma jambe trop longtemps.

Elle le balaya du regard, puis fixa ses jambes. Bon sang. Il aurait préféré que ce soit ses mains qui suivent les courbes de son jean à la place. Elle ne l'aidait pas à se changer les idées.

— Pourquoi ?

Il haussa un sourcil dans sa direction.

Elle leva les paumes en signe de capitulation.

— D'accord, je vais d'abord te parler de moi.

Après avoir placé deux steaks épais sur la lèchefrite et mis des pommes de terre rouges à bouillir, Colby se tourna vers lui, s'appuyant contre comptoir. Au moins, elle semblait un peu plus à l'aise maintenant.

— Je suis biochimiste.

Il épluchait une carotte, essayant de regrouper les longues bandes orange en un seul tas. Se concentrer sur les légumes l'aidait à évacuer un peu de la tension qui l'habitait.

— Impressionnant. Qu'est-ce que ça implique ? demanda-t-il, levant les yeux de sa pénible corvée en l'entendant s'esclaffer.

Les mains plantées sur ses hanches, elle lui lança un regard étonné.

— Comment pourrais-tu être impressionné alors que tu ne sais pas ce dont il s'agit ?

— C'est pour ça que je suis impressionné. Je n'ai jamais dit que j'étais intelligent.

Elle attrapa le torchon qui pendait au-dessus de la poignée de la porte du four et s'essuya les mains, puis se dirigea vers la table, prit une branche de céleri et croqua dedans.

— Je suis spécialisée dans la composition chimique des éléments et le comportement des organismes vivants. Je travaille pour l'université de Malvern.

Si elle essayait de l'abrutir, elle avait réussi. Il n'aurait pas pu se sentir plus bête.

— Peux-tu m'expliquer un peu plus ? Je crois que tu m'as perdu.

— J'étudie les effets de la nourriture, des hormones, ou même des drogues, sur les êtres vivants.

Ah.

— Comme sur les gens ?

Je pourrais t'en parler longuement des effets des drogues sur les gens.

— Les gens, les animaux, les plantes. Peu importe, répondit-elle en poussant le bout de céleri grignoté dans sa direction. Tout ce que l'université veut que je fasse, je le fais. C'est eux qui paient mon salaire.

— Je parie que c'est un joli salaire.

— Ça pourrait être mieux. Je n'ai que mon master. Pour gagner plus, il me faudrait un doctorat.

Elle n'a qu'un master, voyez-vous ça.

— Et ça te tente ? s'enquit-il en prenant les saladiers que lui tendait Colby et en les remplissant de légumes coupés grossièrement. De retourner sur les bancs de l'école, je veux dire.

— Non. J'aime travailler en laboratoire et sur le terrain. Je ne veux pas d'un poste avec des responsabilités administratives. Peu importe ce qu'ils gagnent.

— Je peux comprendre ça. Je ne voudrais pas non plus me retrouver coincé derrière un bureau.

Mace saisit au vol le torchon que lui lança Colby et s'essuya les mains.

— Comment es-tu allée bosser ce matin ? Je t'aurais bien emmenée. L'université n'est pas tout près.

— Martin, mon assistant. Il a eu la gentillesse de passer me prendre ce matin et de me déposer au garage après le travail. C'est un type sympa.

— Juste sympa, hein ?

Mace se demanda s'il y avait plus entre eux. Il attendit, mais elle ne lui confia rien d'autre sur son collègue.

L'Université de Malvern. Quand il avait dit être impressionné, il le pensait vraiment. C'était une institution prestigieuse. Ses parents avaient déménagé dans cette « ville » universitaire quand Maxi et lui étaient jeunes. Leur père, professeur, y avait enseigné jusqu'à sa mort. Maxi avait aussi obtenu son diplôme là-bas. Pour Mace, le choix de l'université avait été tout autre : il avait trouvé l'établissement le plus éloigné de chez lui dans le bas du classement national. Comme s'il avait pu entrer à Malvern de toute façon...

— Alors, qu'est-ce qu'elle a cette jambe ? demanda Colby, le tirant de ses pensées.

— On m'a tiré dessus.

La question était si inattendue qu'il a répondu avant même de pouvoir y réfléchir. Merde.

Elle haussa les sourcils, visiblement stupéfaite.

— Alors tu ne plaisantais pas ? Quoi, dans une émeute de prison ? insista-t-elle, et ses joues s'empourprèrent lorsqu'elle prit conscience de ce qu'elle venait de dire. Je suis désolée. Si tu me disais ce que tu fais dans la vie, j'arrêterais.

— Pourquoi est-ce si important ? Et si j'aimais juste voyager comme un vagabond ?

— Pourquoi faire ça alors que tu as une belle maison ici ?

— Je ne sais pas. Par ce que je m'ennuie ?

— Non. Je ne sais pas ce que tu caches, mais je ne le dirai à personne. Promis.

Elle croisa ses doigts et traça un X sur son cœur.

Mace sourit à ce geste. Il voulait lui faire confiance. Il le voulait vraiment. Mais après des années et des années de mensonge, la vérité n'était pas si facile à dévoiler. C'était difficile de revenir dans sa « vraie vie ». Ou ce qu'il pensait devoir être sa vraie vie.

— Je peux voir ta jambe ?

Une fois de plus, sa question le prit au dépourvu. Mace posa le couteau d'office avec lequel il jouait distraitement avant de se trancher accidentellement le doigt. Voulait-elle qu'il baisse son pantalon au milieu de la cuisine avant le dîner ? Non pas que l'idée de se mettre nu pour elle lui déplaise, mais il avait envie de lui montrer autre chose que sa blessure.

Comme si elle lisait dans ses pensées, elle ajouta :

— Pas maintenant. Plus tard.

— Je pensais que tu étais une scientifique. Pas une doctoresse.

— Je reste curieuse. Un scientifique s'intéresse à tous les êtres vivants. Et dans ce cas précis, je souhaite savoir comment le métal influe sur la chair humaine.

— Pas très bien, je peux en témoigner. Ça fait mal et ça a

l'air horrible. Mais si tu veux vraiment voir ça, tu dois promettre de lui faire un bisou magique.

Elle songea sûrement qu'il plaisantait. Il ne plaisantait pas du tout. Il croyait que si elle posait ses douces et pulpeuses lèvres sur sa jambe en voie de guérison, toute la douleur pourrait disparaître. Bon sang, ça valait le coup d'essayer.

— Je le promets.

Elle s'esclaffa et il l'imita. Elle était loin de se douter qu'il la ferait tenir sa promesse.

— Dis-m'en plus sur ce Martin.

Elle lui rendit la pareille en répondant aussitôt.

— C'est un gars sympa avec qui je travaille.

Et elle avait passé le dimanche matin avec lui à une vente aux enchères et à la chasse aux bonnes affaires. Qui sait quoi d'autre.

— Oui, tu l'as déjà dit.

— C'est à peu près tout.

Colby leva les yeux de la sitcom qu'elle regardait. Le bol de pop-corn en équilibre sur ses genoux pencha dangereusement. Heureusement, elle le rattrapa à temps et le posa sur la table basse qui trônait devant le canapé.

— Oh, mon Dieu.

Mace traversa le salon vers elle, boitant dans un short en jean coupé. Et rien d'autre.

— Je t'avais dit que ce n'était pas joli.

— Qui t'a fait ça ? chuchota-t-elle. Elle tendit la main quand il approcha. Elle voulait le toucher, mais hésitait.

Aussitôt, il entra dans son jeu, et ferma les yeux.

— Vas-y doucement avec moi.

Colby releva la tête pour voir s'il plaisantait, mais non. La douleur se lisait sur ses traits, les muscles de sa mâchoire crispés, et elle reporta son attention sur sa jambe, remontant le tissu pour mieux voir. Sa cuisse ne ressemblait guère plus qu'à de la viande de hamburger. La moitié du muscle interne de la cuisse manquait, et elle voyait le contour de son fémur sous la peau. Des cicatrices rouges ressemblant à des sutures subsistaient là où les médecins avaient recousu la peau.

Ça avait dû être une sacrée arme. Elle se mordit la lèvre, se demandant comment il avait pu endurer la douleur.

— Tu as de la chance de ne pas avoir été amputé.

Colby ne prit conscience qu'elle avait parlé à voix haute qu'en entendant son grognement et ses mots amers.

Il rouvrit ses yeux sombres, les braquant sur elle.

— J'ai de la chance que l'arme n'ait pas été pointée quelques centimètres sur la gauche. Il m'aurait alors manqué un truc un peu plus important qu'un muscle de la cuisse.

Il serra les dents et une perle de sueur apparut sur son front lorsqu'elle caressa prudemment, mais légèrement, la peau rouge vif du bout des doigts. Le moindre contact semblait le faire souffrir. Étonnamment, il ne recula pas et ne lui demanda pas d'arrêter.

— Désolé si je ne suis pas très réceptif à ton toucher en ce moment. En temps normal, je serais très attentif.

Colby jeta immédiatement un coup d'œil au V de son short avant de détourner le regard, une chaleur rampant dans son cou. Elle était tombée dans son piège.

— Ce que je te vois prendre tout le temps... Ce sont des analgésiques ?

— C'est un reproche ?

— Non. Mais il y a d'autres moyens de soulager la douleur. Des moyens naturels.

— Si tu penses à la médecine holistique, oublie tout de

suite. Je vais m'en tenir à la bonne vieille méthode américaine qui consiste à prendre un comprimé pour chaque douleur.

Mace se laissa tomber sur le canapé à côté d'elle, délogeant sa main au passage. Il posa sa jambe meurtrie sur la table basse et s'empara de la télécommande.

— Qu'est-ce que tu regardes ?

Colby lui arracha la télécommande des mains et éteignit la télévision avant de la jeter hors de sa portée sur le fauteuil inclinable à quelques mètres de là.

— Pas question. Tu ne vas pas t'en sortir aussi facilement. Je veux savoir qui a fait ça et pourquoi.

— Eh bien, le pourquoi est facile. Je suis sûr qu'un petit génie – veux dire, une petite génie – pourrait trouver la réponse. Il essayait de me tuer.

— Qui ? Pourquoi ?

Pourquoi quelqu'un essaierait-il de tuer cet homme ?

Il passa une main dans ses cheveux d'un geste brusque, les laissant ébouriffés.

— Je ne peux pas te donner les détails, Colby, même si je le voulais.

Il saisit un magazine au hasard sur la table basse et le feuilleta avant de le reposer sur la table, agité.

— Tu es flic ?

Mace secoua la tête et jeta un regard nostalgique à la télécommande.

— Dans les forces armées ?

— Non.

Il fixa le plafond et souffla longuement.

— Est-ce que je vais devoir jouer à Action-Vérité avec toi ?

— Non, mais je peux te dire un truc, lâcha-t-il en se tournant vers elle, les yeux rivés sur les siens. Je travaille pour le FBI.

— Sous couverture ? C'est pour ça que tu n'as pas eu de contact avec Maxi pendant deux ans ?

Peut-être qu'il était sous couverture en ce moment même. Qui était-il vraiment ? Était-il au milieu d'une opération ? Son cœur s'emballa.

Mace grogna.

— Colby, s'il te plaît, ne demande pas de détails. Je ne peux rien te dire, et c'est mieux si tu ne sais pas, de toute façon.

Elle se tourna pour étudier son visage.

— Es-tu vraiment Macen Walker, ou est-ce une sorte de pseudonyme ? Es-tu vraiment le frère de Maxi ?

Il leva les yeux au ciel et renâcla.

— Oui, je suis celui que j'ai dit que j'étais. Je croyais qu'on en avait déjà parlé la première nuit.

Colby se sentit soudain horriblement mal de la manière dont elle l'avait traité au début.

— Je pensais que tu étais un criminel ! Et tu venais de risquer ta vie...

Il posa un doigt sur ses lèvres.

— Chut.

Elle détourna la tête et plissa les yeux.

— Non, ne me fais pas taire. Je suis désolée. Je suis désolée d'avoir pensé que tu étais un... un...

— Colby, ça va. Je suis un grand garçon, je peux encaisser une petite taquinerie.

— Non, ça ne va pas. Tu souffres en permanence. Et ne mens pas en disant que ce n'est pas vrai. Je me demandais pourquoi tu boitais de temps en temps. Pourquoi tu galères pour accomplir un geste aussi facile que monter les escaliers.

Les larmes lui piquaient les yeux. Mais elle ne voulait pas pleurer. Non. Elle ne voulait pas avoir l'air d'un bébé trop émotif.

Endommagé

Bon sang. Elle essaya de retenir une larme qui coulait, mais elle s'échappa trop vite.

Mace recueillit la larme sur son doigt et la contempla. Il devait admettre que l'émotion de Colby le touchait. Personne, à part sa sœur, ne s'était vraiment soucié de lui depuis longtemps. Ou de ce qui pouvait lui arriver. Une douleur inhabituelle enfla dans sa poitrine.

Mais il ne voulait pas y penser maintenant. Il ne pouvait pas. Il refusait d'ouvrir une boîte de Pandore des sentiments. Il ne connaissait cette femme que depuis quelques jours. Il avait vraiment besoin de sa sœur. C'est pour elle qu'il était rentré à la maison. Il avait besoin d'un pansement émotionnel et physique.

— Ne pleure pas pour moi, Colby. J'ai survécu. Sinon, nous ne nous serions jamais rencontrés. Je ne saurais dire pourquoi, mais je sens qu'on peut s'entraider maintenant. J'essaie de guérir, et je pense que toi aussi, dans un sens.

Colby secoua la tête, mais évita son regard.

Mace saisit son menton et la fit pivoter pour plonger son regard dans le sien.

— Oui, tu as ton propre démon. Une sorte de douleur qui t'est propre. Je pense que c'est la raison pour laquelle tu es aussi impliquée dans ta maison. Chaque détail dans cette maison semble être une catastrophe à résoudre.

Il lui caressa la joue du bout du pouce, croisant son regard larmoyant et baissa la voix, lui murmurant presque désormais.

— Pourquoi ? Que t'est-il arrivé, Colby Parks ?

— Rien, rien du tout.

Il ne la croyait pas. Elle avait été blessée – peut-être pas comme lui, physiquement –, mais probablement psychologiquement ou émotionnellement. Pas seulement blessée, mais gravement blessée. Il avait été blessé par des gens qui le détestaient, qui se fichaient éperdument de lui. Il supposait qu'elle avait été blessée par quelqu'un qu'elle aimait. Ou dont elle se préoccupait. Une personne proche d'elle.

Ses yeux rougis étaient assortis au bout de son nez. Quelques larmes de plus maculèrent ses joues sans être retenues. Il avait désespérément envie de se pencher vers elle et d'embrasser ces larmes. Il voulait la serrer contre lui et la prendre dans ses bras, la tenir jusqu'à ce que leurs démons respectifs s'échappent. Il voulait se perdre en elle et juste ressentir, oublier tout le reste sauf eux deux. Mais il ne voulait pas non plus la submerger tant il avait besoin de la toucher. S'il tendait la main en premier, il ne faisait pas confiance en ses propres réactions. Il fallait qu'elle fasse le premier pas.

Et, étonnamment, elle le fit.

Colby effleura son menton barbu du revers de la main. Inclinant la tête, elle suivit ses propres doigts du regard.

Mace les attrapa et les porta à ses lèvres.

— Tu as promis de me faire un bisou magique. Je peux comprendre si tu ne veux pas. C'est assez hideux.

Elle secoua légèrement la tête. Puis, elle contempla sa cuisse difforme pendant quelques secondes avant de se pencher et de poser ses lèvres chaudes, tout doucement contre sa peau.

Mace se cala au fond du canapé, les yeux fermés. Ses mains plongèrent dans ses cheveux, saisissant fermement sa tresse. Lorsque les lèvres de la jeune femme se posèrent sur différentes parties de sa cuisse, il poussa un grognement. Elle tourna le visage et frotta sa joue douce contre sa peau meurtrie.

— Oh, mon Dieu, Colby. Ne t'arrête pas, chuchota-t-il. S'il te plaît, ne t'arrête pas.

Elle retourna le visage jusqu'à ce que son autre joue repose sur sa jambe. Elle leva les yeux vers lui et le fixa. Mace ouvrit les yeux et la dévisagea. Les larmes ne coulaient plus, elle avait l'air si bien sur ses genoux, il se sentait si bien avec elle sur les genoux. Il voulait rester ainsi pour toujours, mais son corps avait d'autres idées.

Il lui prit la main qui agrippait sa cuisse indemne, et la tira légèrement jusqu'à ce qu'elle puisse sentir à quel point il la désirait. Bon sang, il avait tellement envie d'elle. Il voulait plonger profondément et intensément dans sa douceur et se perdre en elle.

Les doigts de Colby se refermèrent autour de lui à travers le tissu doux et usé de son short en jean, et il bascula le bassin. Sa respiration se fit plus forte, et sa tête se renversa contre le canapé.

— Colby... souffla-t-il avant de déglutir difficilement. Laisse-moi partir si tu ne veux pas aller plus loin. Ça fait un moment que...

— Pour moi aussi.

Ses mots déclenchèrent des éclairs de chaleur dans tout son corps. Il l'attrapa par les coudes pour l'attirer à lui, et elle évita soigneusement sa mauvaise cuisse.

Mace retira l'élastique au bout de sa tresse africaine et libéra les mèches de cheveux une par une. La respiration de Colby se fit plus saccadée et ses tétons se hérissèrent, prêts à être touchés par sa langue, ses lèvres et ses mains. Une fois les cheveux libérés, il étala la crinière d'un roux profond tout autour des épaules et porta quelques mèches à son nez, humant le doux parfum qu'il reconnaissait maintenant comme le sien.

— *Putain.* Je veux que tes cheveux se drapent sur tout mon corps. Je veux sentir leur douceur contre ma peau.

Il déboutonna lentement chaque bouton de son chemisier, dévoilant un soutien-gorge blanc en dentelle. Ses larges tétons foncés étaient visibles à travers le tissu délicat, juste assez pour le rendre fou. Il passa un doigt sur les bords, touchant à peine sa peau. Et quand elle se cambra, il ne put s'empêcher de les libérer en dégrafant son soutien-gorge. Ils étaient parfaits. Ronds et pleins, tendus d'excitation.

Un léger effleurement d'un doigt sur une pointe sombre la fit se tortiller et murmurer son nom. Elle tendit les mains et les enfouit dans ses cheveux, puis attira son visage vers elle. Et par ce geste, elle lui montra ce qu'elle voulait, ce qu'elle désirait.

Mace promena sa langue sur une des pointes, puis sur l'autre. Lentement, il aspira un téton dans sa bouche, en savourant le goût tandis que Colby saisissait fermement sa tête, le maintenant en place. Elle pencha la tête en arrière pour lui donner un accès inconditionnel. Profitant de cet avantage, il prit le premier téton entre ses lèvres, puis l'autre, encore et encore, profondément, jusqu'à ce qu'elle se débatte contre lui et pousse un gémissement.

Ses doux miaulements changèrent sa queue en acier. Il fut surpris de constater à quel point son contrôle était chamboulé.

— Colby, je ne sais pas si je peux...

Elle pressa ses lèvres contre les siennes, bloquant ses mots. Il savoura sa douce bouche, mordillant sa lèvre inférieure. Puis il plongea sa langue dans la sienne, dans un tourbillon à deux.

Ses doigts s'enfoncèrent dans la peau de ses hanches. Il la voulait sur lui, à califourchon sur lui. Il avait besoin de sentir son sexe chaud pressé contre sa queue, même si une couche de vêtements les séparait.

Alors qu'il la tirait vers lui, il se raidit et jura.

— Merde !

Il se renversa en arrière, rompant leur contact. Il essaya d'en rire, mais échoua lamentablement. Sa crampe à la cuisse provoquait une douleur aiguë dans tout le reste de son corps. Il baissa la tête. De regret. De honte. De frustration, de besoin insatisfait. *Merde.*

— Je suis désolé. S'il y a bien une sensation qui écrase le désir, c'est la douleur.

Colby se décala un peu, les paupières encore lourdes de désir.

— Est-ce que tu vas bien ?

— Non, répondit-il en serrant les poings, pestant à nouveau. Tu ne sais pas à quel point j'ai envie de toi en ce moment.

— Je sais, je sais, souffla-t-elle en écartant ses cheveux sombres de son front. Il faut y aller doucement. C'est peut-être mieux comme ça.

— Oh, non, ça ne l'est pas, crois-moi. Deux endroits distincts me font mal. On peut en soulager un. L'autre, non. Le problème, c'est que celui qu'on ne peut pas apaiser régit ma vie en ce moment.

— Tu veux que j'aille chercher tes comprimés ?

Elle se leva, referma son soutien-gorge et son chemisier.

Mace retint un hurlement. Pas à cause de la douleur, mais de la frustration : il lisait la peine sur le visage de Colby. Il était tout aussi frustré de devoir renoncer, alors qu'il avait été si près de prendre cette belle femme.

Maudit soit le bâtard qui lui avait tiré dessus. Avec un peu de chance, il pourrissait en enfer, là où il l'avait envoyé — un aller simple.

Il ne batailla pas quand Colby l'aida à monter les escaliers jusqu'à sa chambre. Il s'allongea sur son lit, serrant la couette, le muscle de sa cuisse pris de spasmes. Pour ne pas cracher toutes les insultes possibles et imaginables, il préféra serrer les dents. Il n'aimait pas perdre le contrôle d'une situation, et il était hors de question qu'il laisse cette douleur le contrôler. Contrôler sa vie.

Il souffla de soulagement quand Colby revint avec un verre d'eau. Elle attrapa les médicaments sur la commode et, après avoir lu l'étiquette, lui en donna deux. Elle s'assit à côté de lui et attendit que les spasmes se calment.

Quelques minutes plus tard, Mace relâcha suffisamment sa mâchoire pour la remercier.

— Tu veux que je t'aide à te déshabiller ?

— Non. Je crois que tu m'as assez aidé, aboya-t-il. Il regretta instantanément le ton employé lorsqu'elle poussa un petit cri mortifié. Il attrapa sa main, l'empêchant de s'échapper.

— Colby, je ne voulais pas dire ça comme ça. Je ne suis pas en colère contre toi. Je suis en colère contre moi-même. Je te suis reconnaissant de l'aide que tu m'as apportée. Crois-moi, j'adorerais que tu me déshabilles...

Et te voir à nouveau sans chemisier, et j'adorerais sucer et lécher tes seins, ces tétons...

— Mais pas maintenant, reprit-il à haute voix. Je veux qu'on en profite tous les deux.

Il se sentait complètement un con et ne voulait pas qu'elle le quitte tout de suite.

— S'il te plaît. Reste avec moi un petit moment, la supplia-t-il en tapotant le matelas sur sa gauche. Allonge-toi à côté de moi.

Colby lui jeta un regard méfiant.

— Allez. Je suis inoffensif en ce moment, et ça me fera du bien.

— Bon, d'accord, pour quelques minutes alors, accepta-t-elle, en s'allongeant prudemment. Elle se lova contre lui, la tête sur son torse.

Cette femme était parfaitement à sa place entre ses bras. Chaude, douce. Parfaite. Sa respiration se relâcha, s'apaisa, et avant qu'il ne s'en rende compte, il dormait.

Mace se réveilla en sursaut. Un poids lourd pesait sur sa poitrine. Sa main bougea machinalement pour le repousser, mais rencontra des cheveux. Et de la peau. Une peau chaude et lisse.

Il tourna la tête vers le réveil sur la table de nuit. 0 h 15. Il enfonça les doigts dans ses cheveux tressés, et Colby soupira dans son sommeil. La chambre était sombre, mais il ne se rappelait pas avoir éteint la lumière. L'avait-elle fait ? S'était-elle levée, avait-elle éteint la lumière et s'était-elle encore sentie suffisamment à l'aise en sa présence pour revenir se blottir contre lui ? Elle avait dû se lever à un moment donné puisque ses cheveux avaient repris leur place dans sa tresse serrée et maîtrisée.

Oh, oui. Qu'elle soit restée dans sa chambre montrait qu'elle se sentait plus à l'aise avec lui. L'obscurité ne le dérangeait pas. Perdez un sens et les autres compensent. Il n'était peut-être pas capable de la voir, mais il pouvait la ressentir et humer son doux parfum.

Sa tête était posée sur son buste, son souffle chaud entrant et sortant entre ses lèvres entrouvertes. L'air faisait vibrer le duvet autour de son mamelon, le faisant palpiter et se raffermir. Soudain, il prit conscience de la position du reste de son corps svelte. Une épaule était repliée sous son aisselle, ses seins épousant son flanc gauche. Le bas de son corps était replié loin de ses jambes, probablement pour ne pas aggraver la douleur de sa cuisse.

Un bras drapé autour de sa taille nue, une main sur sa

hanche droite. Il caressa son bras de l'épaule jusqu'au bout des ongles. Il saisit les doigts de Colby et glissa sa paume vers son bas-ventre nu, la posant sur le V de poils inversé dépassant de son short. Quand ses doigts tressaillirent dans son sommeil, il se découvrit soudain très, très dur. Et tordu. Il se rajusta, ce qui rapprocha son gland de ses doigts. Tellement proches.

Il replia son bras gauche derrière elle et tendit les doigts au creux de son dos, les plongeant dans l'espace entre son short et sa peau. Il les écarta jusqu'à ce que les extrémités effleurent le haut de ses fesses. La tentation de caresser son sillon jusqu'à ce qu'il trouve le passage étroit était forte ; il devinait qu'aucun homme n'y avait jamais touché. Il préféra caresser la peau bordant sa ceinture jusqu'à son ventre. Du pouce, il dessina un cercle autour de son nombril et, au troisième passage, il étira le reste de ses doigts. Ils étaient assez longs pour les insérer entre son short et sa culotte. La pulpe de ses doigts glissa le long de la fine bande élastique ; il se demanda si elle était en satin rose.

Colby remua, et sa respiration s'accéléra. De petites bouffées d'haleine chaude effleurèrent sa peau. Soit elle était réveillée, soit son corps pensait qu'elle faisait un très, très joli rêve. Il pivota de côté, la recouchant doucement sur le dos et repliant ses bras sur l'oreiller. Sans voir si elle avait les yeux ouverts, il longea du pouce sa mâchoire, puis ses lèvres entrouvertes. Il aurait juré sentir une langue lécher la pulpe de son pouce. Il plongea son pouce dans sa bouche et... elle le mordilla. Sa verge tressaillit dans les confins de son caleçon, prête à sortir s'amuser.

Mace ramena une main sur son cou et traça le contour de sa clavicule, dans un sens puis dans un autre, avant de suivre la courbe externe de son sein. De l'autre main, il fit sauter le bouton de son short en jean et glisser la fermeture éclair. Il repoussa son caleçon, ses doigts effleurèrent sa couronne, humide de désir. Il s'empoigna et se serra fort dans la paume de sa main, ses hanches quittant le lit.

Il se caressait en de longs mouvements langoureux tout en continuant à explorer la courbe de son sein, décrivant des cercles de plus en plus petits jusqu'à atteindre le bord de son aréole à travers le chemisier et le soutien-gorge, et en pinça soudain le sommet saillant. Elle haleta et posa une main sur la sienne. Sans un mot. Au lieu de l'arrêter, elle poussa sa main vers son autre sein. Son souffle se fit saccader et elle émit un petit gémissement.

Une main l'encourageait à poursuivre son exploration tandis que l'autre trouva la sienne, caressant son érection. Elle glissa ses doigts sous les siens pour prendre le contrôle. Sa main était peut-être plus petite que la sienne, mais, bon sang, elle était bien meilleure. Elle décrivit un cercle autour de sa couronne, recueillant ses fluides et les utilisant pour lubrifier sa verge sur toute sa longueur, dans un geste lent de la base au gland.

Sans jamais interrompre le contact entre leurs corps, il se positionna au-dessus d'elle, attrapant ses lèvres, son haleine chaude et ses gémissements à mesure qu'il tortillait et pinçait ses tétons durcis. Leurs langues s'entremêlèrent et rivalisèrent jusqu'à ce qu'ils doivent tous les deux reprendre leur souffle.

Il repoussa le chemisier et le soutien-gorge et remplaça ses doigts par sa bouche sur son mamelon dénudé. Il suça, frotta du nez, et lécha jusqu'à ce qu'elle se tortille de plaisir. Plus elle le caressait, plus le liquide perlait, donnant à son poing des allures de chatte bien ferme. Il était en train de perdre la tête. Plus elle le caressait frénétiquement, plus il suçait ses tétons, jusqu'à ce que ses dents grattent le bout dur, provoquant un frisson dans le corps de la jeune femme. Elle agrippa son membre si fort qu'il crut que le gland allait sauter.

En grognant, il se dégagea et s'installa rapidement à genoux entre ses mollets.

Quand il tira violemment sur son short et sa culotte en coton, elle les dégagea d'un coup de pied. Il cala ses épaules sous ses cuisses et les remonta en les écartant largement, l'ouvrant ainsi à lui. Il aurait préféré qu'il y ait de la lumière, il voulait voir son intimité rougissante et pulpeuse. Rien qu'au toucher, il devinait qu'elle était bien épilée, mais pas rasée ; il souhaitait admirer ses poils flamboyants encadrant sa splendeur. *Bientôt*, se promit-il.

Son délicieux parfum lui donna une furieuse envie de jouir à cet instant précis. Repoussant cette tentation, il s'allongea entre ses jambes. Il passa un doigt de haut en bas de ses plis humides, un peu plus profondément chaque fois jusqu'à taquiner son clitoris sensible, provoquant une secousse de ses hanches. D'un bras posé en travers de son bassin, il la maintint en place.

Il suçota son petit bourgeon de plaisir et le fit vibrer, provoquant un tressaillement de tout son corps. Il promena deux doigts dans ses plis lisses, avant de les plonger rapidement en elle, avant de continuer vers ses fesses. Il décrivit un cercle autour de son orifice étroit, tenté de briser cette barrière, mais il savait que c'était trop tôt. Il glissa plutôt ses doigts au fond d'elle tandis que ses lèvres, sa langue et ses dents continuaient à jouer avec son clitoris.

Elle gémit et cria, ses doigts s'enfonçant dans ses cheveux, s'agrippant fermement jusqu'à lui faire mal, tous ses muscles se contractant et se relâchant. Il descendit et lécha les plis de ses lèvres, ses doigts poursuivant leur mouvement de va-etvient. Il avait beau la maintenir en place, elle se déhanchait en rythme contre lui, accompagnant chacune de ses incursions.

Il avait atteint sa limite, il n'y tenait plus. Ses bourses étaient tellement contractées, sa verge tellement dure que c'était le plaisir le plus douloureux qu'il ait jamais connu. Colby le tira par les cheveux, l'obligeant à relever la tête. Elle le saisit sous les bras et l'encouragea à remonter vers son visage. Il lui donna un dernier coup de langue sur le clitoris, en savourant le goût, et se détourna, cherchant dans le noir le tiroir de la table de nuit. Il trouva rapidement ce qu'il cherchait et se remercia intérieurement d'avoir pensé à acheter une nouvelle boîte. Il déchira l'emballage du préservatif et le déroula sur tout son membre.

Il s'allongea sur le dos, sa queue se dressant à pic. À deux mains, il attrapa Colby par la taille et la souleva pour qu'elle le chevauche. Elle prit place à califourchon sur ses cuisses, sa verge frôlant sa peau lisse. Elle remonta et fit glisser son entrejambe le long de son membre. Les plis chauds se nichèrent contre ses bourses, se frottèrent sur toute sa queue, jusqu'à ce qu'elle ralentisse et s'arrête quand le gland effleura son orifice. Elle se souleva, remuant ses hanches jusqu'à ce que la couronne s'aligne parfaitement et s'enfonce dans sa chaleur humide.

Elle avait fini d'ôter son chemisier et son soutien-gorge tandis qu'il se glissait dans du latex, et il pouvait enfin palper librement le poids de ses seins, les serrant l'un contre l'autre jusqu'à ce que les mamelons se touchent. Il captura les deux pointes et les fit rouler entre son pouce et son index.

Elle s'abaissa en poussant un gémissement, enfouissant son érection profondément en elle. Elle se contorsionnait tandis qu'il lui tordait et lui pinçait les tétons. Plus il les pinçait, plus elle se pressait contre lui.

Il libéra ses seins pour enfoncer ses doigts dans ses fesses, contrôlant ses mouvements, la ralentissant un instant avant de tendre les mains plus bas, par-derrière. Ses plis humides se sont écartés, la peau délicate s'étira pour engloutir sa queue. Du doigt, il caressa la fine ligne entre sa vulve et son anus, puis décrivit un cercle humide autour de son orifice vierge. Une fois de plus, la tentation le tiraillait. Il exerça une pression sur son étroitesse, juste un peu, pour voir si elle l'encouragerait à passer à l'étape suivante.

Ses mouvements se firent plus frénétiques, son sexe brûlant enserrant sa verge. Merde, non seulement elle était sur le point de jouir, mais lui aussi. Il caressa son pourtour étroit jusqu'à ce qu'elle se détende un peu, puis passa à l'action. Il inséra un doigt, et elle cria en convulsant autour de lui, submergée par un orgasme. Avec un doigt profondément enfoncé dans ses fesses et sa queue encore plus profondément en elle, il se laissa aller. Il jouit avec une férocité qu'il n'avait pas connue depuis longtemps tandis que les contractions de ses parois internes le vidaient complètement.

Quand elle s'effondra sur lui, il serra son corps cotonneux contre le sien. Son cœur battait la chamade, et sa queue palpitait encore. Il retira le préservatif et l'enveloppa dans un mouchoir – il s'en débarrasserait plus tard, il n'aurait même pas été capable de bouger même s'il avait voulu.

Il s'essuya le front d'une main et prit une inspiration vacillante. C'était incroyable.

Mais avant de perdre son combat contre le sommeil, il se rendit compte qu'aucun des deux n'avait prononcé un seul mot.

Chapitre 5

Le soleil réchauffait sa joue. Pourquoi se serait-elle endormie toute nue dans le parc avec son chien ?

Colby ouvrit les yeux et pendant une fraction de seconde, se trouva aveuglée par la lumière. Le chien de son enfance n'était pas couché à côté d'elle. Non. C'était Mace. Elle était sur son lit, pas dans un parc. Mais elle était clairement nue. Aucun doute là-dessus.

Une jambe tout aussi nue, mais poilue, lui enserrait la cuisse et un bras lourd barrait sa poitrine, la clouant au matelas. Au bout de celui-ci, une main tenait son sein en coupe, possessive. Elle jeta un coup d'œil furtif à Mace, poussa un soupir de soulagement quand elle s'aperçut qu'il dormait encore, son souffle s'échappant doucement de ses lèvres entrouvertes en un rythme régulier.

Elle avait fait une grosse – *non, non, non, une énorme* – erreur en laissant ses émotions – ou plutôt, ses hormones – prendre le dessus et en couchant avec un homme qu'elle n'avait rencontré que trois jours plus tôt. D'accord, quatre maintenant. Même ainsi, elle le connaissait à peine.

Elle s'était promis de ne plus se retrouver dans ce genre de situation. Plus jamais. Et pourtant, elle était là...

Idiote, idiote, idiote.

Elle se dégagea lentement de l'emprise de son bras. Ils avaient tous les deux besoin d'oublier la nuit passée. Elle n'était pas prête à s'engager avec cet homme ni avec aucun autre.

Elle devait s'échapper de cette chambre avant qu'il ne se réveille. Elle se libéra, étouffant un gémissement. Un peu raide et endolorie, elle avait utilisé hier soir des muscles qu'elle avait oubliés ou dont elle ignorait carrément l'existence. Rien qu'en repensant à certains de leurs mouvements, son corps réagissait de nouveau.

Elle remarqua alors l'heure affichée sur le réveil, et son cœur s'arrêta. 8 h 28 !

Merde ! Elle devait être au travail dans une demi-heure. Non seulement, il fallait qu'elle se douche et s'habille, mais il y avait vingt-cinq minutes de route jusqu'à là-bas.

Incapable de traîner le drap avec elle sans réveiller Mace, elle se précipita dans le couloir avec seulement son tas de vêtements serré contre sa poitrine. Une fois dans la salle de bains, elle verrouilla la porte derrière elle et sauta dans la douche.

Les cheveux encore humides, elle enfila sa tenue de travail à la hâte. Une chaussure au pied, elle tenta d'enfiler l'autre tout en clopinant dans le couloir, mais s'arrêta à la vue de Mace appuyé contre le mur près de la cage d'escalier.

Il ne portait que son short, et son torse lui coupa le souffle. C'était des marques de dents près de son téton ? Bon sang, elle se souvenait maintenant avoir mordu, léché et fait glisser sa langue sur ces tétons durs et serrés.

— Mace...

Elle pesta contre elle-même en entendant sa voix si affectée. Bien sûr, c'était parce qu'elle était pressée et ça n'avait rien à voir avec la vue de ses pectoraux musclés. *Oui, bien sûr.*

— En retard ? demanda-t-il en fronçant les sourcils, comme s'il n'avait rien de mieux à faire que de l'observer se dépêcher comme une idiote.

— Bien plus que ça !

Elle parvint finalement à enfiler sa deuxième chaussure. Quand elle se redressa, elle évita de croiser son regard. Et tout le reste.

— Je voulais te remercier...

Elle entreprit de descendre les marches, rentrant son chemisier dans son pantalon.

— Pas maintenant ! On discutera plus tard.

Elle ne souhaitait pas l'envoyer promener, mais elle n'avait vraiment pas le temps de bavarder si elle voulait garder son foutu boulot. Et elle en avait désespérément besoin. De plus, elle refusait de repenser à ce qui s'était passé. Pas maintenant. Elle dévala les marches jusqu'à l'entrée et attrapa son sac de travail.

— Je vais faire le dîner, s'écria-t-il depuis l'étage. À quelle heure tu termines ?

— À 17 h.

Elle claqua la porte d'entrée derrière elle. Debout sur le perron, elle se rendit compte qu'elle avait oublié ses clés de voiture.

La porte d'entrée s'ouvrit, et le bras de Mace apparut, son trousseau rutilant au bout du doigt.

— Je prépare le dîner pour 18 h. N'oublie pas.

Colby attrapa les clés et courut jusqu'à sa voiture, en criant :

— Très bien ! Je serai là.

Les effluves du dîner assaillirent immédiatement Colby quand elle ouvrit la porte. Elle était vraiment très en retard. Elle avait depuis longtemps perdu l'habitude que quelqu'un l'attende à la maison et n'avait même pas pensé à prévenir. Mais, honnêtement, elle n'avait pas compris qu'il était sérieux quand il avait annoncé qu'il ferait le dîner.

Après avoir posé ses affaires sur la table de l'entrée, elle ôta ses chaussures et se dirigea sans un bruit vers la cuisine.

S'il était en colère, ce serait parfaitement légitime. *Et merde*. Elle avait encore tout gâché. Malheureusement, c'était en train de devenir la ritournelle de sa vie.

Elle jeta un coup d'œil par la porte et vit la table dressée, les verres remplis de ce qui semblait être du vin rouge, mais aucun Mace en vue. La voie était libre. Pour l'instant.

Colby avança d'un pas prudent dans la cuisine. Des casseroles remplissaient l'évier, et un livre de cuisine était ouvert sur le comptoir.

— Mace ?

Silence.

Elle compara sa montre à l'horloge sur le mur pour s'assurer qu'elle affichait la bonne heure. Eh oui : il était bien 20 h 15.

— Merde, je suis vraiment désolée, chuchota-t-elle à la pièce vide.

— Pas de problème, répondit la voix grave derrière elle.

Colby sursauta et son cœur s'arrêta pendant un instant. Elle se retourna pour lui faire face, espérant qu'il comprendrait, espérant... espérant juste qu'elle ne l'avait pas blessé en lui posant un lapin.

— Mace, je suis tellement désolée.

Il haussa paresseusement une épaule.

— Tu t'es déjà excusée.

— J'aurais dû appeler. Je n'ai pas réfléchi, c'est tout. Je n'ai pas l'habitude de rentrer à la maison et qu'on...

— Ce n'est pas grave, la coupa-t-il en la dépassant, et quand il atteignit l'évier, il se retourna pour lui faire face. Vraiment.

Elle fit un grand geste englobant la table, montrant les couverts et les bouts de chandelles maintenant froides. Elles avaient dû brûler pendant un certain temps ; la cire avait coulé partout sur la nappe.

Elle n'osait pas croiser son regard, même s'il ne semblait pas en colère ni blessé, mais...

— Non, c'est très grave. Je n'avais pas compris que tu ferais un vrai repas. Plus que de simples spaghettis.

— C'est ce que j'ai fait.

— Quoi ?

Son regard glissa vers son visage, mais il se tourna brusquement vers l'évier et se mit à frotter les casseroles, en y mettant un peu plus de force que nécessaire.

— J'ai fait des spaghettis. Au blé entier, d'ailleurs. Avec une sauce blanche aux palourdes et du pain à l'ail et au fromage. J'en ai gardé un peu au chaud pour toi. Tu veux goûter ?

— Tu... Tu veux que je goûte ? demanda-t-elle prudemment, essayant de juger son humeur.

Il jeta un récipient humide dans l'évier.

— Bien sûr. J'ai préparé tout ça pour toi, non ?

S'il voulait qu'elle se sente encore plus nulle, c'était réussi.

— Oui, j'en veux bien. Mais laisse-moi aller me changer. Je ne voudrais pas mettre de la sauce sur mes vêtements de travail.

— Je vais préparer tout ça pour quand tu redescendras.

Colby courut jusqu'en haut et se changea en un éclair. Habillée d'un short kaki et d'un vieux tee-shirt Elton John, elle se hâta de redescendre.

Mace resta assis en face d'elle pendant qu'elle mangeait. Et elle dévora son dîner. Elle complimenta sa cuisine entre deux bouchées de délicieuses pâtes, souriait régulièrement et s'efforçait de maintenir leur conversation aussi légère que possible. Il sembla se détendre un peu, et c'était précisément l'effet qu'elle recherchait. Mais elle devait admettre que le repas était un régal. Et il avait été assez attentionné pour faire le pain à l'ail à partir d'un pain complet.

Avant qu'elle n'ait pu débarrasser sa propre assiette, il repoussa ses mains et nettoya, rinça et plaça soigneusement la vaisselle dans le bac d'égouttage.

Il était merveilleux.

Trop merveilleux. Elle s'attendait à ce que le vent tourne et que le pire lui tombe dessus, car elle n'était pas habituée à cette colère contrôlée. Elle l'avait blessé et s'était juré de ne plus jamais recommencer.

Colby se servit un autre verre de vin. En le sirotant, elle attendit qu'il fasse le prochain pas. Elle voulait qu'il lui crie dessus, lui reproche d'être en retard ou de ne pas avoir appelé. Elle voulait qu'il lui crie dessus pour une raison quelconque. Mais il n'en fit rien.

Elle était habituée à ce que les hommes s'expriment bruyamment. Elle ne savait pas comment gérer un homme qui ruminait en silence.

Peut-être qu'elle avait tort. Peut-être que ce n'était pas si grave après tout. Peut-être qu'elle avait seulement imaginé le malaise sous-jacent entre eux. Peut-être que cette paranoïa inutile n'était que dans sa tête...

Peut-être.

Endommagé

Mace observa Colby remplir son verre de vin pour la troisième fois et se demanda si elle regrettait vraiment d'avoir manqué son – *leur* – dîner. En temps normal, il ne cuisinait pas, mais il n'allait pas lui avouer. Et elle n'avait même pas encore vu le dessert qu'il avait planqué dans le réfrigérateur. Certes, elle lui avait présenté ses excuses, mais...

Quand il s'était assis seul à la table du dîner à 18 heures, à 19 heures, puis jusqu'à 20 heurs, il avait pris conscience que Colby avait simplement mieux à faire de sa vie que de rentrer à la maison auprès d'un estropié. Ils ne partageaient aucun lien, juste du sexe sans attaches. Et encore, une seule fois. Cette femme avait sa propre vie à mener.

Elle devait probablement avoir l'habitude de dîner avant de rentrer. Peut-être avec son assistant Matt, ou peu importe son nom. Elle ne s'était sûrement résignée à manger son repas qu'après avoir vu la table dressée et l'avoir pris en pitié.

Putain, il aurait voulu lui dire à quel point ça l'avait affecté. Mais c'était plus facile de laisser tomber et de faire comme si de rien n'était.

Pourtant, elle avalait pas mal de vin en ce moment même, et il ne savait pas trop quoi en penser. Après leur extraordinaire séance de sexe d'hier soir, on aurait pu espérer qu'elle n'ait pas besoin de se saouler pour passer un peu de temps avec lui. Peut-être avait-elle passé la journée à réfléchir, pour en venir à la conclusion qu'elle ne voulait pas être avec quelqu'un de si abîmé.

La chambre avait été plongée dans l'obscurité la nuit passée ; peut-être qu'elle ne supportait pas l'idée de coucher à nouveau avec lui en pleine lumière, à la vue de ses défauts. *Peu importe.* C'était un grand garçon, il pourrait s'en remettre.

Mais quand Colby proposa qu'ils aillent se détendre dans le salon, il attrapa la bouteille de vin à moitié vide, son verre et la suivit. Il se figea dans l'embrasure de la porte séparant la cuisine du salon. À quoi jouait-il, à la suivre partout comme un chiot perdu et solitaire ?

Il s'apprêtait à opérer un demi-tour quand Colby tapota le canapé à côté d'elle. Il s'assit docilement et posa la bouteille sur la table basse. Regardez l'effet d'un peu de sexe sur lui. Le voilà transformé en minou obéissant, un minou soumis par une chatte.

Et mûr pour une autre déception.

— Alors, comment va ta jambe ?

Mace grimaça. Sa jambe était bien la dernière chose dont il voulait parler.

— Un peu raide.

Elle se tourna vers lui après avoir posé son verre.

— Comment ça se fait ?

— J'ai recommencé la kiné ce matin.

— De la kiné ? Où ça ?

Était-elle vraiment intéressée ? Ou essayait-elle juste de faire la conversation ?

— À l'hôpital universitaire.

— Et tu dois y aller tous les jours ?

— Non, trois fois par semaine, mais je dois effectuer des exercices à la maison tous les jours.

— Est-ce que c'est douloureux ? Non, ne réponds pas, je me doute de la réponse.

Ses doigts se crispèrent autour du pied de son verre à vin. Putain de merde. Il ne voulait pas de sa pitié.

— Je m'en fiche. Je veux marcher. Je veux redevenir normal. Je ne veux pas me balader avec une canne ou un déambulateur comme un vieux. Je ne veux pas être handicapé pour le reste de ma vie. J'ai besoin de récupérer mes muscles autant que possible.

— Tu n'es pas handicapé.

Elle enroula ses doigts chauds autour de son avant-bras. Il étudia le contraste entre sa main blanche et délicate et sa peau à lui plus mate.

— Ah non ? C'est pourtant comme ça que je me sens, répliqua-t-il avec un peu plus de force que nécessaire.

Il secoua la tête et prit une profonde inspiration avant de poursuivre :

— Dans mon métier, boiter c'est un handicap.

— Ce n'est pas si grave.

Il éclata de rire, sans pour autant pouvoir retenir une touche d'amertume.

— Je suis surpris que tu dises ça après l'avoir vue hier soir.

Colby haussa les épaules.

— Ça ne me dérange pas.

— Eh bien, ça me dérange, moi.

Elle lui serra légèrement le bras.

— Mace...

— Colby, la coupa-t-il, puis hésitant une fraction de seconde avant que le reste des mots ne lui échappent en vrac. Tu voudrais bien m'aider pour ma rééducation ?

Merde. Certes, il souhaitait qu'elle l'aide, mais il ne voulait pas lui demander comme ça. Pas après le fiasco du dîner. Putain, maintenant il n'avait plus qu'à espérer qu'elle dise oui.

Ses yeux s'écarquillèrent, et sa bouche s'ouvrit avant de se refermer pour dire :

— Je ne sais pas. Je ne saurais pas quoi faire.

Eh bien, ce n'était pas un non définitif. Il pensait que cette collaboration serait bénéfique pour elle, pour lui. Pour eux. C'était comme pour sa maison : un chantier en cours, un projet à mener à bien.

— Allez, ce n'est pas difficile. Écoute, l'hôpital n'est qu'à quelques kilomètres de l'université. Pourquoi ne pas passer lors de ma prochaine séance, pendant ta pause déjeuner ? Mon kinésithérapeute sera ravi de te montrer ce qu'il faut faire.

Il voulait – avait besoin – de son aide. Bon sang, il la voulait elle, tout court. Il avait besoin de voir ses cheveux roux étalés sur son oreiller pendant qu'il la pilonnait jusqu'à ce qu'elle jouisse. Les petits miaulements qu'elle avait émis la nuit dernière envahissaient à nouveau son esprit. Après avoir adopté une position plus confortable pour sa verge en pleine expansion, il souffla longuement et lentement, ramenant ses pensées au sujet qui les occupait.

Devant l'hésitation de la jeune femme, il décida qu'il était temps de sortir le grand jeu.

— Je propose un marché. Tu m'aides pour mes exercices, et je t'aide pour ta maison.

Il savait qu'elle ne pourrait pas résister à cette offre. Son désir de marcher normalement était tout aussi fort que son désir à elle de finaliser sa maison. Quel que soit le raisonnement derrière. Il leva son verre de vin vers elle.

— Marché conclu ?

Après un temps de réflexion, elle fit tinter son verre contre le sien.

— Marché conclu.

Mace ne put chasser le sourire de son visage.

Chapitre 6

— Tu sais, demain on est samedi, et il y a plein de boulot dans la maison.

Mace leva la tête de la table de soins et vit Colby s'approcher de lui. Son cœur se mit à battre un peu plus fort et beaucoup plus vite en observant sa silhouette élancée traverser la salle de rééducation. Le soulagement de la voir arriver le submergea.

Robin, son kinésithérapeute, termina la série d'exercices avec lui avant de demander :

— Est-ce la femme à qui vous voulez que je montre les mouvements à faire ?

— Ouaip, c'est bien elle, répondit-il en se penchant plus près de son interlocutrice, feignant de chuchoter : Elle est plutôt intelligente, elle devrait comprendre rapidement.

— Ah, j'ai tout entendu !

Après s'être présentée à Robin, Colby serra la main de la femme d'âge mûr, et très corpulente.

— D'après ce que j'ai pu voir jusqu'à présent, ça n'a pas l'air difficile.

Il remarqua la vague rougissante remontant le long de son cou jusqu'aux taches de rousseur parsemées sur son nez. Il tourna les yeux vers Robin, qui faisait environ trois fois la taille de Colby et avait vingt ans de plus, pour éviter de bander.

— Ça n'est pas bien compliqué. Toutefois, il doit faire un certain nombre d'exercices par jour, et il a besoin d'aide. Ce n'est pas facile de le faire seul, admit Robin. Mace est un patient facile parce qu'il veut progresser, pas comme certains autres avec qui j'ai déjà travaillé. Et si vous oubliez un point, je suis sûre que lui s'en souviendra. Il connaît la routine. Son précédent kiné a bien bossé.

— Vous savez, je suis toujours dans la pièce ici. Je suis peut-être handicapé, mais je ne suis pas sourd.

Mace essuya la sueur de son front. Un peu de celle-ci était dû à sa séance et un peu... Il s'efforça à ne pas repenser à l'autre nuit.

Robin se pencha vers lui pour ajouter :

— Vous devez mettre un dollar dans le bocal pour avoir utilisé le mot en « H » encore une fois.

Heureusement, cette femme aboyait, mais ne mordait pas.

Il gloussa.

— Robin, expliquez-lui les exercices pendant que je fais une pause.

— Pas question, pas avec des mots. Je vais me servir de toi pour la démonstration. Colby, pouvez-vous attraper l'élastique bleu là-bas ?

Mace feignit un gémissement, mais les exercices supplémentaires ne le dérangeaient pas vraiment. Plus il en faisait, plus il se sentait bien – jusqu'à ce que la fatigue ne le rattrape plus tard. Colby regarda Robin lui faire faire une nouvelle série d'étirements avec le large élastique. Au moins, se concentrer sur les exercices lui permettait de garder les idées claires.

Pendant quarante minutes, Robin expliqua et montra différents étirements et exercices. La kiné changeait de place avec elle, s'assurant que Colby savait comment aider Mace correctement.

À la fin, il dégoulinait de sueur, et Colby semblait aussi épuisée que lui.

Robin lui lança une serviette propre et partit chercher une feuille pour laisser quelques consignes écrites à Colby. Pendant son absence, il profita pleinement de leur tête-à-tête.

Il se redressait sur les coudes quand elle déclara :

— Ça fait beaucoup à retenir.

Il voulait gommer l'incertitude sur son visage, mais il savait que toute cette rééducation pouvait être intimidante au début.

— Entre les notes de Robin et moi, tout ira bien. Je sais que c'est beaucoup te demander.

— Ne sois pas stupide. Je veux t'aider, répondit-elle en lui offrant un sourire timide.

Elle passa ensuite une main sur son bras et serra ses doigts. Ce geste rassura Mace.

— Il y aura d'autres exercices à faire, qui ne seront pas dans les notes de Robin.

— Oh, comme quoi ? s'enquit-elle en baissant les yeux sur lui, toujours allongé sur la table.

Une fraction de seconde plus tard, le rougissement revenait de plus belle.

— Oh.

— Ces exercices-là sont beaucoup plus amusants.

— Je n'en doute pas. Écoute, Mace...

Il a déjà compris qu'elle regrettait la nuit passée ensemble. C'était bien trop flagrant pour ne pas le remarquer.

Sans compter qu'elle avait évité tout contact intime depuis. Mais il ne voulait pas renoncer à l'idée de la sentir tout contre lui une nouvelle fois. Ou au-dessus de lui. Il n'était pas difficile. Il voulait juste sentir son sexe chaud, humide et serré glisser autour sa queue. Des mouvements lents et aguichants au début, puis forts et rapides jusqu'à ce qu'ils soient tous les deux désespérément sur le point de jouir. Il imaginait leurs corps reliés, claquant l'un contre l'autre encore et encore jusqu'à ce que ses bourses se contractent et palpitent et...

Merde.

Robin se tenait soudain au-dessus de lui. Il jeta rapidement sa serviette humide sur ses cuisses. Les oreilles de Colby étaient violettes d'embarras. Bon sang, elle avait dû imaginer la même scène.

Elle posa une main tremblante contre sa gorge, et dut s'y reprendre à trois fois avant de réussir à articuler :

— Est-il vraiment nécessaire qu'il prenne ces analgésiques ? Ne créent-ils pas une dépendance ? J'aimerais essayer des remèdes à base de plantes sur lui.

Ces questions suffirent à refroidir sa méchante imagination.

— Tu ne m'enlèveras pas mes médicaments, prévint-il.

Il avait peut-être envie de la baiser jusqu'à ce qu'elle hurle – enfin, jusqu'à ce qu'il hurle –, mais il ne la laisserait en aucun cas contrôler sa vie. Elle n'était pas sa mère... ou sa femme.

— Mace, vous pouvez essayer des trucs naturels sans vous débarrasser de votre Vicodine, le rassura Robin. Et pour répondre à votre question, Colby, oui, tous les analgésiques contenant de l'hydrocodone peuvent créer une dépendance. Mais la douleur a le don de faire baisser l'estime de soi. Nous pensons que c'est plus profitable pour la guérison si le patient se sent mieux. Le soulagement ou la réduction de la douleur a des effets extraordinaires sur les patients. Ça leur évite de se rappeler constamment qu'ils sont malades ou blessés, et leur corps a donc ainsi une chance de vraiment guérir.

Robin signala à Colby qu'elles devaient échanger leurs places et poursuivit :

— Mais les analgésiques, c'est son choix. Vous n'êtes pas obligé de les prendre, Mace, vous le savez. Colby, si vous pouvez l'aider avec des remèdes à base de plantes ou autre, grand bien vous fasse. J'aime les choses naturelles aussi. Mais ça doit être sa décision. Tant que vous continuez votre rééducation, Mace, c'est le plus important, pour redévelopper votre tonus musculaire et le garder souple.

Il s'allongea sur la table et sourit.

— Je crois que j'aime bien avoir les mains de deux femmes sur moi.

Robin leva les yeux au ciel.

— Ôtez votre pantalon, c'est l'heure de votre partie préférée.

Il sourit lorsque le visage de Colby prit à nouveau la même couleur que ses cheveux.

Colby n'avait pas besoin de se regarder dans un miroir pour voir qu'elle était écarlate. Mais elle avait passé un marché avec Mace. Ou plutôt, un pacte avec le diable. Il avait rempli sa part du contrat jusqu'à présent, maintenant elle devait remplir la sienne.

Il l'avait aidée toute la journée chez elle, sans se plaindre une seule fois. Enfin, peut-être une fois.

Mais ce n'est pas comme s'il n'avait pas abattu du beau boulot à ses côtés. Ils avaient accompli bien plus qu'elle ne l'aurait cru. Ils avaient décollé et gratté tous les vieux papiers peints des murs de l'étage. Elle avait espéré décaper une chambre et la préparer pour la peinture. Chose incroyable, ils avaient réussi à terminer les quatre.

Elle devait désormais appliquer ce que Robin lui avait appris la veille. Que ça lui plaise ou non.

Même s'ils étaient tous les deux en sueur, celle de Mace était davantage liée à la douleur qu'à l'effort. Après avoir fait ses exercices en utilisant son lit comme table de soins, ils en étaient à sa « partie préférée ». Impatient, il s'était débarrassé de son survêtement et se trouvait maintenant allongé sur les draps, vêtu seulement d'un caleçon et d'un tee-shirt.

En se penchant au-dessus du lit, Colby tenta d'ignorer les zones qu'elle devait éviter de regarder ou de toucher. Mais elle avait besoin de se rapprocher de la zone sur laquelle ses yeux revenaient sans cesse. Et ce n'est pas comme si Mace était indifférent à sa proximité.

Elle avait subitement du mal à déglutir depuis qu'elle avait remarqué la silhouette longue et dure de sa queue contre le coton ajusté.

— Tu n'es pas obligée de faire ça, Colby. Tu as travaillé dur toute la journée, aussi. Je comprendrai que tu ne veuilles pas.

Colby se rendit compte qu'elle se mordait la lèvre inférieure et la libéra.

— Non. Je... je vais le faire. Robin a dit que ça aiderait à détendre le muscle et à éviter les crampes.

— Je ne sais pas comment mes muscles vont pouvoir se détendre avec tes mains partout sur moi.

Son visage pouvait-il brûler davantage ?

— Pas partout sur toi.

— Bon, si tu veux le faire, fais-le. Je me sens... hésita Mace en lui adressant un froncement de sourcils exagéré. À nu. Genre cible à découvert.

Elle s'esclaffa, tout à coup un peu plus soulagée. Donc, elle n'était pas la seule à être mal à l'aise. À plus d'un titre.

— D'accord, dis-moi si je te fais mal.

Retenant son souffle, elle posa prudemment les mains sur les restes du muscle intérieur de sa cuisse et le massa. Même si elle n'avait eu aucun problème à toucher son corps l'autre nuit, la situation semblait différente ce soir. Elle se sentait différente. Elle commençait à vraiment... bien aimer cet homme, au lieu de simplement avoir envie de lui.

Elle appréciait sa compagnie et son sens de l'humour. Sa barbe naissante et ses longs cheveux brun foncé n'étaient pas seulement sexy, mais lui donnaient un air rebelle. Un électron libre. Complètement à l'opposé de sa nature de scientifique rigide et ennuyeuse.

Elle avait besoin de se détendre. Depuis cette nuit noire où Mace Walker avait fait irruption dans sa vie, elle avait remarqué qu'elle se sentait un peu plus libre, un peu plus satisfaite. Peut-être que c'était juste son imagination, mais ces orgasmes multiples l'autre nuit avaient libéré quelque chose en elle, quelque chose qu'elle ne voulait pas admettre...

Mace grogna. Elle baissa les yeux ; ses mains étaient bien trop hautes, trop proches de son caleçon. Elle recula les mains, consternée.

— Je suis désolée, je ne voulais pas te faire mal.

— Tu ne m'as pas fait mal, ne t'inquiète pas. Tu me massais si... intensément.

Il prit ses mains dans les siennes, ce qui soulignait à quel point elle était plus petite que lui. Elles faisaient la moitié des siennes. Colby se souvenait de la sensation de ces doigts masculins et épais plongeant en elle, la caressant, faisant trembler son corps et le torturant de plaisir. Elle pinça les lèvres pour retenir un gémissement.

Après avoir ramené ses mains vers sa cuisse, il les serra légèrement avant de les relâcher.

— Continue.

Elle obtempéra, mais plus timidement, en prêtant davantage attention à ses gestes.

— À quoi pensais-tu ?

— Quoi ?

Colby leva les yeux et croisa son regard ténébreux qui tentait de sonder son âme. Son regard ardent la brûlait, et elle eut l'impression qu'un liquide chaud coulait le long de sa colonne vertébrale jusqu'à ses orteils. Ses genoux chancelèrent, et ses mots se coincèrent dans sa gorge.

— Au travail, répliqua-t-elle, avant d'ajouter : Je pensais au travail. Martin et moi sommes sur le point de terminer un projet.

L'étincelle dans ses yeux vacilla soudainement et s'éteignit. Il devait trouver son métier inintéressant.

— Vous travaillez souvent en étroite collaboration avec Marty ?

Le muscle de sa cuisse se raidit, alors elle le massa un peu plus vite.

— Il s'appelle Martin et, oui, nous travaillons toujours ensemble. Je te l'ai dit, c'est mon assistant.

Il plissa les yeux.

— C'est à peu près tout ce que tu m'as dit sur lui. Vous travaillez souvent tard sur des projets ensemble ? Comme l'autre soir, je veux dire.

Elle maintint la cadence même si ses doigts étaient fatigués. Sans compter que le sujet du travail refroidissait la chaleur entre ses jambes.

— Pas souvent. Nous essayons de ne pas faire trop d'heures supplémentaires. D'abord, on est tous les deux salariés et ensuite, on ne veut pas s'épuiser.

— Oui, vous devez conserver toute votre énergie pour ces projets spéciaux. C'est bien ça ?

Le ton hostile de Mace la prit au dépourvu. Une fois de plus.

Elle arrêta de masser sa jambe et s'éloigna du lit.

— Je ne sais pas ce que tu insinues. Mais si tu m'accuses de quelque chose... Si tu penses que... je... nous...

Elle ramassa son bas de survêtement par terre et lui jeta sur les genoux, en fronçant les sourcils.

— Je pense que tu as besoin d'une douche. Tu pues !

Alors qu'elle se tournait pour partir, Mace lui attrapa le bras, la ramenant vers lui.

— Colby.

Il avait l'air de vouloir s'excuser, mais elle s'en fichait. Elle retira brusquement son bras.

— Non, Mace. Je crois que je comprends maintenant. Parfaitement. Même si Martin et moi avons une relation ou autre... cracha-t-elle en enfonçant un index sur son torse et en ponctuant chacun de ses mots d'une légère pression : Ce... ne... sont... pas... tes... foutues... affaires !

Après quelques autres petits coups pour faire bonne mesure, elle sortit en trombe de la chambre et traversa le couloir, laissant Mace se frotter la poitrine.

Elle claqua la porte de sa chambre et lui cria

— Pour qui se prend-il ?

Mais la porte ne lui répondit pas.

Chapitre 7

— Tu sais, notre accord stipulait qu'on devait s'entraider.

Colby laissa tomber le pinceau, le regardant avec désarroi couler comme un paquebot dans le pot de peinture vert sapin. Elle grommela un juron et ramassa un mélangeur pour tenter de repêcher le pinceau. En vain.

— Attends, laisse-moi t'aider.

Il avait le culot de se tenir là, beau et sexy dans son tee-shirt noir moulant, ses yeux sombres la suppliant de lui pardonner. Elle repoussa sa main.

— Non merci.

— Tu es toujours en colère contre moi ?

Sa voix grave provoqua des picotements le long de sa colonne vertébrale. Elle ne se sentait pas coupable d'être furieuse. Non.

— Pourquoi penses-tu que je sois en colère ?

Mace remonta sa chemise et lui montra la petite ecchymose violette sur son torse.

— Oh, je ne sais pas, peut-être que j'ai un petit indice.

D'accord, maintenant elle se sentait mal. Même si elle ne

le voulait pas, c'était la réalité. Elle était censée l'aider dans sa rééducation, pas le blesser.

— Je suis désolé d'avoir été con hier soir. Tu as raison, ce n'est pas mes affaires. Ta vie t'appartient.

— Oui, répondit-elle en renonçant au pinceau perdu, et déjà à la recherche d'un remplaçant.

— Oui ? répéta-t-il en la dévisageant, avec confusion.

— Oui, tu as été con. Oui, ce ne sont pas tes affaires. Oui, c'est ma vie.

Mace sourit et lui jeta un regard en coin.

— Tu me pardonnes ?

Il dénicha un autre pinceau avant elle et le ramassa. Il mit un genou au sol, brandit le pinceau comme une épée précieuse, une offrande de paix pour une princesse.

— Ma Mie, si je finis de peindre tes meubles en osier dans cette belle nuance de vert, me pardonnerez-vous ? Ou devrai-je accepter de perdre ma tête ?

Colby l'étudia un instant, se demandant si elle devait lui laisser une autre chance. Après tout, il l'avait fait l'autre soir quand elle avait raté le dîner. Au bout du compte.

Elle jeta un coup d'œil à tous les meubles en osier qui avaient été livrés plus tôt par le magasin d'occasion local. Ils encombraient le salon. Elle voulait les peindre pour pouvoir les mettre dehors le porche terminé.

— Je vais y réfléchir. Peut-être si les couches sont uniformes et qu'il n'y a aucune coulure.

— Tu es dure en affaires.

C'est vrai, et elle serait la première à l'admettre. Pas à voix haute, bien sûr. Mais elle devait l'être. Elle ne laisserait pas cet homme entrer dans sa vie et la mettre sens dessus dessous. Elle s'était déjà retrouvée dans une relation de ce genre et avait fini par tout perdre. Elle n'allait pas se faire piéger à nouveau. Même si cela impliquait de ne jamais trouver quelqu'un pour de bon. Un de ces hommes qui se disent « pour toujours ». Elle préférait être seule pour le reste de sa vie plutôt que de subir à nouveau cette humiliation et cette douleur.

Quand elle avait eu la chance d'obtenir ce poste à l'université de Malvern, le déménagement ici lui avait offert un nouveau départ et avait mis une bonne distance entre elle et son ex-petit ami Craig, un salaud vicieux et dominateur. Elle n'arrivait pas à imaginer qu'elle avait gâché deux ans avec lui. Deux ans !

Son dernier passage à l'hôpital l'avait enfin fait réagir. Elle était fatiguée de porter le chapeau pour des actes qu'elle n'avait pas commis. Le jour où elle était sortie de l'hôpital, elle avait quitté Craig. Munie d'une ordonnance restrictive, elle était montée dans un autocar en direction de Malvern. C'était il y a plus d'un an. Elle était sûre qu'il était trop occupé avec sa nouvelle petite amie – celle qu'il sautait alors qu'il vivait avec Colby, dont il était censé être amoureux – pour se soucier de sa disparition.

Plus elle y pensait, plus elle se sentait stupide. Elle chassa ces souvenirs comme autant de toiles d'araignée.

Alors que Colby observait Mace peindre les chaises, elle se dit qu'elle pourrait toujours prendre un chien pour lui tenir compagnie. Un chien serait plus fidèle et l'aimerait inconditionnellement. Un chien ne la tromperait pas. Du moins, elle l'espérait.

— Allooo ?

Elle secoua la tête, s'éclaircissant les idées.

— Quoi ?

— Je viens de te demander trois fois où tu prévois de mettre ces meubles. Si tu n'as pas encore décidé, je te suggère le porche. Une fois qu'il ne sera plus insalubre, bien sûr.

— Le porche est précisément leur destination. L'entrepreneur a dit qu'il devrait être complètement réparé et prêt à être peint d'ici la fin du mois.

— Oserais-je demander en quelle couleur ? Ou est-ce que ça va être une affreuse nuance de rose ?

— Plus personne n'appelle le rose simplement « rose ». C'est soit rose poudré, soit vieux rose, pour l'amour de Dieu, le taquina-t-elle. Mais non, ce sera en crème, je pense.

Elle sourit devant l'expression de soulagement qu'il ne prit pas la peine de cacher.

— J'ai décidé de peindre l'extérieur de la maison en crème et de l'accentuer avec ce vert sapin. Et peut-être un peu de doré... ajouta-t-elle en écartant de son visage une mèche de cheveux échappée de sa tresse. Ou peut-être du rouge.

— Pas en jaune vif comme dans la cuisine ?

— Tu détestes cette couleur, n'est-ce pas ? Mais je voulais quelque chose de lumineux et ensoleillé pour la pièce la plus utile et la plus utilisée de la maison. C'est le cœur d'une maison, tout le monde s'y réunit. C'est là qu'on discute et qu'on savoure de bons repas ensemble ou une tasse de chocolat chaud par une froide soirée d'hiver.

— Je préfère le chaud plus tard le soir dans mon lit. Mais la table de la cuisine fera l'affaire.

Typique d'un mec qui n'a qu'une seule chose en tête. Mais après ses mots, elle ne put pas se débarrasser de cette idée – faire l'amour avec Mace sur la table de la cuisine. Serait-ce inconfortable ? C'était un jeu qu'elle n'avait jamais pratiqué auparavant et le meuble pourrait être un excellent accessoire...

Colby sursauta lorsqu'il pose les mains sur ses épaules. Il se pencha vers elle, et murmura à son oreille :

— Est-ce que tu penses à ce que je pense ?

Son souffle agita les cheveux détachés près de son oreille, la chatouillant et provoquant un frisson dans sa colonne vertébrale. Ses tétons durcirent, et son entrejambe se contracta par anticipation. Il se tenait juste là, ses lèvres si proches que si elle inclinait légèrement la tête...

Elle préféra se ressaisir.

— Seulement si tu penses aussi que ces meubles seront parfaits sous le porche.

Mace promena ses mains sur ses bras et récupéra le pinceau entre ses doigts. Après l'avoir posé sur un couvercle, il la fit pivoter pour qu'elle lui fasse face. Il prit son visage entre ses grandes mains chaudes.

— J'ai plusieurs fantasmes où je te prends sur ces bâches de protection. Dans certains, je peins des motifs sur tout ton corps, en faisant tourner lentement le pinceau sur des zones sensibles, comme tes lèvres, tes seins, tes...

— Mace.

Son cœur tressaillit, et une fraction de seconde plus tard recommença à battre la chamade. La chaleur s'engouffra entre ses jambes, brûlant et mouillant sa culotte. Elle avait besoin qu'il la touche. Elle voulait sentir ses lèvres contre les siennes, si masculines, si tièdes. Avant qu'elle ne change d'avis, elle le força à baisser la tête pour capturer sa bouche, étouffant son cri de surprise.

Il s'agrippa à ses reins pour la plaquer contre lui. Elle était totalement consciente de son corps, son désir égalant clairement le sien. Elle ne pouvait nier à quel point elle le désirait, surtout quand son corps la trahissait.

Avec des mains tremblantes, elle tira l'ourlet du tee-shirt de Mace de son jean et glissa les mains sous le coton fin, les glissant sur la chaleur brûlante de son torse. Ses doigts en suivirent les contours jusqu'à trouver ses petits tétons masculins, ses pouces encerclant les pointes saillantes. Elle avait envie de les effleurer de ses dents, d'entendre un souffle rapide lorsqu'elle mordrait sa peau. Peut-être, laisser une autre morsure d'amour.

— Ce n'est pas juste, c'est moi qui devrais te faire ça. Enlève-le, ordonna-t-il d'une voix si rauque qu'elle semblait presque douloureuse.

Elle obéit, passant violemment le tissu au-dessus de sa tête et le jetant au loin. Tous les exercices qu'il faisait lui permettaient de garder des muscles durs et secs. Le simple fait de les voir l'excitait, sauf que maintenant, elle pouvait les toucher, sentir la douceur torride de sa peau, la rugosité de ses poils foncés disparaissant sous sa ceinture.

Il tritura le bouton de son jean.

— Non, l'interrompit Colby, repoussant ses mains. Laisse-moi faire.

Il laissa ses bras retomber, et ses yeux se firent ténébreux, troubles, alors qu'elle ouvrait le bouton du haut et faisait lentement descendre la fermeture éclair.

Mace grogna doucement lorsque ses phalanges effleurèrent son sexe dur.

— Putain. Tu vas me tuer, souffla-t-il en l'attrapant par les bras et en l'attirant vers lui. Au moins partirai-je avec un sourire aux lèvres, murmura-t-il contre les siennes.

Il l'invita à s'allonger sur la toile au sol, la suivant lentement, et déboutonna le bleu de travail ample qui dissimulait ses courbes.

Colby ferma les yeux un instant tandis que l'air rafraîchissait sa peau bouillante. Elle les rouvrit lorsqu'il dégrafa le fermoir de son soutien-gorge, puis le fit glisser le long de ses bras, retirant son tee-shirt dans un même mouvement. Mace s'agenouilla au-dessus d'elle, admirant ses seins.

Puis il les saisit tous les deux avec ses mains et embrassa doucement chaque téton. Elle se cambra, cherchant à se rapprocher de sa bouche, de ses lèvres, de sa langue.

— Si belle. Tu ne devrais pas être autorisée à porter des vêtements.

À ces mots, Colby secoua la tête, incrédule. Elle se demandait comment l'université réagirait si elle faisait ses travaux pratiques toute nue.

— Non, oublie ça. Je veux que personne d'autre que moi ne te voie nue. Je veux voir chaque centimètre de toi, chaque centimètre, chaque recoin.

Elle frissonna et se perdit de nouveau.

Il enfouit son visage entre ses seins, et murmura :

— Colby, arrête-moi maintenant si tu as des doutes.

— Mace, s'il te plaît... souffla-t-elle en humidifiant ses lèvres.

Il se figea.

— Touche-moi.

Aussitôt, il moula son corps contre le sien, caressa son cou et mordilla le lobe de son oreille. En effleurant le contour de son oreille du bout de la langue, il lui chuchota des idées coquines, lui faisant tourner la tête.

Et elle voulait essayer chacune d'entre elles.

Il prit sa lèvre inférieure entre ses dents, tira légèrement, avant d'embrasser la commissure de ses lèvres.

— Douce... si douce. Je veux te goûter partout.

Il déboutonna son jean, l'enleva en même temps que sa culotte d'un geste habile. Les vêtements finirent leur course dans un coin, rapidement suivis par les siens.

— Tu fais ça souvent ?

Il avala ses mots avec sa bouche, leurs langues se chamaillant férocement. Les ongles de Colby s'enfonçaient dans la peau de son dos, tandis que ses hanches dansaient contre les siennes. Sa queue, dont la couronne luisait de fluide, semblait aussi dure que de l'acier enrobé de satin. Elle oublia rapidement sa question quand sa queue se cogna, glissa et se cogna encore contre sa hanche. Elle s'ouvrit plus largement à lui, toujours plus mouillée.

La rugosité de son pouce caressant son mamelon suffit à lui faire serrer les cuisses pour ne pas perdre le contrôle. Il en pinça et tritura un, puis l'autre, la faisant crier. Elle colla ses lèvres contre sa gorge et ne put s'en empêcher – elle planta ses dents dans les muscles tendus. Son cou se raidit, et il rejeta la tête en arrière en grognant. Puis il se décala jusqu'à ce que sa verge à point soit entre ses cuisses, la taquinant, glissant contre son clitoris gonflé.

Avant Mace, cela faisait longtemps qu'elle n'avait pas vraiment savouré le sexe, et elle était déterminée à prendre du plaisir à chaque seconde avec lui. Elle prendrait autant qu'il voudrait donner. Mais elle voulait aussi donner en retour, savourer chaque centimètre, chaque courbe dure et chaque ligne tendue de son anatomie. Elle n'allait pas non plus ignorer les zones douces.

Une main quitta sa poitrine et effleura ses boucles humides – un léger effleurement qui la fit presque jouir. Elle passa la langue sur les traces laissées par ses dents sur sa gorge, et en jurant, il plongea deux doigts en elle, décrivant des cercles avec son pouce contre son clitoris. Colby se cambra et cria son nom.

Il effleura ses lèvres gonflées, elle s'ouvrit à lui. Les doigts ne suffisaient plus, il lui fallait plus.

— Baise-moi, le supplia-t-elle dans un gémissement torturé. Maintenant. S'il te plaît.

Il pinça son téton plus fort et retira ses doigts luisants seulement pour refermer le poing autour de sa tresse, la forçant à renverser la tête, dévoilant sa gorge vulnérable.

Il lécha le creux de son cou avant de se pencher en arrière pour demander :

— Tu es prête ?

Sa grimace montrait à quel point il luttait pour garder son sang-froid, mais il la taquinait. Il la taquinait !

— Va te faire voir !

Il se retenait encore, sa queue glissant le long de sa cuisse, tressaillant contre sa peau.

— Je veux juste m'assurer que tu es prête.

Elle tendit les mains, saisit sa queue et l'attira vers son entrejambe. Elle montra les dents et ordonna :

— Maintenant.

Elle ne savait pas où il l'avait dégoté, et s'en fichait éperdument, mais il lui tendit un préservatif et l'agita devant son visage.

— Tu as besoin de quelque chose ? poursuivit-il sur le même ton.

Elle arracha l'emballage de sa main, le déchira de ses dents et, sans la moindre hésitation, le roula sur toute sa longueur, ne s'y attardant qu'une fraction de seconde. Elle ne voulait pas le prendre entre ses mains, elle la voulait ailleurs.

Elle se rallongea sur la toile, replia les genoux et écarta les cuisses pour qu'il s'installe entre elles. Entre leurs corps, elle vit le sommet de sa verge juste là, contre sa vulve, prête à la pénétrer.

Elle leva les yeux, se demandant pourquoi il ne bougeait pas. Quand leurs regards se croisèrent, il plongea en elle en basculant brusquement les hanches. Une fois. Elle attendit la deuxième poussée.

Comme il ne se mouvait toujours pas, elle se tortilla et cria, suppliante, mais il refusa de faire le moindre mouvement. Il resta immobile, enfoui au plus profond d'elle. Il prenait de grandes goulées d'air, luttant manifestement pour garder sa contenance.

Toutefois, quelques secondes seulement passèrent avant qu'il ne cède et réponde à chaque coup de reins par les siens, encore et encore, jusqu'à ce qu'il ne puisse plus être enfoncé davantage. Elle planta ses doigts dans ses fesses pour diriger sa pénétration, contrôler l'angle de son bassin. Quand il frôla son point le plus sensible, elle ferma les yeux et hurla. Son orgasme jaillit en son centre et explosa à l'extérieur, et, en quelques secondes, il bascula aussi de l'autre côté, les bras tremblants et le corps tendu comme la corde d'un arc.

Ils n'avaient conscience de rien d'autre que de l'autre, de la douleur et du plaisir qui en résultaient. Colby ferma les yeux, un soupir tremblant s'échappant de ses lèvres.

— Oh, mon Dieu, chuchota-t-elle.

— Je crois que je l'ai vu, aussi.

Elle ouvrit les paupières à ses mots rauques, et cligna des yeux pour se concentrer sur lui, juste au-dessus d'elle. Il lui offrit un petit sourire en coin avant de se soulever pour la soulager d'une partie de son poids.

Elle saisit désespérément son bras.

— Non, ne pars pas.

— Je ne vais nulle part, Colby. Je suis exactement là où je veux être. Mais je ne veux pas t'écraser.

Mace se décala à côté d'elle, rompant leur contact intime. Elle s'étira tranquillement, savourant la tension de ses muscles éprouvés et l'humidité entre ses jambes.

Il caressa sa tresse et dessina des cercles autour de son nombril avec l'extrémité de celle-ci.

— Elle est tout ébouriffée.

Il tira doucement dessus.

— La prochaine fois, je veux que tes cheveux soient déta-chés pour que je puisse y enfouir mes mains. Je veux sentir la douceur de la soie contre ma peau. Je veux...

— Et ce que je veux, moi ?

Il cala sa tête dans la paume de sa main et scruta son

visage quelques instants avant de lui décocher un large sourire.

— Je te donnerai tout ce que tu veux, tout ce dont tu as besoin.

Elle glissa un doigt le long de son torse humide, suivant la ligne sombre des poils qui entourait son nombril. Puis elle tendit une main et dénoua sa tresse, libérant lentement les longues mèches soyeuses.

Puis, elle lui déclara d'une voix étouffée :

— Je te veux encore. Maintenant.

Le sourire de Mace se fit malicieux.

— Je ferai de mon mieux pour vous satisfaire.

Il se leva d'un bond et, sans ménagement, se dirigea vers la cuisine pour se débarrasser du préservatif. Lorsqu'il revint, il s'arrêta dans l'embrasure de la porte, visiblement pas prêt pour un second tour.

Colby haussa un sourcil et lui jeta un regard lourd de sens.

— Ne t'inquiète pas. Il ne me faudra pas longtemps.

— Des promesses, toujours des promesses.

— Tu peux me croire. J'ai des projets, et je suis venu préparé.

Apparemment. Parce qu'après avoir trouvé où son jean avait atterri plus tôt dans sa hâte, il en sortit un préservatif neuf et un petit tube de quelque chose, et s'approcha lentement de la toile où elle paressait toujours. Même fatiguée et complètement détendue, elle ressentait au fond d'elle une démangeaison que lui seul pouvait gratter. Nu, il était magnifique. Son seul défaut était sa blessure, et encore, elle ne lui enlevait rien.

— Tu es sûr que ça va ?

Elle regarda le tube qu'il avait jeté sur le côté en s'agenouillant. Elle était maintenant curieuse de savoir pourquoi il en avait besoin et quels étaient ses « projets ».

— Ça va, oui, répondit-il.

Bien sûr, il n'admettrait probablement pas le contraire, mais elle ne voulait pas insister.

Elle replia un genou vers l'intérieur, le privant ainsi de la vue sur ses parties les plus intimes. Il se rapprocha et s'installa à genoux entre ses jambes. Une main sur chaque genou, il les écarta.

— Ne te cache pas.

— Je ne me cachais pas.

Il se contenta de lui décocher un petit regard. Il promena un doigt de part et d'autre de l'intérieur de ses cuisses jusqu'à ce qu'ils se rejoignent au milieu, puis il glissa ses paumes jusqu'à ses hanches.

— Retourne-toi.

Il l'aida jusqu'à ce qu'elle soit sur le ventre, les jambes écartées.

Elle n'avait pas besoin de voir ce qu'il faisait, elle voulait juste profiter de son contact. Ses lèvres effleurèrent l'arrière de ses genoux jusqu'au haut de ses cuisses. Les dents et la langue grattèrent ses fesses, l'obligeant à contracter ses muscles. Elle entendit son rire grave dans son dos.

— Mon Dieu, ton cul est si doux.

Il palpa ses fesses et les serra l'une contre l'autre, la sensation la faisant mouiller encore plus.

Colby pivota finalement la tête pour le regarder quand il tira ses hanches vers le haut et vers l'arrière, ne laissant rien d'elle à son imagination. Il garda ses hanches immobiles et se contenta de la fixer. Et fixer encore... jusqu'à ce qu'elle devienne paranoïaque. Quelque chose n'allait pas chez elle ?

Elle tenta de s'éloigner, mais il la serra plus fort.

— Non, non.

Endommagé

Il n'était plus du tout mou. Il relâcha une hanche juste assez longtemps pour dérouler un préservatif.

— Garde la tête baissée et dirige ta chatte vers le plafond.

Elle rentra la tête entre ses bras et se mordit les lèvres. Elle le voulait déjà en elle. Qu'est-ce qu'il attendait ?

— Tu vas me baiser ou pas ?

— Silence.

Elle sourit à sa réponse sèche. Puis il écarta l'intérieur de ses cuisses, l'ouvrant un peu plus. Toujours rien. Elle poussa un long soupir frustré, essayant de retenir un gémissement qui voulait lui échapper. S'il ne la pénétrait pas bientôt, elle allait jouir rien que d'impatience !

Quand il se glissa entre ses fesses, jusqu'à ce que ses bourses se pressent contre ses lèvres, elle ne put plus retenir un gémissement. Il recommença : il se retira et se glissa entre ses fesses, les serrant autour de lui. Bien que ce soit une sensation qu'elle n'avait jamais éprouvée auparavant, le fait qu'il glisse sur cet endroit interdit, c'était vraiment bon. Mais elle ne pourrait jamais, jamais faire ça.

Il glissa à nouveau sur elle, ses fesses toujours maintenues l'une contre l'autre, et il laissa échapper un soupir détonnant mêlé à un juron. Il libéra une fesse juste assez longtemps pour plonger deux doigts dans sa moiteur, et avant même qu'elle ne comprenne ce qui se passait, il pressait ses doigts maintenant humides sur son anus, étalant le lubrifiant naturel partout, décrivant des cercles autour de son orifice étroit avec ses grands doigts.

Elle gémit à nouveau, de peur, d'anticipation, de désir.

Non. Elle ne pouvait pas.

— Il serait à moi et à moi seul, dit-il comme s'il pouvait lire dans ses pensées.

Elle ferma les yeux et se mordit la lèvre inférieure plus fort. Il reprit le même rythme avec sa queue, glissant entre ses fesses, se frottant à elle. Et à chaque passage, elle se détendait un peu plus, se relâchant, le désirant.

Du bout de la langue, il caressa sa colonne vertébrale, lui arrachant des frissons.

— Tu as envie de moi ?

— Oui.

— Tu veux que je sois en toi ?

— Oui.

— À quel point ?

— Je...

— Je vais commencer dans l'un et finir dans l'autre.

Non. Non. Ahhh.

Il s'enfonça entre ses lèvres, claquant ses hanches contre elle. Encore et encore, plus fort, plus profond, et elle adorait ça. Elle aurait pu jouir juste dans cette position, mais il bougea, s'abaissant contre son dos, toujours plongé en elle, tandis qu'il tendait les bras et attrapait ses seins.

Les mouvements peu profonds qu'il faisait en elle la firent jouir. Il lui pinça les tétons, et elle hurla, se cabrant contre lui pour qu'il la baise encore plus fort. Mais il était acharné, la martelant toujours de ses va-et-vient. Il frottait ses tétons, les pinçait, et juste quand elle pensa son orgasme passé, il ressurgit. Elle convulsa encore autour de lui, serrant sa queue. Il tiendrait plus longtemps cette fois, mais elle risquait de mourir de plaisir avant qu'il ne finisse.

Il déposa un baiser sur sa nuque, se redressa et décrivit de longs mouvements, passant son pouce sous son corps pour caresser son clitoris. Encore une fois, elle se débattit sauvagement contre lui, mais il ne s'arrêta pas. Son autre pouce trouva son anus, le caressant au même rythme que son renflement charnu.

Un gémissement sourd et torturé lui échappa. Le pouce

autour de son anus serré tournait, tournait, appuyant de plus en plus fort. Il se retira d'elle, et se remit à faire glisser son membre entre ses fesses – des gestes lents et prudents. Son autre pouce jouait toujours avec son clitoris. Il se replaça derrière elle et deux doigts la pénétrèrent, suivant la cadence de sa queue.

Colby se balançait d'avant en arrière sur les genoux, la tête toujours enfouie entre ses bras sur le sol. Elle savait ce qui allait suivre. *Elle le savait.* Mais elle ne voulait même pas essayer de l'arrêter.

Lui s'arrêta juste quelques secondes. Maintenant, elle savait pourquoi il avait apporté du lubrifiant.

Quand il recula les hanches pour se préparer à une autre caresse, un doigt humide pénétra dans son orifice étroit. Elle cria et frissonna.

Mace se crispa derrière elle, interrompant son geste. Un frisson le parcourut lui aussi.

— Putain de merde, tu es si serrée. Tu vas me laisser entrer ?

Allait-elle le faire ? Elle hocha la tête contre ses bras.

— Colby...

On aurait dit qu'il souffrait. Elle ne pouvait pas le regarder, c'était impossible. Son cœur allait exploser.

— Oui ! Oui ! Fais-le !

Il ressortit son doigt glissant, provoquant une sensation des plus étranges. Et avant qu'elle ne puisse reprendre son souffle, son gland était là, pressant... poussant lentement, demandant presque la permission à son corps de le laisser entrer. Entre ses dents, il lui ordonna de se détendre. La sensation de fraîcheur du lubrifiant appliqué généreusement sur sa peau chaude la fit sursauter.

Mais même ainsi, elle tenta de se détendre, et quand il caressa à nouveau l'intérieur de son sexe, elle le fit naturellement. La couronne la pénétra, et il glissa lentement en elle, l'étirant, la remplissant.

La respiration de Mace se fit saccader et une goutte de sueur tomba sur le bas du dos de la jeune femme. Pendant une fraction de seconde, il resta là, entièrement enfoncé en elle. Puis il se retira lentement, lui tirant un cri.

— Tu as mal ?

— Non... Baise-moi.

C'était étrange et nouveau, mais... agréable. Il prit un rythme doux. Savoir qu'il n'irait pas plus vite la rendait folle. Une de ses mains la maîtrisait, l'empêchant de s'empaler sur lui, tandis que l'autre continuait à aller et venir en elle.

La montée en puissance fut lente cette fois – lente, mais si intense, elle hurla et tout son corps se contracta, se resserrant sur lui. Il s'enfonça une dernière fois en elle, criant son nom tandis qu'il se vidait.

Il maintint ses hanches immobiles jusqu'à reprendre ses esprits, puis l'aida à s'allonger sur le tissu pour enfin se retirer d'elle.

Il s'effondra à côté d'elle, la prit dans ses bras et la tourna vers lui. Il posa un léger baiser sur son nez et soupira.

— Fatiguée ?

Colby ne put que hocher légèrement la tête pendant qu'elle procédait mentalement à un examen de son corps.

— C'était incroyable, ajouta-t-il en roulant sur le dos et en l'attirant sur son torse.

Elle goûta le sel de sa peau, puis leva les yeux – il la fixait intensément.

— Tu vas bien ?

Elle lui sourit. Plus que bien.

— Parfaitement.

Chapitre 8

Une sonnerie stridente réveilla Colby en sursaut. À la deuxième sonnerie, son cœur se mit à tambouriner. Elle cligna des yeux, fixant l'endroit où se trouvait le vieux téléphone de la maison sur la table de nuit.

C'était peut-être la personne qui n'arrêtait pas d'appeler et raccrocher. Ou ça pourrait être Mace.

Même si elle savait que le téléphone sonnerait à nouveau, elle sursauta quand le bruit retentit. Elle souffla longuement, essayant de calmer ses nerfs. Jusqu'à ce qu'une seconde plus tard, la sonnette de la porte d'entrée résonne.

Elle laissa échapper un petit couinement.

Elle devait arrêter de sursauter au moindre événement !

Quand Mace était à la maison, elle ne s'inquiétait jamais. Elle se sentait en sécurité dès qu'il était là, ce qui la surprenait puisque sa première impression de lui avait été de le trouver dangereux.

Dangereux pour qui ? La question n'était pas encore tranchée.

Elle roula hors du lit, attrapa la robe de chambre en soie

accrochée au dos de la porte de la chambre. Elle l'enfila et serra la ceinture autour de sa taille, s'évertuant à ignorer la sonnerie du téléphone. Quelqu'un avait dû éteindre le répondeur. C'était peut-être elle, mais elle ne s'en souvenait pas. Cela n'avait pas d'importance à ce moment-là de toute façon parce que quelqu'un sonnait toujours à la porte. *Merde.*

Elle ouvrit d'un coup sec le tiroir de la table de nuit et empoigna son Glock, prêt à l'emploi avec une balle dans la chambre et un chargeur plein. Mais en inspectant sa tenue, elle constata qu'elle n'avait nulle part où le cacher sur elle.

Avec son arme cachée ou non, elle ne répondrait pas à la porte sans protection. N'importe qui pouvait rôder autour de la maison. Elle secoua la tête ; elle devenait folle. Et beaucoup trop paranoïaque. Mais alors qu'elle descendait les escaliers, la sensation de son arme lourde dans sa main l'apaisa – elle n'avait pas l'impression d'être une victime.

À la porte d'entrée, elle jeta un œil par le judas. Un jeune homme se tenait de l'autre côté, vêtu d'un uniforme brun. Sa casquette de baseball était ornée d'un écusson cousu sur lequel on lisait *Les Bouquets d'Ellie.*

Derrière le jeune homme, elle remarqua que le nom de l'entreprise était également apposé sur la camionnette de livraison garée.

Mace. Il avait dû lui envoyer des fleurs. Son cœur frémit à ce geste doux.

Après avoir déverrouillé la porte, elle l'ouvrit partiellement, juste assez pour pouvoir garder la main tenant l'arme cachée derrière la porte.

— Bonjour, m'dame, lança le gamin en poussant son porte-bloc vers elle. J'ai une livraison de fleurs.

Les yeux du jeune homme descendirent immédiatement vers le décolleté de la jeune femme, où sa robe de chambre bâillait. Merde. Avec le presse-papiers dans une main et l'arme dans l'autre, elle ne pouvait plus la refermer.

— C'est pour qui ? demanda Colby tandis qu'elle s'appuyait contre le montant de la porte pour caler le bloc-notes et signer maladroitement sur la ligne à côté de l'adresse de la maison. Elle le lui rendit avant de refermer soigneusement les pans de sa robe de chambre de sa main libre.

Le gamin haussa paresseusement les épaules, les yeux toujours fixés sur sa main serrant le tissu.

— Il n'y a pas de nom sur le bordereau, juste cette adresse.

Colby baissa les yeux. Non, on ne voyait rien.

Elle attendit et il resta là, à le fixer d'un air bête, comme s'il espérait apercevoir quelque chose.

Elle s'éclaircit la voix pour attirer son attention, et finalement, son regard.

— Les fleurs ?

— Oh. Oui. Voilà.

Il lui tendit le bouquet emballé.

Elle dut lâcher prestement sa robe de chambre pour l'attraper, mais le plaqua contre sa poitrine, se protégeant ainsi.

Le jeune s'attarda encore un peu – jusqu'à ce qu'il en ait assez d'attendre un pourboire, devina-t-elle. Non pas qu'il risque d'en obtenir un de sa part puisqu'elle n'avait pas d'argent dans sa nuisette ou sa robe de chambre, bien sûr.

— Désolée, s'écria-t-elle alors qu'il s'éloignait en marmonnant.

Elle referma la porte et la verrouilla avant de passer dans la cuisine où elle jeta son arme sur la table et déballa rapidement le papier vert qui recouvrait le bouquet. Un petit frisson la parcourut. Elle n'arrivait pas à croire que Mace lui avait acheté des fleurs !

Sous le papier, elle découvrit de magnifiques roses rouge

sang à l'odeur paradisiaque. Elle adorait les roses : leur texture, leur parfum, la douceur et le soyeux de leurs pétales.

Attends. Quoi ?

Au début, Colby pensa halluciner. Mais non. Au centre de la douzaine de roses rouges, une seule rose d'un noir violacé profond se distinguait. Bien qu'aussi magnifique que les rouges, la couleur noire signifiait la mort.

Pourquoi Mace aurait-il inclus une rose noire ? Peut-être que c'était une simple erreur de la part du fleuriste. Elle posa le bouquet sur la table et sortit la carte jointe. Colby la lut : *Je pense encore à toi*. Sans aucune signature.

Pas Je pense à toi, mais Je pense *encore* à toi. C'était bizarre. La carte n'indiquait ni le destinataire ni l'expéditeur. Non seulement c'était un peu inhabituel, mais l'unique rose noire qui s'y trouvait l'était tout autant.

Elle entendit la porte d'entrée se déverrouiller et s'ouvrir.

— Mace ?

— Oui ?

— Je suis dans la cuisine.

— Bien. Tu as préparé du café ? Sinon, j'ai apporté...

Il entra dans la pièce, les mains chargées d'un sachet de viennoiseries et d'un porte-boisson contenant deux grands gobelets jetables.

— Qu'est-ce qu'il y a ?

— Ils viennent de livrer les fleurs.

— Euh... D'accord, répondit-il en posant le petit-déjeuner sur la table, puis une tasse juste devant elle. Thé Chai.

Elle hocha la tête pour le remercier.

Il tira une chaise et s'y installa, étirant sa jambe. Il avait l'air de souffrir un peu, un ses lèvres cerclées d'un trait de douleur.

— Ta jambe te pose des soucis ?

Il acquiesça, malaxant sa cuisse de ses articulations.

— Un petit peu.

Ça devait être plus qu'un petit peu. Lorsqu'il tendit la main vers son flacon d'analgésiques qui trônait au milieu de la table de la cuisine, elle poussa un petit grognement. Il recroquevilla les doigts en un poing et grimaça, mais il laissa les analgésiques à leur place. Bien sûr, elle ne prenait pas plaisir à le voir souffrir. Évidemment que non. Elle ne voulait simplement pas le voir devenir accro à ces comprimés.

Il se détourna des médicaments et effleura les pétales des roses.

— Alors, c'est quoi cette histoire de roses ?

— À toi de me le dire.

Il serra les lèvres, se demandant clairement s'il devait s'attribuer le mérite des fleurs ou non. S'il devait autant y réfléchir, c'est qu'il ne les avait pas achetées.

— Si elles ne sont pas de toi, qui les a fait livrer ?

— Que dit la carte ?

Elle fit glisser la carte vers lui.

Il le lut et fronça les sourcils.

— C'est bizarre, conclut-il après avoir mis la carte de côté.

— C'est exactement ce que je me suis dit.

— Ça pourrait être ton Martin ?

Colby soupira.

— Ce n'est pas mon Martin. De toute façon, je doute qu'il soit du genre à m'envoyer des fleurs.

— Pourquoi ?

— Pas son genre, c'est tout. Peut-être que c'est une mauvaise blague.

— Une blague coûteuse, rétorqua-t-il en avalant une longue gorgée de son café.

Elle réfléchit un peu plus et une idée plus déroutante encore lui apparut.

— Attends. Comment savoir qu'elles m'étaient destinées ?

Le livreur a juste dit qu'elles étaient pour cette adresse. Peut-être qu'elles t'ont été envoyées à toi.

Il manqua de s'étouffer et s'essuya la bouche avec le revers de la main.

— Personne ne sait que je suis à la maison, sauf toi et mon patron.

— Et ta kinésithérapeute.

— Oui, mais... répliqua-t-il en sortant son portable. On peut régler ça assez facilement. C'était quoi le nom du fleuriste ?

Elle lui répondit, mais comme il n'y avait aucun numéro de téléphone sur la carte, il chercha la boutique sur Google et appuya sur Appeler. Quelques minutes plus tard, il raccrochait.

— Eh bien, j'ai perdu mon temps.

Ses efforts pour dissimuler sa frustration ne passèrent pas inaperçus. Il se cala sur sa chaise, passant une main dans ses cheveux.

— On dirait bien.

Elle retira le couvercle de son thé et le huma. L'arôme doux des épices lui chatouilla le nez. Elle en but une petite gorgée. Il avait un goût sucré et crémeux et tellement récon-fortant. Peut-être que ça allait calmer ses nerfs.

— Celui qui a acheté le bouquet a payé en liquide. Ils n'ont aucune trace de l'expéditeur ni de détails sur le destina-taire. Merde.

Il repassa encore une main dans ses cheveux.

Elle résista à l'envie de le recoiffer.

— Hé, ce ne sont que des fleurs, continua-t-il.

Elle avait un mauvais pressentiment, mais c'était même plus que ça : très peu de gens savaient qu'elle habitait à cette adresse, et Mace était dans le même cas.

— Écoute, ça ne sert à rien de s'en faire, je suppose, reprit-il, sans avoir l'air convaincu, poussant le sachet de la boulangerie vers elle. Je t'ai apporté le petit-déjeuner. Des croissants et quelques pâtisseries.

Elle lança au sachet un regard dégoûté. Elle ne savait pas si elle était capable de manger pour le moment.

Le parfum des roses, autrefois agréable, lui retournait maintenant l'estomac.

Chapitre 9

Colby écarta les jambes et ralentit sa respiration. Mace l'entoura d'une main pour stabiliser ses bras, son buste plaqué contre son dos. Son souffle lui chatouilla les petits cheveux près de l'oreille.

— Bien détendue, voilà. D'accord, appuie sur la gâchette.

Le coup de feu fit sursauter Colby, mais son tir fit mouche.

— Aïe, gémit-il, scrutant la cible, le doigt sur le bouton de retour jusqu'à ce que la cible en papier coulisse jusqu'à eux. Tu étais censée viser l'abdomen.

Elle sourit.

— Je ne suis pas si loin. Je l'ai canardé où je voulais.

Il glissa le petit doigt dans le trou de la silhouette et l'agita.

— Oui, pile dans l'entrejambe. Désolé, mon pote, il n'y aura plus de petits bébés cibles dans le coin. Elle vient de te castrer.

— Mets-en une autre, répondit-il en riant.

Il accrocha une nouvelle cible, appuya sur le bouton pour l'envoyer jusqu'au fond du champ de tir.

— D'accord, cette fois...

— Cette fois, je peux le faire toute seule.

Il leva les mains en signe de reddition et recula.

— Très bien, comme tu préfères. Je voulais juste aider.

— Mace, je ne posséderais pas une arme si je ne savais pas m'en servir.

Elle aperçut du coin de l'œil Mace levant les yeux au ciel.

— Tu sais de quoi ce monde est rempli ? Des gens qui achètent des armes à feu et ne savent pas...

Colby lui fila un petit coup de coude dans l'estomac.

— Ne me range pas dans cette catégorie.

— Très bien, montrez-moi ce dont vous êtes capable, mademoiselle la biochimiste.

Il déposa un baiser sur sa tempe avant de reculer.

— C'est madame la biochimiste pour vous.

Elle lui décocha un large sourire avant de se concentrer sur sa cible. Sa main gauche soutenant la droite, elle visa avec précaution. Inspirer, expirer tout l'air ; rester bien stable. Elle maintint une pression régulière sur la gâchette et presse. Le bruit du tir la fit tressaillir à nouveau, mais lorsqu'elle ouvrit les yeux, elle constata qu'elle avait atteint la cible dans le mille.

— Joli. Je veux revoir la même chose, mais plus vite. Qui te laissera le temps de viser et de tirer ? Un méchant, expliqua-t-il en désignant la cible, ne va pas attendre que tu lui tires dessus. Il va soit courir vers toi, soit fuir, soit t'exploser la tête.

Colby lui offrit un rictus diabolique.

— Tais-toi et remets ton casque.

Il obtempéra tandis qu'elle levait à nouveau son Glock. Elle nomma les parties du corps tout en tirant.

— Tête... Cœur... Poumon... Bras qui tient l'arme... Entre-jambe... Cuisse...

Chacune des balles atteignit sa cible, l'une après l'autre, à la suite. Quand il ne resta plus de la cible qu'un lambeau de papier, elle éjecta le chargeur et vérifia une nouvelle fois que la chambre était bien vide.

— Il n'ira nulle part, déclara-t-elle.

— Oh, non, ça c'est certain, confirma-t-il en secouant la tête. Bon, pas besoin de perdre plus de temps ici au stand de tir. Rentrons à la maison, tu me fais bander.

Il gloussa en retirant ses lunettes de tir.

— Bon sang. Une femme qui sait tirer et qui est bonne au lit. Je ne serais pas l'homme le plus chanceux du monde ?

— N'en fais pas trop, rétorqua Colby en retirant ses bouchons d'oreille orange et en rangeant le pistolet dans son étui. Attends une minute, juste bonne ?

Il tendit une main vers elle pour refermer l'étui, puis lui saisit les poignets avant qu'elle ne puisse se dégager. Il tira ses bras au-dessus de sa tête, et de ses hanches, la poussa jusqu'à la coincer contre le mur en béton de la cabine de tir, lui permettant de sentir à quel point il la désirait.

Elle jeta un rapide coup d'œil à l'embrasure de la cabine. N'importe qui pouvait passer à tout moment.

— Mace, quelqu'un pourrait nous voir.

— C'est possible.

Elle devrait craindre le risque de se faire prendre. Il la plaqua contre le mur et bascula le bassin contre elle. Mais elle ne craignait rien. Au contraire, la possibilité que quelqu'un puisse les surprendre l'excitait.

Il lui caressa le cou avant de remonter jusqu'à son oreille et de lui murmurer :

— Je pourrais te prendre ici même.

Il l'embrassa, glissant ses lèvres sur les siennes et enfouissant sa langue dans sa bouche. Il avait si bon goût. Il transféra ses deux poignets dans une seule main, puis glissa une main sur ses seins et effleura ses mamelons.

— Tu as encore mal ? lui demanda-t-il contre ses lèvres, en faisant référence à son tendre derrière, après leur après-midi de plaisir à la maison la veille.

— Un peu.

En fait, plus qu'un peu, mais ça en avait valu la peine. Quoiqu'elle souffre d'un léger syndrome confusionnel après coup. Elle se disait de vivre l'instant présent, d'apprécier ce que Mace lui offrait. Même si ça ne devait pas durer.

L'homme en question ne demanda pas la permission et prit l'initiative de déboutonner son jean. Il descendit entièrement la fermeture éclair, offrant à sa main toute la latitude nécessaire pour plonger dans sa culotte et explorer son intimité. Colby haleta sous l'invasion soudaine de ses doigts, mais bascula les hanches pour lui donner un meilleur accès.

Il la caressa et la titilla, jouant avec ses lèvres lisses, enfonçant deux doigts en elle avant de revenir vers son clitoris et de recommencer la même ritournelle. Quand elle voulut crier, il posa ses lèvres sur les siennes et étouffa le bruit. Il l'embrassa goulûment tout en jouant avec elle, ne reculant que pour lui dire :

— C'est ma façon de te remercier pour hier.

Il replia les doigts en elle et trouva son point le plus sensible, le stimulant et le taquinant. Il ajouta son pouce, pressant et effleurant son clitoris jusqu'à ce qu'elle ne puisse plus en supporter davantage. Elle se jeta contre sa main une dernière fois, haleta et gémit dans sa bouche tandis que son corps entier convulsait autour de ses doigts. Il ne la relâcha que lorsqu'elle cessa de vibrer.

Il posa un léger baiser sur ses lèvres.

— Bon sang, je vais devoir te remercier plus souvent.

Elle se ressaisit pendant qu'il rassemblait leur équipement. Il lui fallut quelques minutes pour oser se décoller du mur et se tenir debout toute seule. Elle était sûre d'afficher le sourire le plus stupide du monde sur son visage.

En sortant du club de tir, Colby lui dit :

— Je dois passer voir l'entrepreneur, ça ne te dérange pas ?

Leurs pieds crissaient sur le parking en gravier, et elle remarqua les voitures garées autour d'elle. Il y en avait au moins une douzaine. Comment avaient-ils pu passer inaperçus ? Peut-être qu'ils n'étaient pas du tout passés inaperçus... Elle avait été tellement absorbée par son plaisir, un public énorme aurait pu être présent qu'elle ne l'aurait même pas remarqué. Ni ne s'en serait souciée à ce moment-là.

— Non, pas du tout, répondit-il en déverrouillant le pick-up et en ouvrant la portière pour elle. Je voulais le rencontrer, de toute façon.

Elle lui lança un regard amusé devant cette soudaine montée de testostérone.

— Pourquoi donc ?

— Pourquoi pas ? Je ne peux pas rencontrer l'homme qui fait les travaux chez toi ?

Elle s'installa sur le siège passager.

— Je ne pensais pas que ma maison t'intéressait autant. Je sais combien tu la trouves épouvantable.

— Peut-être que j'ai juste envie de rencontrer mon rival. Je sais à quel point un homme avec un pinceau peut t'exciter.

Seulement toi.

Elle s'efforça de ne pas rire aux éclats. *Attendons qu'il rencontre l'entrepreneur.*

Quand ils arrivèrent à la maison, des ouvriers s'affairaient sur le porche.

Les yeux de Colby s'écarquillèrent. À la seconde où Mace garait le véhicule, elle en sortit en bondissant.

— Hé, attends un peu ! s'exclama-t-il.

— Mon porche ! Ils travaillent sur mon porche !

Elle lui offrit un sourire à travers le pare-brise et se mit à rire. Puis elle se précipita jusqu'aux marches de la maison. Le bruit du marteau résonnait fort et glorieux. Elle adorait ça. Le bruit de ces mains occupées la rendait heureuse.

— Salut, Ben ! cria-t-elle par-dessus le vacarme.

L'homme plus âgé se retourna pour lui faire un petit signe de la main.

— Bonjour, Mme Parks. Tout va très bien ici.

Colby sauta sur place et se tordit les mains avant d'entamer une danse du bonheur.

— Je vois ça ! Vous avez remplacé presque toutes les planches du sol.

Elle avait probablement l'air complètement folle, mais elle s'en fichait.

— Yep, bientôt tu pourras peindre.

De la musique à ses oreilles. Un fort grognement surgit dans son dos. Pas de la musique pour tout le monde, apparemment...

— Est-ce que j'ai encore entendu le mot en « P » ?

Elle se retourna et trotta jusqu'à Mace.

— Dépêche ! Regarde où ils en sont !

Elle le tira fermement par le bras, et lui remonta lentement l'allée envahie par la végétation, feignant le désespoir.

— Je vois. C'est bien.

Elle tira plus fort, pour qu'il accélère le rythme.

— Ben, voici Mace Walker. Mace, voici Ben Fine. C'est mon entrepreneur.

— Oh, je croyais qu'il ramassait du bois pour sa cheminée, répondit Mace avant de se tourner pour regarder l'homme aux cheveux gris. Bonjour, Ben.

Les rides profondes qui entouraient les yeux et la bouche de Ben, ainsi que sa peau burinée, étaient autant dues à l'âge qu'aux années de travail au soleil. Elle vit Mace se détendre un peu, comme s'il était soulagé. La raison pour laquelle il avait jugé que son entrepreneur était une menace restait un mystère.

Mace tendit la main et l'homme plus âgé la serra fermement tout en lui rendant son bonjour.

— La chambre est terminée ?

Le martèlement cessa brusquement, et les cinq membres de l'équipe tournèrent la tête à l'unisson pour fixer Colby. Son visage brûlait, et elle se pencha vers Mace.

— Arrête ça, chuchota-t-elle férocement.

— Quoi ? Je posais juste une question.

Il sourit, passa un bras autour de ses hanches et l'attira contre lui.

Colby s'éloigna, exaspérée, et décida de l'ignorer, lui et ses enfantillages. Flânant autour du porche surélevé, elle observa toutes les nouvelles réparations. L'équipe avait remplacé les barreaux cassés et les poteaux pourris. Les lames de parquet seraient bientôt toutes neuves. Les marches devaient encore être réparées, mais tout semblait indiquer qu'elles seraient terminées le lendemain.

Elle se serra elle-même dans ses bras, incapable de contenir sa joie devant l'avancement des travaux, et imagina ce que cela donnerait avec une nouvelle couche de peinture. Et la nouvelle balancelle qu'elle voulait. Bientôt ! Bientôt, elle se balancerait sous son propre porche, un verre de limonade à la main, en lisant un roman et en écoutant le chant des oiseaux, et le...

Une main sur son épaule la fit sursauter.

— Reviens un peu sur terre, lui susurra une voix près de son oreille.

Colby cligna des yeux deux fois, revenant à la réalité, et se tourna pour regarder l'homme à côté d'elle. Quelle place occupait-il dans ce tableau ?

— Oh, j'étais juste en train de rêver un peu.

Avait-il au moins une place dans ce tableau ?

— Oui, j'ai vu ça. Tu t'étais envolée pour le Pays imaginaire.

— Mace, tu ne comprends pas. Cette maison, c'est tout pour moi. C'est moi.

Il passa un bras autour de ses épaules et la serra.

— Je n'en doute pas. Maintenant, quand pourrons-nous peindre ?

Mace déambula jusqu'à l'arrière de la vieille maison. Colby était toujours en train de discuter avec enthousiasme à Ben à l'avant, alors il décida de bricoler un peu. Il emprunta un crayon de charpentier et un mètre à ruban à l'un des hommes et prit une feuille de papier dans son pick-up. Il devait mesurer l'entrée arrière de la cuisine, car elle voulait commander une nouvelle contre-porte.

Alors qu'il gravissait les deux marches en bois menant à la petite entrée couverte, il s'arrêta. Quelque chose clochait. Instinctivement, il se figea, scrutant son environnement. Des empreintes de pas boueuses sortaient des buissons envahis par la végétation à gauche de la maison. Pas de la droite où se trouvait l'allée. Et les pots de peinture vides qu'il avait empilés dans un coin du porche étaient épar-pillés. Les pots renversés pouvaient être l'œuvre d'un animal sauvage et curieux. Peut-être un raton laveur. Mais les empreintes de pas étaient définitivement humaines. Et fraîches.

Il demanderait à l'équipe si l'un d'entre eux avait exploré les lieux de ce côté-ci. Mais son instinct lui soufflait que ce n'était pas normal.

Il secoua la tête. Même si son intuition le guidait, il pouvait tout aussi bien s'agir d'un adolescent à la recherche d'une maison vide pour y faire la fête.

Tout comme un gamin appelant à la maison pour faire une farce.

Il finit par se mettre en mouvement, ouvrant la contre-porte extérieure pour inspecter attentivement la porte intérieure en bois. Il vérifia les petits carreaux rectangulaires des fenêtres. L'une d'elles présentait des empreintes de mains évidentes. Comme si quelqu'un avait regardé par la porte arrière, à la recherche de quelque chose ou de quelqu'un.

Adolescent, ouvrier ou non, il avait un mauvais pressentiment. Mais il n'allait pas se précipiter et tout raconter à Colby. Il ne voulait pas l'effrayer sans raison. Il allait juste garder un œil sur elle et sa maison.

Colby jeta un œil à sa montre. 1 h 13 du matin. Elle n'avait pas prévu de rester aussi tard au travail. Mais elle avait commencé une expérience et avait voulu la terminer. Elle détestait laisser les choses en suspens. En fait, elle avait décidé de rattraper son départ de bonne heure le lundi précédent pour aller au stand de tir avec Mace.

Ses clés cliquetèrent doucement lorsqu'elle les inséra dans la porte et tourna lentement la poignée. Elle pensait que Mace était couché depuis quelques heures, et elle ne voulait pas risquer de le réveiller. La seule lumière dans l'entrée émanait d'un de ces diffuseurs de parfum branchés sur secteur. Et c'était à peine une lueur.

Elle glissa la main le long du mur près de la porte jusqu'à trouver l'interrupteur et appuya. Un petit cri de surprise lui échappa lorsqu'elle se retourna et découvrit Mace assis en haut de l'escalier dans un simple pantalon de survêtement. Depuis combien de temps était-il là ?

D'accord, il n'y a aucun problème.

— Je ne voulais pas te réveiller. J'essayais d'être silencieuse. Désolée, murmura-t-elle, même si ce n'était pas nécessaire puisqu'ils n'étaient que tous les deux dans la maison.

Elle devait ignorer ce qu'il percevait comme un problème. Elle se rappela qu'elle était une adulte qui avait un travail. Et qu'à ce titre, elle devrait pouvoir travailler tard sans culpabiliser.

Après avoir refermé la porte d'entrée derrière elle, elle la verrouilla et posa soigneusement ses affaires sur la table de l'entrée. Elle ôta ses chaussures et se redressa pour lui faire face. Ses yeux plissés étaient sombres. Colby fronça les sourcils.

— Je n'arrivais pas à dormir.

Bon sang, elle n'avait de comptes à rendre à personne.

— Oh, tu veux du thé ? Je vais me faire une camomille.

Sans attendre sa réponse, elle se dirigea vers la cuisine, guettant le bruit de ses pieds nus sur les marches. Comme elle n'entendit rien, elle supposa qu'il était retourné se coucher.

Elle prit une tasse et une boîte de sachets de tisane dans le placard. Après avoir mis la bouilloire sur la cuisinière, elle se retourna pour prendre place à la table. Mace était déjà là. Colby sursauta, sa main agrippant sa poitrine.

— Mon Dieu, tu m'as fait peur. Je ne t'ai pas entendu descendre.

Endommagé

Lorsque les battements de son cœur ralentirent, elle sortit une autre tasse et un sachet de thé, qu'elle plaça devant lui. Puis elle s'installa sur une chaise en face, attendant que l'eau bouille.

Ou que cette situation lui retombe dessus.

Mais, il n'y a pas de problème. Aucun problème du tout.

— Sais-tu quelle heure il est ? demanda-t-il d'une voix basse et bougonne.

Il n'y a pas de problème.

— Oui, malheureusement, je le sais.

Elle retira ses épingles à cheveux, laissant ses mèches tomber autour de son visage et dans son dos. Quel soulagement de libérer ses cheveux de la tresse après une longue journée. Elle passa ses doigts dans cette masse épaisse, démêlant quelques nœuds.

— Je suis crevée. Et dire que je dois me lever dans quelques heures et tout recommencer.

— Recommencer quoi ?

Son regard était rivé sur le sien, et elle se sentait comme un papillon de nuit pris dans le halo d'une bougie.

— Recommencer quoi ? Eh bien, à travailler, bien sûr.

Elle dégrafa le premier bouton de son chemisier.

— Tu travaillais ?

Colby se leva pour aller chercher la bouilloire qui sifflait, rompant leur contact visuel. *Il n'y a pas de problème.* Elle remplit leurs deux tasses d'eau fumante.

— Quoi d'autre ?

— Je ne sais pas, pourquoi ne me le dis-tu pas ?

Elle remit la bouilloire sur la cuisinière et se tourna vers lui. *D'accord, il y a peut-être un problème.*

— Mace, où veux-tu en venir ?

— J'étais juste un peu inquiet pour toi.

— Pourquoi ? Je suis une grande fille.

— Il se faisait tard, ou devrais-je dire tôt. Je croyais que tu ne travaillais pas si tard d'habitude.

Elle ajouta un peu de miel à son thé.

— Non, pas d'habitude. Mais, Martin et moi...

— Martin ! cracha-t-il.

Colby lui lança un regard incrédule. *Il y a vraiment un problème.*

— Oui, Martin. Nous avons été pris par un projet sur lequel nous travaillons, et avant même de nous en rendre compte, il était tard. On a donc décidé de dîner sur le tard et...

Il leva une main.

— Ça suffit, j'en ai assez entendu. Tu n'as pas à t'expliquer.

Elle fit claquer sa cuillère sur la table. *Là, clairement, y a un problème !*

— Tu as bien raison, je n'ai pas à m'expliquer, confirma-t-elle en se relevant et repoussant sa chaise. Je vais me coucher.

Elle quitta la pièce précipitamment, tâchant de ne pas renverser son thé. Tandis qu'elle le portait à l'étage, elle aurait juré avoir entendu : « J'ai déjà donné. »

Elle claqua et verrouilla la porte de sa chambre, s'efforçant de ne pas crier. Elle préféra se contenter d'une colère tranquille. Dans sa tête, elle le traita de tous les noms d'oiseaux qu'elle connaissait. Il se prenait pour qui ? Juste parce qu'ils avaient couché ensemble, il pensait qu'elle lui appartenait maintenant ? Non. Elle avait déjà connu quelqu'un qui pensait posséder son corps, son âme et tout le reste. Regardez où ça l'avait menée. Elle n'avait pas besoin qu'un autre homme la traite comme ça.

Elle s'assit sur le lit, sirotant son thé sans y prendre aucun plaisir. Le monde ne contenait pas assez de camomille pour la calmer en ce moment. La poignée de sa porte tourna lentement. Elle esquissa un sourire suffisant en direction de la porte. Elle s'attendait à ce qu'il frappe et s'excuse, mais la poignée reprit sa position initiale et elle n'entendit rien d'autre.

Parfait. Qu'il aille se coucher tout seul.

Enfin, s'il n'avait pas été aussi con, elle aurait apprécié sa compagnie. Et tout ce qui aurait pu aller avec.

Le matin arriva trop tôt pour Colby. Encore épuisée après à peine trois heures de sommeil, elle serait chanceuse de réussir seulement à fonctionner au travail.

Après s'être douchée, elle se faufila en bas, essayant d'éviter de tomber sur Mace. Elle décida de ne pas prendre de petit-déjeuner, juste ses clés de voiture et son sac et de filer en douce.

Malheureusement, sa fuite discrète tourna court lorsque sa décapotable refusa de démarrer. Après avoir appuyé sur l'accélérateur encore et encore, elle finit par abandonner. Ravalant ses larmes, elle posa le front sur le volant. La pompe à eau venait d'être réparée et elle ne pouvait pas continuer à investir dans cette voiture ; elle avait besoin de ces fonds pour sa maison.

Un coup contre la vitre lui fit lever les yeux. Mace. Elle grogna. Elle ne voulait surtout pas lui faire face ce matin.

— Problèmes de voiture ?

— Elle ne démarre pas.

— Ouvre le capot.

Elle obtempéra et il souleva le capot pour jeter un coup d'œil dans le compartiment moteur. Quelques secondes plus tard, il lança :

— Pourquoi ne pas te faire porter pâle, et je regarderai ça pour toi aujourd'hui.

Colby plissa les yeux.

— Je ne me fais pas porter pâle.

Il balaya le moteur des yeux.

— Aujourd'hui, si. En fait, je vais le faire pour toi.

— Non. Je suis au milieu d'un projet spécial. Je vais trouver quelqu'un pour m'emmener.

— Qui ? Marty ?

Mace lui avait dit qu'il s'y connaissait en voiture. Il aurait pu s'arranger pour que sa voiture ne démarre pas. Aurait-il tenté un coup aussi sournois juste pour l'éloigner de Martin ?

— Oui, répondit-elle en regardant sa montre. Je peux l'avoir au téléphone avant qu'il ne parte.

Elle descendit de la petite voiture de sport. S'il voulait jouer à ce petit jeu, elle aussi. Elle savait que Martin était probablement déjà parti au travail. Son trajet était beaucoup plus long que le sien. Mais ça, elle ne le lui dirait pas.

Quand Mace pesta, elle estima que ses soupçons étaient fondés.

— Ne te donne pas ce mal. Tiens, rétorqua-t-il en lui lançant les clés de son pick-up. Ne l'abîme pas.

Colby attrapa le trousseau et se détourna rapidement de lui pour cacher son sourire.

— Merci !

Elle grimpa dans le véhicule et partit avant qu'il ne puisse changer d'avis.

Mace savait comment devenir presque n'importe qui. Il pouvait se fondre partout, et convaincre une femme de faire n'importe quoi. Pourtant, il considérait Colby comme un défi. Non pas qu'il ait l'intention d'abandonner de sitôt.

Malheureusement, son plan matinal se retourna contre lui. Il voulait désespérément qu'elle reste à la maison avec lui, surtout après avoir été privé de son temps avec elle la nuit dernière.

Il ne s'était toutefois pas attendu à ce qu'elle fasse du covoiturage avec Martin. Après son départ au volant de son pick-up, il resserra le câble de la batterie de sa décapotable. Il fallait admettre que c'était une idée stupide et minable. Il n'était pas si désespéré. Sa jalousie ridicule devenait un obstacle et risquait de tout gâcher avec Colby, si ce n'était pas déjà fait. Et cette jalousie l'avait conduit là où il se trouvait actuellement.

Il se pencha par-dessus le bureau de la stagiaire, montrant ses dents blanches et brillantes avec un grand sourire. C'était une jeune étudiante assez ronde, sûrement l'une des victimes de la malbouffe universitaire.

Il n'accepterait aucun refus.

— Allez, s'il vous plaît. Je dois juste aller parler à mon ami.

Elle lui jeta un regard mal à l'aise.

— Monsieur...

— Mace, la corrigea-t-il.

— *Monsieur*, insista-t-elle, rougissant. Je ne peux pas vous laisser entrer dans le laboratoire. Même si vous êtes l'*ami* de Martin.

Mace n'avait pas réfuté l'idée qu'il était « l'ami » de Martin, mais il se demandait pourquoi elle mettait l'accent sur « ami » chaque fois qu'elle le prononçait.

— Allez... je viens faire une surprise à mon pote. C'est son anniversaire !

La jeune fille haussa ostensiblement les sourcils.

— Je ne savais pas que c'était l'anniversaire de Martin. Et je ne lui ai même pas offert de carte, répondit-elle en prenant l'ongle de son pouce entre ses dents pour le ronger.

— Je suis sûr qu'il ne vous en tiendra pas rigueur. Si vous me laissez entrer, je lui dirai que vous lui avez souhaité un bon anniversaire.

— Oh, je n'en doute pas, souffla-t-elle avant de pincer les lèvres. Bon, d'accord, mais si j'ai des problèmes...

Elle lissa nerveusement sa jupe en quittant son bureau et en se dirigeant vers la porte interdite – la porte verrouillée du supposé sanctuaire intérieur secret.

— Je vous promets que vous n'en aurez pas.

Avec un peu de chance, il pourrait même tenir sa promesse.

Elle leva sa carte magnétique contre le boîtier de contrôle mural, et la serrure s'enclencha. Mace se pencha pour déposer une bise rapide sur sa joue potelée. Il se retourna avant d'avoir pu voir le rouge lui monter au cou.

Il emprunta l'étroit couloir, lisant les plaques de porte à mesure qu'il avançait. Il espérait ne tomber sur personne, car il ne voulait pas qu'on lui demande pourquoi il rôdait autour du laboratoire. Quand il atteignit une porte ouverte, il sourit. La plaque indiquait « Martin McConnell ».

Il se faufila dans le bureau avant de pouvoir être repéré et referma doucement derrière lui. Précisément la personne que Mace recherchait.

Martin leva les yeux, surpris.

— Je peux vous aider ?

Il ne ressemblait en rien à ce que Mace avait imaginé. Les cheveux de l'homme, d'un blond terne, étaient ébouriffés, comme s'il se passait constamment la main dedans. En fait, d'un côté, une partie de ses cheveux se dressait. Et ces mèches-là avaient une teinte violette.

Ce qui ressemblait à un sandwich au beurre de cacahuète et à la confiture à moitié mangé était posé sur son bureau. Une partie de la gelée de raisin s'en était échappée, manquant partiellement la serviette en papier sur laquelle il était posé. Mace n'avait pas besoin d'être un enquêteur pour savoir que Martin était un mec bordélique. Une grande quantité de gelée constellait la blouse blanche que l'homme portait. Il en avait certainement plus sur lui que dans son ventre.

Les lunettes de Martin tenaient en équilibre précaire sur son nez, penchant dangereusement vers ses narines. Sous la blouse, il porte une chemise boutonnée bleu turquoise et une cravate bleu foncé, mais la cravate était maculée de vieilles taches. Être un mangeur maladroit n'était pas un trait nouveau pour ce type.

Martin remonta ses lunettes et se leva.

— Je peux vous aider ? répéta-t-il, agacé cette fois-ci — comme s'il n'était pas ravi de cette interruption.

— Je suis Mace Walker.

Après une légère hésitation, un regard entendu remplaça la confusion sur le visage de l'autre homme. Il se racla la gorge et tendit sa main droite.

— Martin. Martin McConnell.

Mace fixa la main tendue. Du beurre de cacahuète collait à ses doigts. Martin suivit son regard.

— Oh. Désolé.

Il s'est essuyé la main sur le côté de sa blouse, y laissant une trace de beurre de cacahuète. Il la tendit à nouveau, un peu plus propre cette fois.

Mace saisit sa main et la secoua fermement. La main de Martin était plus molle que celle d'un homme moyen et lui rappelait la poignée de main d'une femme.

— Vous êtes le... euh... de Colby.

Une bouffée de chaleur envahit le cou de Martin.

— Oui, c'est moi, confirma Mace en se juchant sur le bureau en désordre. Asseyez-vous. Asseyez-vous.

Martin se rassit.

— Que faites-vous ici ? Une visite à Colby ?

Mace lui décocha un sourire en coin.

— En fait, je suis venu vous voir.

— Oh, répondit l'assistant en fronçant les sourcils. Pourquoi ?

Mace repéra le coin d'un cadre photo enfoui sous une pile de papiers et le déterra. Un homme agenouillé qui n'était pas Martin y faisait un câlin à un Golden Retriever. Le chien était beau. L'homme ? Pas franchement. Non pas qu'il soit un bon juge de la beauté des hommes. Il toussa bruyamment – une toux assez profonde pour se rappeler à lui-même sa virilité.

— Votre frère ? demanda-t-il une seconde plus tard, en tournant le cadre vers Martin, qui secoua la tête.

— Non. Je suis désolé, pourquoi êtes-vous là ?

Mace balança le cadre au sommet d'une montagne de dossiers au coin du bureau.

— Je voulais juste rencontrer l'homme avec qui Colby... *traîne* tout le temps.

— Eh bien, je ne sais pas si je peux appeler ça traîner. On travaille ensemble.

— Et vous *traînez* ensemble.

— Occasionnellement.

— Oui, vous aimez aller sur les marchés aux puces.

— Les ventes aux enchères, rectifia Martin. Nous apprécions tous les deux les vieux objets et les bonnes affaires.

— Marty...

— *Martin*, corrigea-t-il, ses lunettes glissant dangereusement vers le bout de son nez une fois de plus.

— Martin. Ai-je des raisons de m'inquiéter ?

— Je ne comprends pas.

Apparemment, oui. Les sourcils du type se rapprochèrent tant qu'ils fusionnèrent en un monosourcil.

— Pourquoi avez-vous envoyé des roses ?

Le monosourcil remonta jusqu'à la naissance de ses cheveux.

— Des roses ? Je ne connais rien aux roses.

— Vous n'avez pas envoyé une douzaine de roses à Colby ?

— Non. Pourquoi l'aurais-je fait ?

Mace faillit répondre « pour goûter à son cul », mais préféra :

— C'est une belle femme.

— Oui, c'est vrai. Mais...

Mace attendit. Et attendit encore. Il observa les joues de Martin s'empourprer. L'autre homme s'éclaircit la voix et remua sur son siège. Si Mace gardait le silence assez longtemps, l'autre homme allait cracher le morceau. Le silence était un outil d'investigation plus efficace que mille questions.

Martin ferma les yeux et poussa un soupir. Il attrapa la photo que Mace avait prise plus tôt et la brandit.

— Si je devais envoyer des fleurs à quelqu'un, ce serait à lui.

Merde. Maintenant toute cette bizarrerie prenait un sens.

— Oh. Eh bien...

Mace se releva et fit les cent pas devant le bureau. Le crétin qu'il était avait mal évalué la relation entre Martin et Colby. Et merde. Il était rouillé. Maladroit. Il avait pensé que Colby avait peut-être un faible pour les intellos. Mace était soulagé d'avoir eu tort, car il n'entrait certainement pas dans cette catégorie.

Il s'arrêta juste devant le bureau. Martin lui jeta un regard désapprobateur.

— Vous pensiez que Colby et moi... Que...

— Non. Non, rétorqua-t-il en passant une main dans ses cheveux. D'accord, peut-être. Je n'étais pas sûr.

— Nous sommes juste des amis et des collègues de travail.

Mace grimaça. Bon, d'accord, maintenant, il devait limiter les dégâts. Martin allait sûrement en parler à Colby. Et elle ne serait pas contente.

Putain ! Il allait devoir lui dire en premier.

Et merde. Donc, Martin n'était pas le bon. Maintenant, il n'avait pas la moindre idée de qui avait envoyé ces fleurs. Ce message. La menace subtile. Il espérait que ce n'était pas quelqu'un de son passé. Personne n'était censé qu'il était de retour. À moins qu'on le cherche. Ou que quelqu'un cherche Colby.

Dans tous les cas, il garderait un œil sur elle, s'assurerait qu'elle reste en sécurité. Il devrait juste serrer les dents et souffrir en silence si cela impliquait de devoir passer plus de temps avec elle.

Mace sourit.

Un sac chaud et fumant apparut à côté de Colby. Il sentait merveilleusement bon. Le déjeuner. Son estomac avait gargouillé toute la matinée puisqu'elle avait sauté le petit-déjeuner.

— Merci, Martin, répondit-elle, sans même détacher ses yeux du microscope.

Elle sortit un crayon de la poche de sa blouse et prit quelques notes sur un bloc-notes.

Martin ne répondit pas. Quand le duvet sur sa nuque se hérissa, elle se redressa et regarda fixement Mace.

— Qu'est-ce que tu fais là ?

— Quoi, pas de bonjour ?

Que faisait-il dans son laboratoire ?

— Non !

Elle se leva brusquement, le contraignant à rattraper sa chaise avant qu'elle ne tombe en arrière.

— Je suis venu t'apporter le déjeuner et ta voiture. Je l'ai réparée. Maintenant, je veux récupérer mon camion.

— D'accord, répondit-elle en fouillant dans la poche de sa blouse et en lui tendant ses clés. Tiens. Prends-les.

Mace tendit le bras pour les prendre et saisit sa main à la place. Elle essaya de reculer, mais il resserra son emprise.

— Qui t'a laissé entrer ici ? Cette zone est interdite aux visiteurs.

— Martin m'a laissé entrer. On a eu une longue discussion.

— Pourquoi ? À quel sujet ?

Elle craignait de le savoir.

— À propos de toi. Tu ne m'avais pas parlé de ses préférences sexuelles.

Elle haussa un sourcil.

— Et lui si ?

Mace eut au moins la décence de paraître coupable quand il ajouta :

— Je ne pense pas lui avoir laissé le choix.

Colby retira finalement sa main de la sienne et soupira.

— Oh, Mace. Qu'est-ce qui ne va pas chez toi ? C'est un bon ami et un collègue de travail. C'est tout.

— Je m'en rends compte maintenant, répliqua-t-il en lui jetant un regard accusateur. Pourquoi ne m'as-tu pas dit qu'il n'aimait pas les femmes ? Je veux dire... Tu vois ce que je veux dire.

— Qu'est-ce que ça peut faire ?

— Je pensais...

— Tu aurais dû t'abstenir ! Tu pensais avec la mauvaise partie de ton corps. Ah, les hommes !

— Aïe, c'est pas juste.

— Pas juste ? Et c'est juste que tu viennes terroriser mon collègue ?

— Non. Je suis désolé.

Il avança d'un pas, ce qui la fit reculer d'un autre.

— Désolé ! Elle fit un autre demi-pas en arrière jusqu'à ce que ses fesses touchent le plan de travail. Elle n'avait nulle part où aller, aucun moyen de s'échapper.

— Oui, et crois-le ou non, je me suis excusé auprès de Martin. Bon sang, je lui ai même offert son repas. Il sera absent pour un moment. Je lui ai dit de prendre une bonne et longue pause déjeuner.

Il se rapprocha d'elle, obligeant Colby à écarter les pieds pour accommoder son immense corps.

— Tu n'avais pas le droit de faire ça.

Elle plaqua une main sur son torse quand il se pencha sur elle. *Et puis quoi encore ?*

Il s'inclina assez près pour apposer ses lèvres sur le contour de son oreille et murmurer :

— Je sais, mais je lui ai dit combien j'avais faim moi-même, et il a compris.

Bon sang. Son visage était brûlant. Elle ne serait plus jamais capable de regarder Martin dans les yeux.

Sa langue effleura à peine le bord de son oreille, juste assez pour qu'elle ait envie de lui. Pourquoi l'excitait-il si aisément ? Sa cuisse se nichait entre les siennes, et son érection pressait contre son ventre. Elle décala ses hanches, et son bassin frôla sa bonne cuisse. Elle se mordit la lèvre pour étouffer le cri qui voulait tant lui échapper.

— Tu es vraiment sexy dans cette blouse. Tu portes quelque chose en dessous ?

— Oui, cracha-t-elle en détournant la tête. Il n'allait pas se faire pardonner si facilement. Non.

Il agrippa sa tresse et ramena son visage vers lui. Son souffle se mêla au sien et il murmura « Pas pour longtemps » contre ses lèvres.

Colby fondit contre le meuble, et il en profita pour appuyer sa cuisse contre son entrejambe, dans un petit mouvement qui lui permit de frotter son clitoris.

— Ah... Et qu'est-ce que tu vas faire ?

Mace passa sa langue sur ses lèvres, plongeant dans sa bouche pour un contact rapide avant de reculer.

— Tu veux que je t'en parle d'abord ou que je le fasse tout simplement ?

Elle devait se ressaisir. Elle était une professionnelle, pour l'amour de Dieu.

— Mace. C'est un laboratoire ! lui rappela-t-elle, à lui autant qu'à elle-même.

— Je sais. Je parie que c'est l'un de tes fantasmes, pas vrai ?

Il passa une main sous sa blouse et remonta le long de son chemisier jusqu'à ce que son pouce effleure un de ses tétons durcis. Il décrivit un cercle, puis un autre, encore un... puis il pinça.

Les orteils de Colby se recroquevillèrent dans ses chaussures. Elle pourrait jouir tout habillée. Pas possible.

— N-non. La porte...

— Nous sommes seuls.

Il cala son autre genou entre ses jambes, l'obligeant à les écarter.

Seigneur, cet homme détrempait sa culotte. Plus il écartait ses jambes plus sa jupe remontait le long de ses cuisses. Il la plaqua contre le comptoir avec ses hanches, et poussa contre elle une fois, deux fois. Puis ses mains accrochèrent l'arrière de ses cuisses et il la souleva pour que le bord de ses fesses repose sur le plan de travail. Il ajusta ses hanches une fois de plus pour qu'elle puisse sentir toute la longueur de sa verge contre le tissu humide de sa culotte.

— Mace... oh, oh merde... Si on se fait prendre... chuchota-t-elle, son cœur battant la chamade, sa respiration haletante. Ce n'est pas comme le stand de tir. Je connais ces gens, je travaille ici.

Elle tenta de ralentir sa respiration, de faire le vide dans sa tête, mais la raideur de sa queue appuyait juste au bon endroit.

— C'est ça qui est excitant. Colby, j'ai envie de toi. J'ai tellement envie de toi que ça me fait mal.

Elle sentit ses cuisses trembler, et une nouvelle vague de chaleur entre ses jambes.

— Ta jambe...

— Oublie un peu ma jambe. Ce n'est pas ce qui me fait souffrir.

— Oh, mon Dieu, gémit-elle. Mace...

— Je sais, bébé.

Il déboutonna sa blouse, puis son chemisier. Il lui caressa le cou, juste à l'endroit délicat derrière son oreille, avant de dégrafer son soutien-gorge, libérant ses seins. Ses mamelons durcis lui firent mal lorsqu'il baissa la tête pour en caresser un avec sa langue. Un instant plus tard, il accorda la même attention à l'autre. L'humidité chaude associée à la texture rugueuse de sa langue faillit encore une fois la faire basculer. Enfonçant ses doigts dans ses cheveux, elle l'y maintint tandis qu'il aspirait l'un puis l'autre dans sa bouche – des mordillements doux, des baisers accompagnant bientôt le raclement de ses dents. Elle poussa un gémissement bas et interminable.

C'était de la torture. Mais jamais la torture n'avait été aussi agréable.

Impatient, il poussa Colby plus loin sur la table de travail, faisant tomber ses papiers sur le sol sans qu'elle le remarque. Elle voulait protester, mais quand il glissa un doigt le long du bord trempé de sa culotte, aucun mot ne sortit. Et quand il enfonça un, puis un deuxième doigt en elle, elle haleta. Au diable sa paperasse.

— Je suis, dit-il, ses doigts longeant et caressant ses lèvres gonflées, juste... sur le point... de te prendre... ici... et maintenant.

Il ponctuait chaque mot d'un geste, enfonçant ses doigts, les recourbant profondément en elle avant de titiller son point le plus sensible.

La respiration de Colby se fit saccader, elle était sur le point de jouir. Juste quand elle sentit le début des contractions, les doigts en elle disparurent. *Merde* ! Il arracha sa culotte jusqu'à ses genoux. Elle essaya de l'enlever d'un coup de pied, mais le tissu resta accroché à une cheville. Elle n'était pas en mesure de régler le problème, et franchement, elle s'en fichait éperdument à ce moment précis. Elle entendit la fermeture éclair de son jean puis, *Oh...* son gland glissa sur son clitoris gonflé, la faisant frémir. Un léger mouvement de ses hanches, et il serait en elle. Il dut lire dans ses pensées, car il se décala soudainement, glissant toute sa longueur contre sa chair chaude. Sa verge luisait de son désir.

— Est-ce que tu la veux ? lança-t-il en pinçant une fois de plus ses tétons.

— Oui.

— À quel point ?

— Je...

— À quel point ? répéta-t-il en serrant les dents.

Pourquoi retardait-il cet instant ?

— Énormément.

— Tu es tellement mouillée, putain. Lève tes hanches.

Il se pencha légèrement en arrière quand elle obéit.

Colby tenta d'agripper la taille avec ses jambes pour l'attirer plus près. Mais il se débattait avec son jean qui lui descendait sur les hanches. Le jean encadrait si joliment sa queue rigide, ses poils noirs bouclés et ses bourses. Mais elle ne voulait pas juste voir à quel point il était dur, elle voulait le sentir. En elle.

— Maintenant, gémit-elle.

— Pas encore, lâcha-t-il en fouillant dans son portefeuille

— Maintenant !

— Non, insista-t-il, grimaçant et jurant quand l'emballage refusa de se déchirer.

— Mace...

Elle attrapa le préservatif, l'ouvrit entre ses dents et le fit rouler prestement sur son sexe chaud et dur, tout en le caressant. Quand elle atteignit la base, elle prit les bourses et les serra légèrement.

— Bordel, Colby ! haleta-t-il. Il s'empoigna une fois, deux fois, et son corps entier tressaillit en réponse. Il saisit son poignet, rompant le contact de ses ongles grattant légèrement sa poche. Putain !

Il l'attrapa fermement par les hanches, les fit basculer un peu plus haut, et avec un grognement, il s'enfouit profondément en elle. Ils eurent tous les deux le souffle coupé, et Colby oublia comment respirer. Il resta enfoui jusqu'au fond et imprima de petites poussées en elle, ses bourses frottant son anus tandis que son bassin s'écrasait contre son clitoris. Ces minuscules mouvements la rendaient folle. Elle avait besoin de jouir. Elle ne pourrait pas résister plus longtemps.

Avec un grognement, il lança :

— Tiens bon.

— Je ne peux pas...

— Tiens bon.

Il posa son front sur sa poitrine et haleta, cherchant de l'air.

Son cœur allait exploser si elle ne jouissait pas bientôt.

— Mace !

Il poussa un juron, rejeta la tête en arrière en cambrant son dos, et s'enfonça toute sa longueur en elle, encore et encore et encore. Colby agrippa le comptoir, ne trouvant rien d'autre à attraper, et poussa un faible gémissement.

— Maintenant !

Il jouit avec force, et ses contractions internes l'entraînèrent encore plus loin, jusqu'à ce qu'ils soient tous les deux épuisés.

Quelques instants plus tard, il luttait pour reprendre son souffle. Sa poitrine se souleva alors qu'il s'effondrait sur elle, la plus grande partie de son poids ne reposant que sur ses avant-bras sur le comptoir.

Quand son souffle redevint plus régulier, il embrassa son nez, ses paupières, ses lèvres, avant de lécher le creux de sa clavicule. Elle était sûre que sa peau avait un goût salé.

— Merde, chuchota-t-elle quand elle reprit son souffle. C'était une sacrée pause déjeuner.

Mace gloussa doucement contre son épaule, toujours enfoui en elle.

— Ton repas va être froid.

Elle repoussa les cheveux noirs et humides du front de Mace.

— Je n'ai plus faim.

Chapitre 10

Il avait promis à Colby de la retrouver à la maison. Ils avaient prévu de commencer à peindre le porche aujourd'hui, mais Mace était plus en retard que prévu. La quincaillerie était en sous-effectif et bondée. Pire encore, sa commande de huit pots de peinture ne les avait pas ravis, surtout quand il avait demandé qu'on les passe d'abord à la mélangeuse. Et c'était *après* qu'ils avaient dû préparer la couleur crème personnalisée dont Colby était tombée amoureuse.

Au moins, elle avait assez de peinture à la maison pour commencer avant qu'il n'arrive. Il l'imaginait déjà barbouillée de peinture – dans ses cheveux flamboyants, sur ses vêtements, couvrant les taches de rousseur de son joli nez.

Alors qu'il s'engageait dans la rue bordée d'arbres de Colby, il remarqua l'arrière d'une vieille voiture qui dépassait de son allée. Les broussailles envahissantes qui bordaient la propriété masquaient le reste. Mais il voyait assez du véhicule pour reconnaître une Caprice du début des années 90. Gris foncé.

Il résista à l'envie d'appuyer sur l'accélérateur, de se

dépêcher d'arriver, de rejoindre Colby le plus vite possible. Au contraire, il se gara sur le trottoir et se concentra. Il enclencha le frein à main avant de sortir de son pick-up.

Son instinct se réveilla tandis qu'il longeait le bord de la propriété, restant près des arbustes séparant le jardin de celui du voisin. Quand il atteignit le coin arrière de la parcelle, il traversa la végétation et se faufila prudemment par la porte arrière de la maison.

Colby ne pouvait pas s'empêcher de penser à Mace, peu importe ses efforts. Elle était heureuse. Vraiment heureuse. Au moins pour le moment. Chaque fois qu'elle pensait à faire l'amour avec lui — les meilleures parties de jambes en l'air de sa vie – chez lui, chez elle, au labo, n'importe où, elle se transformait pratiquement en flaque.

Mais il la frustrait aussi. Il pouvait faire quelque chose qui la mettait en colère, et la minute suivante, il changeait complètement de comportement et lui gonflait le cœur – et autre chose. Elle était en train de tomber profondément...

Elle tentait de résister. De lui résister. Mais après seulement quelques semaines, elle ne pouvait pas. Elle n'avait jamais rien ressenti de tel auparavant. Jamais. Elle était amoureuse... de leurs ébats amoureux. Seulement ça, tenta-t-elle de se convaincre. Un an plus tôt, elle s'était juré de ne plus retomber dans un tel piège. Elle ne briserait pas sa propre promesse.

Mais elle s'autorisait à apprécier Mace et tout ce qu'il offrait pour l'instant. C'était la limite. Elle profiterait de sa tendresse, de sa sauvagerie et de sa rudesse. Il ne pensait pas être là pour plus de deux mois. Elle prendrait ces jours. Et ces nuits.

Elle peignait le porche, décrivant de longs mouvements apaisants. De longues et profondes lignes de couleur. D'avant en arrière. Colby ferma les yeux et prit une profonde et fragile inspiration. Elle imaginait le corps de Mace au-dessus d'elle, son érection dure et prête, se frottant contre elle, l'écartant...

— Hey, bébé.

Colby se figea, le pinceau lui échappant des doigts. Elle le regarda, impuissante, tomber sur le nouveau sol du porche et tout éclabousser. Elle ne pouvait plus bouger. Elle ne pouvait plus respirer. Plus rien. Mais elle ferma les yeux une fois de plus et se força à prendre une autre grande bouffée d'air. Une respiration lente et profonde entre des lèvres tremblantes.

— C'est comme ça que tu m'accueilles ?

La voix familière de l'homme la fit vaciller. Elle s'agrippa au montant de la porte pour se stabiliser, ses ongles s'enfonçant dans le bois.

— Tu ne vas même pas te retourner pour me faire un câlin ?

Il attrapa le haut de son bras et, avec force, la tourna vers lui. Colby ouvrit les yeux et plongea son regard directement dans l'enfer. Craig.

Ses cheveux blond foncé étaient encore courts et bien coupés. Des yeux bleus, une musculature fine pour un mètre quatre-vingts : c'est ce qui l'avait attirée en premier lieu. Mais ce n'était pas seulement du muscle sec, c'était du muscle pur et dur. Et comme Mace, il pouvait baratiner n'importe qui portant une jupe. Mais seulement quand il le voulait.

— Tu m'as follement manqué.

Follement n'était pas le bon mot. Maléfique était plus approprié. La raison pour laquelle elle avait acheté une arme et appris à s'en servir se tenait devant elle. Il était la seule raison pour laquelle elle avait quitté sa ville natale – où elle était née et avait vécu toute sa vie – pour venir ici. Son nouveau petit paradis se muait rapidement en un véritable enfer. Une fois de plus.

— Tu as perdu ta langue ? roucoula-t-il.

Il tendit la main, effleurant sa joue d'un revers de doigt.

Elle retint un gémissement. Si elle montrait ne serait-ce qu'un soupçon de peur, il ne serait que plus brutal.

Il aimait la peur. Il se nourrissait de sa terreur. Elle secoua la tête, dégageant sa main.

Ce n'était pas possible. Elle avait peint trop longtemps, et les vapeurs l'avaient affectée. Tout cela ne devait être qu'une illusion. N'est-ce pas ? Pas vrai ? *Oui !*

Faux.

Craig Jones baissa la tête, se rapprochant tout près d'elle, et inspira profondément.

— Tes cheveux sentent si bon, bébé. Bon sang, tu m'as manqué.

— C-Craig. Qu'est-ce que tu fais ici ? Comment m'as-tu trouvée ?

Il se mit à rire. Aux oreilles de Colby, ce bruit semblait cruel, mordant.

— Ce n'était pas difficile. Il n'y a pas beaucoup d'endroits où une biochimiste peut trouver du travail.

— Pourquoi ?

Elle s'appuya contre le montant de la porte, essayant de s'éloigner le plus possible de lui. Il approcha encore un peu, inclinant la tête. Il posa une main sur le chambranle, les doigts assez près pour saisir sa tresse française en une fraction de seconde.

— Pourquoi ? Quelle question idiote. Je viens de te le dire. Tu me manques, répondit-il avec un sourire froid.

— Qu'est-il arrivé à Rhonda ?

— Rhonda, répéta-t-il en secouant la tête et en souriant. Je me moque complètement d'elle. Je ne veux plus d'elle. C'est *toi* que je veux.

Son cœur se serra comme si elle allait faire une crise cardiaque. Bon sang, elle aurait préféré faire une crise cardiaque. N'importe quoi. N'importe quoi pour s'éloigner de cet homme.

C'est toi que je veux.

C'est toi que je veux.

C'est toi que je veux.

— Non, murmura Colby avant de glisser jusqu'au sol.

Craig lui saisit les poignets et la tira vers le haut, son visage, un masque cruel à quelques centimètres du sien. Il continua à tirer sur ses bras jusqu'à ce qu'ils remontent au-dessus d'elle, ses poignets bloqués contre le cadre de la porte. Il les tenait si fermement que ses doigts s'engourdirent rapidement.

— Non ? Pourquoi pas, bébé ? On était bien ensemble. Tu m'aimais ! Je t'aimais. Je t'aime toujours.

Quelque chose en elle explosa. Elle ne devrait pas le provoquer, mais elle ne pouvait pas s'en empêcher. Elle ne pouvait pas s'empêcher de donner un coup de pied dans la ruche.

— Craig, tu m'aimais ? C'est pour ça que tu m'as frappée ? Que tu m'as donné des coups de pied ? Que tu m'as cassé les côtes et le bras ? Tu m'as presque aimé à mort !

— Je t'ai seulement frappé, bébé, parce que tu m'as frustré avec toute ta méfiance et tes accusations !

Elle s'esclaffa, ce qui semblait dingue même à ses propres oreilles.

— Oh mon Dieu, Craig. Tu couchais avec d'autres femmes derrière mon dos. Pourquoi aurais-je dû te faire confiance ? Toutes mes accusations étaient fondées.

— Mais, chérie, elles ne signifiaient rien. Je n'aimais que toi.

Il prononça ces mots si lentement que Colby dut lutter pour ne pas rendre le contenu de son estomac. Cet homme était psychotique. Le destin lui avait joué un mauvais tour en le faisant entrer dans sa vie.

Craig relâcha ses poignets si soudainement qu'elle tomba contre le parement de la maison. Sa tête cogna contre le coin de la porte. Elle ignora la douleur, elle devait se montrer forte, pas faible. Sinon, elle était finie. Il ne lui pardonnerait jamais de l'avoir quitté, de s'être enfuie de l'hôpital pendant la nuit.

Il s'éloigna avant de se retourner pour la fixer du regard.

— Tu ne m'aimes plus ?

Elle serra les poings et voulut lui cracher au visage.

— Non. Je ne t'aimais plus à la seconde où tu m'as fait un œil au beurre noir pour la première fois.

— Colby, bébé, je me suis excusé pour tout ça. Je t'ai dit que je ne le referai plus jamais. J'ai promis.

Des rires hystériques fusèrent. *J'ai promis*. Combien de fois avait-elle entendu ces paroles vides ? Elle les avait entendues jusqu'à ce que ses oreilles sifflent sous ses gifles.

Elle jeta un regard furieux vers l'allée, vers sa voiture garée. À l'intérieur se trouvait le pistolet. Et elle voulait faire sauter la cervelle de ce fils de pute.

Mais, elle n'arriverait jamais jusqu'à la voiture. Jamais. Elle prit une profonde inspiration pour se donner du courage.

— C'est ma propriété, Craig. Je ne veux pas de toi ici.

Il lui balança un petit rictus.

— Bébé, s'il te plaît, tu ne penses pas ce que tu dis.

— Craig, je te préviens. Dégage de ma propriété avant...

— Avant que quoi ? Que vas-tu faire ? Qui va m'arrêter ?

— Moi.

Ce seul mot, ces trois petites lettres, furent le salut à Colby.

Putain de merde. Le timbre profond de Mace n'avait jamais si bien résonné. Elle sentait sa présence derrière elle dans l'embrasure de la porte ouverte. Sa force, sa proximité, c'était tout ce dont elle avait besoin. Elle n'avait jamais eu autant besoin de lui qu'à ce moment-là.

Elle avait besoin de lui, et il était là. Il était là.

— Et t'es qui toi, bordel ? hurla Craig.

L'homme bomba le torse, et posa violemment les mains sur ses hanches, et fit un pas vers elle.

— Ton pire cauchemar. Crois-moi, connard, j'ai eu affaire à des voyous et des ordures bien pires que toi. Et laisse-moi te dire, je les ai écrasés comme de la vermine. Si tu ne me crois pas, vas-y, essaie. Je vais prendre un malin plaisir à briser chacun des os de ton putain de corps.

Mace contourna Colby et se dirigea vers Craig. Il la protégeait avec son corps. Sa voix se transforma en un profond grognement.

— Si jamais tu reviens ou si seulement tu penses même à revenir sur cette propriété ou à déranger Colby à nouveau... *je jure...* que tu ne marcheras plus jamais. Jamais. Et ce n'est pas une menace en l'air.

Colby ne doutait pas de ses paroles. Apparemment, Craig non plus.

Pour la première fois, elle vit son ex reculer de peur. Elle l'avait fait tellement de fois elle-même. Aujourd'hui, les rôles étaient inversés.

— Maintenant, tu ferais mieux de foutre le camp d'ici. Si je revois ta tête, la mienne sera la dernière que tu verras.

Les mots de Mace étaient tranchants comme de l'acier froid, prouvant qu'il n'était pas un homme qu'on pouvait emmerder.

Colby frissonna en entendant la force énorme dans ces mots. Elle s'en nourrit, se redressa et fixa Craig droit dans les yeux.

— Tu ferais mieux de partir, Craig, si tu es capable de comprendre ce qui est bon pour toi. Je vais être très claire avant que tu ne partes. Je ne suis pas intéressée. Reste en dehors de ma vie.

— Oui, je vois. Tu t'es trouvé un nouveau mec, ricana Craig en descendant les marches du porche. S'il avait été un chien, il aurait eu la queue entre les jambes.

Ils restèrent silencieux jusqu'à ce qu'il soit hors de vue.

Le silence semblait tendu, cependant, et une énergie violente se dégageait toujours du corps de Mace. Elle attendit.

— Putain, c'était qui ?

Colby recula. Elle ne pouvait pas affronter sa colère. Pas maintenant. Elle avait besoin qu'il la prenne dans ses bras pendant qu'elle sanglotait de soulagement et jusqu'à ce qu'elle n'ait plus aucune larme à verser.

— Colby ! Regarde-moi ! Pourquoi ne m'as-tu pas parlé de lui ? Pourquoi ne m'as-tu pas prévenu ?

— Je... Je ne pensais pas qu'il me trouverait. Ou même qu'il voudrait me trouver.

Mace se tenait là, raide, serrant et desserrant les poings.

— Incroyable. Et si je n'avais pas été là ? Hein, Colby ?

Elle appuya le dos de sa main contre ses lèvres tremblantes.

— Je ne sais pas. J'étais trop loin de mon arme.

Il lui lança un regard incrédule.

— Ton arme ? C'est pour ça que tu en as une ? *Bon sang !* Je veux dire... Je savais que quelqu'un t'avait fait du mal. Je le savais, fulmina-t-il en faisant les cent pas sur le porche. Seulement, je n'avais pas réalisé que c'était physiquement.

Putain d'enfoiré ! Qu'est-ce que tu allais faire, Colby ? Le tuer ?

— Je ne sais pas.

— Si, tu le sais. Tu l'aurais tué si tu en avais eu l'occasion.

Il avait raison. Elle l'aurait fait.

— Oui.

Mace grogna et l'attira contre lui, l'entourant de ses bras et la berçant d'avant en arrière. Son corps se mit à trembler, se raidit, puis finit par fondre tandis qu'un sanglot lui échappait.

— Je le déteste.

— Je sais, chuchota-t-il dans ses cheveux. Il glissa les mains le long de son dos, la serrant plus fort contre lui. Il est parti maintenant.

— Il pourrait revenir.

Elle frissonna et renifla. Elle avait recouvert son tee-shirt de ses larmes. Elle se comportait comme une idiote, mais c'était plus fort qu'elle.

— Il ne reviendra pas. Je te le promets.

Mace posa les lèvres sur son front. Colby savait que cette promesse serait tenue : Craig ne reviendrait jamais. Elle était sûre qu'en tant qu'agent fédéral, il pourrait « passer quelques coups de fil ». Mais, honnêtement, elle se moquait bien ce qui pourrait arriver à cette enflure.

Alors qu'elle tentait d'essuyer ses larmes avec le dos de sa main, il l'arrêta et les effaça sous ses baisers.

— Qu'est-ce que tu as entendu ? demanda-t-elle, la voix encore tremblante.

— Bien assez, répondit-il en s'asseyant sur la première marche du porche et en l'enveloppant de ses bras. Tu aurais dû me le dire.

— Je ne pouvais pas.

— Pourquoi ?

— Je... hésita-t-elle, et des larmes fraîches roulèrent sur ses joues. J'avais honte.

Inutile de lui cacher la vérité, après tout.

— Tu n'en as parlé à personne ?

Colby secoua la tête.

La mâchoire de Mace se crispa, elle l'entendit prendre une grande inspiration, puis sentit la tension quitter soudainement son corps aussi vite qu'elle était entrée.

— Colby, rentrons chez nous.

Je suis chez moi, pensa-t-elle quand il la serra encore plus fort.

Mace se cala au fond du canapé du salon, ses pieds nus posés sur la table basse, les informations du soir défilant sur la télévision en arrière-plan. Colby était tranquillement installée à côté de lui pendant qu'il finissait de parcourir le document juridique qu'il avait entre les mains.

Il lâcha un rire amer et jeta l'ordonnance restrictive sur la table devant lui.

— Quelle putain de blague ! Tu sais que ces trucs ne servent à rien, n'est-ce pas ? Qu'est-ce qu'ils veulent que tu fasses ? Que tu lui balances au visage ? Que tu le coupes avec un coin de la feuille ?

— C'est mieux que rien, je suppose.

On lui avait dit que l'ordonnance de protection contre les violences allait, eh bien, la protéger. Elle avait été grossièrement trompée.

— Oui, ça t'a vraiment aidée aujourd'hui, hein ? lança-t-il en serrant un poing sur ses cuisses. Même si tu avais pu appeler les flics, il aurait pu te blesser gravement ou même te kidnapper avant qu'un amateur de pâtisseries n'arrive sur les lieux. Ces morceaux de papier ne peuvent pas arrêter une balle.

— C'était stupide de ma part de ne pas avoir mon téléphone portable à portée.

— Je suis désolé. Je ne veux pas empirer les choses. Tu n'es pas responsable. Tu fais ce que tu dois faire : aller de l'avant et vivre ta vie.

Il saisit sa bière sur la table basse, en prit une longue gorgée, puis une autre, avant de la reposer sur le sous-verre « FBI : Agent d'inspection des corps féminins » lisait-on sur les sous-verres, un cadeau pour rire offert par sa sœur lorsqu'il avait été diplômé de l'Académie.

— Et le reste ?

Sans avoir besoin de précision, elle savait ce qu'il voulait. Elle se pencha et ramassa le dossier qu'elle avait jeté sur le sol à côté du canapé. Elle le lui tendit sans un mot. Il le prit et le posa sur ses genoux, sans même l'ouvrir.

Il préféra la dévisager et lui demander :

— Ce sont des copies ou des originaux ?

— Un peu des deux.

— Tu es vraiment d'accord pour que je les voie ?

Sans hésitation, elle lui répondit franchement.

— Non.

— Mais tu vas me laisser les regarder, dit-il, l'expression figée.

— Oui.

Elle récupéra son verre de vin sur la table, près des pieds de Mace, et le vida en deux dernières gorgées. Vain espoir – elle savait que l'alcool ne l'aiderait pas à surmonter cette épreuve. C'était comme gratter une cicatrice fraîche. Elle n'avait pas envie de la rouvrir.

Il finit par détacher son regard de son visage et ouvrit le dossier. Quand il souleva la première photo, Colby détourna le regard. Elle n'avait pas besoin de voir ces photos pour se souvenir. Tout ce qu'elle avait à faire était de fermer les yeux, et elle ne pouvait pas oublier.

Elle reporta son attention sur la télévision, essayant de se concentrer sur un reportage à propos d'un conseiller municipal qui se retrouvait impliqué dans une affaire délicate.

— *Bordel de merde.*

Ce qui avait commencé comme un murmure choqué se transforma moins d'une minute plus tard en une explosion :

— *Cet enfoiré !*

Il balança le dossier à travers la pièce, les dizaines de photos se répandant comme des confettis sur le tapis. L'une d'elles atterrit aux pieds de Colby, et son propre visage, difficilement reconnaissable derrière l'enflure et de la tuméfaction, la fixait. Colby ferma les yeux, retenant ses larmes.

— Je suis désolé. Je suis désolé.

Il se leva et fit le tour de la pièce pour ramasser les photos et les remettre dans le dossier. Il attrapa l'ordonnance de restriction sur la table basse, la glissa dans le dossier aussi avant de jeter le tout sur le siège du fauteuil voisin.

Il s'installa à côté d'elle sur le canapé et avala une autre longue gorgée de sa bière.

— Je suis désolé, Colby.

Elle voulait lui demander pourquoi, mais elle n'était pas sûre de vouloir le savoir. Il était probablement désolé qu'elle se soit fourrée dans cette position de victime. Qu'elle n'ait pas quitté Craig plus tôt. Qu'elle ait été trop faible pour se protéger de tout cette souffrance. Qu'elle ait choisi la mauvaise personne, juste parce qu'elle voulait par-dessus tout aimer quelqu'un. Peut-être était-il simplement désolé d'avoir perdu son sang-froid et d'avoir jeté son dossier, son douloureux souvenir, à travers la pièce.

— Je suis désolé que tu aies été blessée comme ça. J'aurais aimé te rencontrer beaucoup plus tôt.

Il y avait tant de douceur dans sa dernière phrase que Colby en fut profondément touchée. Elle aurait aimé le rencontrer beaucoup plus tôt aussi.

— Tes cicatrices de guerre sont bien pires, lui rappela-t-elle.

Il hésita pendant quelques longs battements de cœur, et ce qui ressemblait à de la tristesse adoucissait son regard.

— Je dois les miennes à quelqu'un qui me détestait suffisamment pour vouloir me tuer. Les tiennes, à quelqu'un qui était censé t'aimer.

— Peut-être que nous nous trompons tous.

— Sur quoi ?

— Sur l'amour. Peut-être qu'on est tellement en quête de l'affection de l'autre qu'on voit une étincelle là où il n'y en a pas.

— Peut-être. Mais je pense que l'amour est possible. Je pense qu'il existe pour les bonnes personnes, répondit-il en caressant d'une main le contour de la mâchoire de Colby puis et en remettant quelques mèches de sa tresse derrière son oreille. Mes parents s'aimaient profondément. Je le voyais tous les jours dans leur façon d'agir et de se parler. Parfois, il suffisait d'un simple regard entre eux. Mais c'était suffisant pour que même un adolescent le remarque. Après la mort de mon père, ma mère a eu le cœur tellement brisé qu'elle est morte moins de deux mois plus tard.

— Elle est morte d'un cœur brisé ?

— Un truc comme ça, confirma-t-il en prenant son visage entre ses mains, se penchant vers elle pour l'embrasser.

— Je ne pensais pas que c'était possible.

— Je commence à penser que ça l'est.

Il l'embrassa tendrement, entrouvrant ses lèvres, explorant sa bouche de sa langue.

Elle ne voulait pas essayer d'interpréter sa remarque. Elle ne voulait pas que la situation se complique. Bon sang, elle ne voulait pas admettre qu'elle l'était déjà. Elle l'embrassa en retour, sa langue jouant avec la sienne avant de se détacher et d'embrasser son menton. Sa barbe naissante était râpeuse contre ses lèvres.

Les lèvres de Colby suivirent le tracé de sa mâchoire, puis sa langue descendit jusqu'à son cou, laissant une marque chaude et humide.

C'était exactement ce dont il avait besoin après l'incident de cet après-midi, pour oublier ce qui aurait pu arriver à Colby. S'il n'avait pas été là...

Merde.

Elle mordit la jonction entre son épaule et son cou, et il appuya la tête contre le dossier du canapé, profitant de chaque seconde, lui donnant tout loisir de faire ce qu'elle voulait de lui. Il était tout à elle.

Elle embrassa, mordilla et lécha ici et là son cou. Elle remonta son haut, exposant son torse pour continuer à le taquiner ses tétons et leur pourtour. Il se pencha en avant, attrapa le col de son tee-shirt et le passa prestement par-dessus sa tête. Il le jeta sur le fauteuil, recouvrant ce putain de dossier. Une fois de plus, il repensa à tout ce qui se serait passé, ce qui aurait pu se passer.

Mais rien de tout ça n'était devenu réalité, et ils étaient là : sur le point de s'amuser un peu tous les deux. Ou même beaucoup, si ça ne tenait qu'à lui.

Il perdit le fil de ses pensées quand elle passa ses ongles sur ses tétons.

— Putain.

Il empoigna le bout de sa tresse alors qu'elle frottait et embrassait diligemment tout son ventre et son torse. Tirant le petit élastique à l'extrémité, il passa les doigts dans la tresse, libérant ses cheveux de leur carcan. Il remontait tandis qu'elle descendait, suivant la ligne de ses poils foncés jusqu'au bord de son jean. Le bouton était déjà détaché puisqu'il n'avait jamais fini de le fermer après sa douche.

Il la surprit le contemplant pendant qu'elle dézippait lentement la fermeture éclair. Il avait probablement l'air aussi abasourdi qu'il le ressentait. Il doutait qu'il reste du sang dans son cerveau, tout le flux semblait se diriger vers le sud, dans sa queue.

Colby se rassit brusquement et lui lança un regard sévère.

— Enlève ton pantalon.

Ce n'était pas une demande. Bon sang, non, ce n'en était pas une.

— Maintenant.

Merde, s'il pouvait durcir encore plus que maintenant... Impossible.

Il se releva et se rattrapa avant de perdre l'équilibre. Sa cuisse protesta vigoureusement. Mais il s'en foutait. Pas ce soir.

Demain, il le paierait. Mais ce soir, il en aurait pour son argent, même s'il devait faire de la rééducation deux fois par jour pendant une semaine.

Il descendit son jean jusqu'aux genoux avant de se rasseoir sur le canapé pour le retirer d'un coup sec et le jeter quelque part dans la pièce. Il avait opté pour le confort détendu, sans caleçon ce soir, espérant que cela lui porterait chance. Il se rassit donc là, nu, sa queue dressée comme un mât de drapeau. Il n'avait besoin que de la rouquine sexy devant lui pour hisser le drapeau.

Son porte-drapeau ne dit pas un mot. Ses yeux s'étaient

adoucis momentanément quand il avait trébuché, mais étaient rapidement redevenus sévères. Toute cette situation lui rappela la nuit de son retour à la maison. Il l'imaginait à nouveau comme une maîtresse d'école : sévère, guindée et bien sous tous rapports en apparence, sauvage comme l'enfer à l'intérieur.

Elle se dégagea du canapé et se plaça entre ses genoux ouverts, sans toutefois les toucher. Elle le fixa du regard, sans sourire, les yeux sérieux. Son expression seule lui interdit de palper sa propre verge douloureuse.

Un instant plus tard, elle secoua la tête. Ses cheveux volèrent en désordre autour de ses épaules et dans son dos. Elle défit son jean et l'enleva, mais il ne pouvait pas affirmer qu'elle portait une culotte puisque sa longue tunique tombait à mi-cuisses. Mais elle était toujours aussi sexy.

Putain, il voulait la baiser à mort. Mais il ne tendit pas la main. Non, il attendit plutôt de voir à quoi elle jouait. Son impatience le tuait, mais il aimait ça.

Elle se lécha les lèvres, plus par nervosité que par taquinerie à son avis. Mais quand une main entreprit de déboutonner la tunique tandis que l'autre se portait à sa propre bouche, il remit en question sa propre théorie. Elle glissa un doigt entre ses lèvres, le suça, puis le retira lentement.

Il ne savait pas où regarder : le doigt qu'elle taquinait avec sa langue ou ceux qui défaisaient les boutons. Sa chemise était suffisamment ouverte pour qu'il puisse apercevoir un soutien-gorge vert foncé, presque de la même couleur que ses yeux.

Il n'eut plus besoin de décider ce qu'il devait regarder lorsqu'elle glissa son doigt humide dans l'ouverture béante de son haut et jusque dans sa culotte. Il ne le voyait peut-être pas, mais il pouvait l'imaginer.

Son geste le poussa à s'empoigner lui-même, et sa queue suintait déjà, son désir perlant sur la couronne.

Colby marqua une pause et lança un « Non » sec.

Mace sursauta à son ton, surpris qu'il provienne d'elle, et relâcha automatiquement sa queue.

Merde.

Mais il n'allait pas se plaindre. Si elle voulait tout contrôler ce soir, eh bien, il ne s'y opposerait pas.

Elle continua à se déshabiller d'une seule main, et lorsque le dernier bouton fut ouvert, il vit que son autre main était clairement, *très clairement*, dans sa culotte. Qui se trouvait être parfaitement assortie à son soutien-gorge, mais il s'en moquait bien. Il ne s'intéressait qu'à ce qui se passait sous le tissu vert. Il voyait ses doigts bouger, ses articulations remuer, son poignet coulisser sous le coton. Elle passa sa main libre sur son soutien-gorge, écartant davantage les pans de sa tunique, lui offrant une meilleure vue. Elle rejeta la tête en arrière et haleta.

Puis ses jambes se dérobèrent. Avant qu'il puisse l'empêcher de tomber, elle tomba à genoux et attrapa ses chevilles, le faisant sursauter à ce contact inattendu.

Elle remonta les doigts le long de ses deux mollets, dépassa ses genoux pliés et passa sur ses cuisses, faisant attention à sa blessure. Elle se rapprocha, se calant entre ses jambes, tandis qu'elle glissait ses mains autour de ses hanches, sur son ventre contracté, et plus bas, encore une fois. Deux doigts entourèrent la base de sa queue, et elle serra.

Mace pinça les lèvres pour ne pas bafouiller comme un idiot, tandis que son estomac se crispait encore plus fort et que ses doigts s'enfonçaient dans le coussin du canapé. Notamment parce qu'il refusait de jouir, mais aussi parce qu'il ne voulait pas la retourner sur ses genoux pour l'empaler profondément.

Les deux doigts qui entouraient sa queue furent vite rejoints par sa main entière alors qu'elle se penchait sur le bas de son corps.

Bon sang, rien ne l'excitait plus que de voir ses cheveux roux sur ses genoux. Ils effleurèrent ses cuisses, balayèrent son aine et chatouillèrent son bas-ventre. Il pourrait jouir si elle continuait à frotter ses cheveux contre son érection. Si soyeux...

Il prit une grande inspiration, et ses hanches se soulevèrent du canapé lorsque sa petite bouche chaude se referma sur son gland. Elle lécha tous ses fluides du bout de la langue, comme un chaton qui lèche la crème. Elle le prit profondément en bouche, presque jusqu'à la base. Ses lèvres se heurtèrent à son propre poing avant de glisser à nouveau vers le haut, sa langue taquinant la petite fente pendant un instant avant que sa bouche chaude, chaude, chaude ne ravale presque toute sa longueur.

Oh. Putain. De. Merde.

Quand elle lui lança un regard, il comprit qu'il avait peut-être dit ça à haute voix. Pas même une seconde plus tard, elle trouva un rythme avec sa langue et ses lèvres, caressant son membre tandis que son poing serrait sa base.

Il cala sa tête en arrière, incapable de profiter du spectacle. S'il regardait, il pourrait perdre la tête. Il n'avait pas besoin de voir ce qu'elle faisait. Oh non. Cette vision était déjà gravée dans son cerveau. Il s'en souviendrait pendant longtemps.

Quand sa deuxième main attrapa délicatement ses bourses et les pressa, ses yeux se rouvrirent tout à coup et il entendit quelqu'un crier. Ce quelqu'un, c'était lui.

Son cerveau était tellement embrouillé qu'elle aurait pu lui ordonner de sauter et il ne lui aurait même pas demandé de quelle hauteur. Il aurait fait n'importe quoi, tout ce qu'elle lui aurait ordonné. Surtout quand elle léchait son gland comme une sucette, pour voir combien de coups de langue il fallait pour arriver jusqu'au bâtonnet. Soit il était très appétissant, soit elle avait très faim…

Son rythme régulier sur toute sa longueur reprit, et il ne put résister : il enfonça ses doigts dans ses cheveux et commença à pousser. Ses hanches se soulevèrent pour la combler à chaque coup. Ses doigts se crispèrent dans ses cheveux, et il se tendit, prêt à exploser. Il avait besoin de décharger. Ses bourses étaient tellement tendues, et la sentir continuer à jouer avec, à les presser, à les faire rouler entre ses doigts fins n'arrangeait rien.

Elle recula la tête et dit :

— Non, je veux que tu jouisses en moi.

Elle était magnifique avec ses joues rougies et ses lèvres gonflées. Il aurait été heureux de jouir tout de suite et maintenant. Mais elle avait décidé que la patronne, c'était elle.

Et elle le serait.

Elle se leva et s'éloigna un peu de ses jambes, juste hors de portée. Sa chemise glissa sur le sol, et elle se tint droite, si délectable dans son soutien-gorge et sa culotte assortis. Culotte qui semblait maintenant un peu plus foncée entre ses jambes, ce qui le fit sourire.

— J'ai besoin d'aide.

Mace haussa un sourcil en signe de question. Il voulait avoir l'air coquin, mais en vérité, il n'arrivait pas à sortir un seul mot de la boule qu'il avait dans la gorge.

— Je veux que tu les enlèves, dit-elle en se retournant. Elle fit alors un pas en arrière pour se rapprocher de lui avant de relever ses cheveux pour dégager son dos.

Il caressa la peau lisse et claire de son dos, retraçant le contour des bretelles avant d'atteindre l'agrafe. Il la fit sauter et laissa le soutien-gorge tomber vers l'avant.

Il laissa courir ses paumes le long de ses côtés jusqu'à atteindre le haut de sa culotte, puis glissa les doigts sous l'élastique et jusqu'à l'avant, épousant presque sa taille. Il replaça ses mains sur ses hanches et tira vers le bas. Lentement. Il s'attarda ici, là – sur ses hanches, ses cuisses, sous ses genoux, jusqu'à ce que le bout de tissu vert tombe sur ses chevilles. Elle leva un pied avant de repousser la culotte avec l'autre.

Lui tournant toujours le dos, elle croisa les bras sur ses seins, ses cheveux couvrant son dos comme une cape de feu. Elle ne pouvait pas être timide maintenant. Elle perdait ses inhibitions pendant le sexe, elle n'en avait plus. Alors elle ne pouvait pas se cacher de lui.

Et, *oh, merde,* elle ne se cachait pas du tout.

Quand elle se tourna vers lui, elle pétrissait ses propres seins, pinçant les deux tétons, sa lèvre inférieure coincée entre mes dents. Elle descendit une main le long de son ventre, une fois de plus jusqu'à la tache de feu de son entre-jambe, et écarta ses lèvres...

— Ne fais pas ça, balbutia-t-il, ce qui l'arrêta net. Oh, putain, non.

Il se mit à grogner et s'invectiva.

— Tu n'aimes pas ?

— Oh, si, j'aime. J'aime beaucoup. Mais je vais finir par exploser partout sur moi.

— Recule un peu.

Il obtempéra, se calant contre le dossier du canapé avant de tendre les mains. Elle les accepta et utilisa ses bras pour se stabiliser tandis qu'elle grimpait sur lui, plaçant un genou de chaque côté de ses hanches. Il huma son odeur, chaude et musquée, et tellement féminine. Il voulait enfouir son visage entre ses jambes et la goûter. Mais ce n'était pas comme ça que ça allait se passer ce soir. Ce soir, c'était elle qui commandait.

Elle s'attarda au-dessus de lui, reposant tout son poids sur ses propres tibias. Elle était si loin au-dessus de lui. Trop loin. Elle devait être plus proche. Beaucoup plus près.

— Préservatif ? couina-t-il. Il la retint par les bras, s'assurant qu'elle ne s'abaisse pas encore sur lui. Pas tant que certaines questions importantes n'étaient pas réglées.

— C'est réglé.

— Euh, d'accord...

Colby se pencha en avant et posa les lèvres près de son oreille, chuchotant :

— Je prends la pilule, mais je n'étais pas sûre avant... Maintenant, je le suis. Je veux juste toi, seulement toi, en moi, et rien entre nous.

Mace grogna avec envie, ça lui semblait être un bon plan. Un putain de bon plan. Le meilleur qu'il ait jamais entendu. Sa queue s'agita, frôla ses boucles humides, et il se déhancha par réflexe.

Colby rit doucement.

— Couché, garçon.

Appuyant une main contre son torse pour garder l'équilibre, elle attrapa sa queue de l'autre, le frottant contre son intimité, le rendant encore plus lisse, si possible. Elle l'aligna ensuite dans une position parfaite, et il était prêt, tellement prêt à se sentir à sa place au creux d'elle.

Elle décrivit de petits cercles avec ses hanches, s'abaissant doucement. Elle descendait d'un centimètre, remontait jusqu'à ce que seul son gland soit en elle, descendait de deux centimètres, et remontait. Puis de cinq centimètres avant de remonter, tout en gardant ses muscles internes tendus et en tournant les hanches.

Il était sur le point de s'évanouir. D'une seconde à l'autre, il allait tomber raide mort. Avec un putain d'immense sourire sur son visage, aussi.

Quand elle s'empala finalement sur lui, l'avalant entièrement, il perdit le fil de ses pensées. Il enroula les bras autour de son dos et là maintint là. Elle continua à onduler contre ses genoux, et il pressa son visage entre ses seins, ses poumons se vidant de tout leur air. Il lutta pour reprendre son souffle quand elle dodelina contre lui, laissant échapper des petits miaulements et des halètements. Les sons qu'elle émettait vibraient à travers sa poitrine et contre sa joue tandis qu'il se frottait à ses seins, bougeant jusqu'à saisir un mamelon en bouche, aspirant le téton dur et serré. Plus elle ondoyait vite, plus il suçait fort.

Soudain, ses mouvements se firent frénétiques, et en quelques secondes, elle se raidit, serrant ses muscles internes autour de lui et laissant échapper un long gémissement. Il s'enfonça encore et sentit la chaleur le traverser. Il jouit au plus profond d'elle, se vidant en même temps que son orgasme à elle.

Il remercia sa bonne étoile qu'elle eut basculée si vite, parce qu'il n'aurait pas tenu beaucoup plus longtemps.

Quand Colby s'effondra contre son torse, elle passa les bras autour de son cou, en soupirant.

— Waouh, chuchota-t-elle dans ses cheveux.

Il ricana.

— Pareil. Il se blottit dans son cou et embrassa sa peau humide.

— Il faut que je libère ta jambe, dit-elle, sans pour autant faire le moindre mouvement.

— Non. Tout va bien. Je ne veux pas que tu bouges.

Sa jambe ne tremblait que légèrement, elle se calmerait bientôt.

Le téléphone sonna, et Colby sursauta contre lui. Elle observa le téléphone, inquiète.

— Et maintenant ?

— Tout va toujours bien.

Il s'étira et prit le téléphone sans fil sur la table d'appoint.

— Allô ?

Le silence l'accueillit. Il essaya encore une fois.

— Allô ?

Un rire doux lui répondit avant qu'il n'entende un clic et la tonalité. Mace sentit son ventre se nouer et raccrocha avant de claquer le combiné sur la table.

— Eh bien, nous savons maintenant qui ne passait pas ces appels.

Il devait appeler la compagnie de téléphone et résilier le numéro. Puis sortir tous les téléphones de la maison et les démolir à coups de masse.

Les bras de Colby se resserrèrent autour de lui, et elle enfouit son visage dans son cou. Il glissa ses doigts de haut en bas, suivant la courbe de sa colonne vertébrale.

Au début, il avait espéré qu'un gamin stupide leur faisait une mauvaise blague. Après la visite de Craig, il avait espéré que c'était juste ce salaud. Mais il avait un très mauvais pressentiment, au point où il pourrait demander au Bureau de géolocaliser les appels.

Il attrapa les fesses de Colby. Il voulait aller au fond des choses rapidement.

Chapitre 11

Colby parcourait les allées pleines de ce qui, à première vue, ressemblait à une décharge. Mais ce n'était pas le cas. Des antiquités et autres articles ménagers jonchaient l'herbe en longues rangées. De temps en temps, un objet – un meuble unique ou un bibelot – attirait son attention, et elle hésitait, examinait et inspectait.

Si elle l'aimait, elle le notait sur sa liste à côté de l'estimation de la valeur de l'objet, ou du moins, sa limite haute pour l'enchère. Avec un budget limité pour meubler la maison, elle devait surveiller ses dépenses. Les rénovations restaient sa priorité et un toit qui ne fuit pas au-dessus de sa tête était plus important qu'un canapé ancien.

Elle avait la fâcheuse tendance à se laisser emporter par les ventes aux enchères, et avant même de s'en rendre compte, elle avait dépensé beaucoup trop pour un objet. Ces ventes étaient amusantes, mais addictives.

Elle n'arrivait pas à croire que Mace avait voulu venir avec elle et Martin aujourd'hui. Ces derniers temps, il ne la quittait pas d'une semelle. Chaque fois qu'elle devait faire une course, il insistait pour la faire à sa place ou voulait au moins l'accompagner.

Elle ne savait pas s'il voulait être utile ou s'il était juste trop possessif. Toujours était-il qu'il l'avait accompagnée. Mais peu de temps après leur arrivée, Martin et Mace s'étaient éloignés pour discuter des meubles qui iraient bien avec les boiseries et les moulures de la maison.

Normalement, elle préférait les ventes aux enchères qui se déroulaient en semaine et en journée, car la concurrence y était moindre pour chaque objet qu'elle désirait. Cette vente-là était bondée en ce beau samedi matin.

La propriété ne se trouvait qu'à un kilomètre de la sienne, et la vente était organisée par les mandataires du défunt propriétaire. La maison proprement dite était mise aux enchères, mais elle était en très mauvais état, encore pire que la sienne lorsqu'elle l'avait acquise. Celui qui l'achèterait aujourd'hui devrait très probablement la démolir et repartir de zéro. Mais si la maison semblait délabrée, les vieux meubles en bois avaient, eux, été bien entretenus. De remarquables pièces classiques encombraient le terrain.

Alors qu'elle déambulait dans une autre allée, elle tomba sur une pièce particulière qu'elle avait vue dans le catalogue de la vente aux enchères : une magnifique commode victorienne en ronce de noyer.

Elle ouvrit un tiroir pour inspecter les queues d'aronde. Le miroir était grand, et le bois autour du verre sculpté à la main. Le plateau en marbre blanc moulé et irisé contrastait admirablement avec la riche couleur noyer du bois. Il était en excellent état pour un meuble fabriqué dans les années 1860.

Colby recula pour mieux le détailler. Elle voulait vraiment le posséder, mais savait qu'il coûterait très cher. Elle soupira de déception. Un collectionneur quelconque le raflerait à un prix bien au-dessus de ses moyens.

— Magnifique, n'est-ce pas ?

Elle sursauta à la voix masculine grave juste derrière son épaule et se retourna pour faire face à l'inconnu.

— Oui. J'adorerais l'avoir, mais je ne pense pas pouvoir me le permettre.

— Comment savez-vous que vous ne pourrez pas vous le permettre ? C'est une vente aux enchères. On peut toujours trouver de bonnes affaires dans une vente aux enchères.

L'homme grand, mais trapu avait des yeux marron foncé, et ses cheveux étaient tout aussi bruns. Son teint était plus foncé que celui de Mace, plus olivâtre, et indubitablement d'origine italienne même s'il n'avait pas d'accent. Un détail la mettait mal à l'aise. Peut-être parce qu'il se tenait trop près et envahissait son espace personnel.

Colby fit un pas de côté pour mettre un peu plus d'espace entre eux. Elle haussa les épaules.

— J'ai vu à quel prix partent ce genre de pièces. Je sais que je ne gagnerai pas cette enchère.

— Mais vous allez enchérir ?

Elle réfléchit un moment.

— Oui, jusqu'à ce que ça dépasse mon budget.

— C'est-à-dire ?

Elle ne souhaitait pas parler d'argent avec un parfait inconnu, alors elle éluda la question.

— Quelles sont les pièces qui vous intéressent ?

Il haussa légèrement les épaules, puis enfouit ses mains dans les poches de son pantalon. Mais pas avant qu'elle ne remarque la montre coûteuse à son poignet. Rolex. Peut-être une contrefaçon.

— Je suis juste venu regarder.

Regarder ? C'était un peu étrange. La plupart des gens dans les ventes aux enchères venaient pour faire une bonne affaire ou pour un objet particulier, pas juste pour regarder.

— Vous connaissez la famille du défunt ?

— Non. Je passais par là quand j'ai vu les voitures et le panneau de vente aux enchères. Je me suis dit, pourquoi ne pas jeter un œil ?

Certes, il y avait beaucoup de voitures garées au petit bonheur la chance – dans la rue, sur la pelouse, bloquant les allées des voisins. Juste un jour ordinaire de vente aux enchères. Mais cette route n'était pas une artère importante, un raccourci, ou même généralement utilisé pour aller où que ce soit.

— Donc, vous êtes du coin ?

Ces yeux sombres, soudainement froids, la fixèrent un instant, et Colby lutta contre l'envie de frissonner. Pourquoi une simple question comme celle-là le dérangerait-elle ?

— Non. Je rends juste visite à... des amis.

Il inclina la tête et promena lentement son regard sur elle comme si elle était l'une des précieuses antiquités mises aux enchères.

Incapable de le combattre cette fois, elle sentit un frisson remonter le long de sa colonne vertébrale. Et ce n'était pas parce qu'il se montrait intéressé par elle. Un sentiment criant « quelque chose cloche ! » la saisit. Mais elle n'arrivait pas à mettre le doigt dessus. Elle feignit de s'intéresser au miroir de la commode, passant les doigts autour de la sculpture alambiquée.

— Boiseries exquises, hein ? lança-t-il.

Sans répondre, Colby leva les yeux vers le miroir. L'homme se tenait juste au-dessus de son épaule droite, mais au-dessus de son épaule gauche, elle repéra Martin et Mace. Ils se tenaient seulement deux allées plus loin, en pleine conversation. On aurait dit qu'ils discutaient d'une baignoire montée sur pieds de griffon.

Serait-ce trop flagrant si elle se retournait et commençait à leur faire frénétiquement signe ?

Mais, heureusement, elle n'en eut pas besoin : Mace leva brusquement les yeux, comme s'il avait senti son regard et son appel silencieux. Il repéra l'homme près d'elle, se redressa et commença à marcher rapidement vers elle, aucun signe de boitement dans sa démarche déterminée.

Si cet inconnu ne l'inquiétait pas tant que cela jusqu'à présent, maintenant si.

Mace semblait un peu paniqué, et son langage corporel exprimait un peu d'urgence. Il s'efforçait de cacher les deux, mais échouait lamentablement.

Qu'il ait été un agent fédéral sous couverture alors que ses émotions transparaissaient si clairement...

Ce qui prouvait juste qu'elle devait bouger, et qu'elle devait bouger maintenant. Rester là comme une idiote n'allait pas lui être bénéfique si cet homme voulait lui faire du mal. Mais... c'était quoi ce bordel ? Pourquoi ce type voudrait-il lui faire du mal ?

Elle se retourna pour faire face à l'homme. Il avait disparu. Juste comme ça, pouf. Elle jeta un coup d'œil autour d'elle, mais ne le trouva pas, même dans les allées voisines.

Mace se précipita vers elle et lui saisit le haut du bras plus fermement que nécessaire.

— Oh, qu'est-ce qui se passe ?

Il fouilla la zone des yeux et la serra contre lui. Martin se dirigea vers eux, contournant les autres participants à la vente aux enchères qui s'étaient rassemblés près du podium en attendant le début de la vente.

— Qui était-ce ? lui demanda Mace, lui accordant enfin toute son attention.

— Je n'en ai aucune idée. Juste un participant à la vente aux enchères, je suppose.

Du moins, c'est ce qu'elle avait pensé. Maintenant, elle n'en était plus si sûre.

— Il t'a donné son nom ?

— Non. Il aurait dû ?

Mace ne répondit pas, mais se tourna pour observer la foule.

— Mace, qu'est-ce qui se passe, bon sang ?

Il se détendit visiblement et effleura son front du bout des lèvres, comme pour l'apaiser.

Comme si un geste aussi minime allait suffire.

— Rien. Juste peu de jalousie.

Il mentait. Il était peut-être doué pour ça, mais ça sautait aux yeux de Colby. Il n'était pas le genre d'homme à admettre qu'il puisse être jaloux. Jamais.

— Martin et moi avons eu une conversation intéressante, lâcha-t-il, essayant visiblement de changer de sujet.

— Ah oui ?

— Tout à fait.

Il l'attrapa par le coude et l'éloigna de la foule, en direction d'une rangée d'arbres et d'un peu d'intimité. Une fois là-bas, il la plaqua contre un arbre, hors de vue du reste de la foule.

— Il m'a dit un truc qui m'a troublé, reprit Mace, son visage à quelques centimètres du sien.

Elle essayait encore de comprendre le changement soudain de sujet. La distraire ne marcherait pas.

— D'accord, est-ce que tu vas faire durer le suspense ? Ou tu vas me le dire ?

— Il savait tout sur Craig.

Merde. Peut-être que la distraire marcherait, finalement.

— Eh bien, c'est mon ami, mon collègue de travail. Je me suis confiée à lui.

— Mais tu ne pouvais pas m'en parler à moi. Tu ne pouvais pas me prévenir.

— Je t'ai déjà dit pourquoi.

Craig n'était pas un sujet qu'elle aimait aborder puisqu'il représentait une facette embarrassante de son passé – une facette qu'elle voulait oublier, surtout depuis que Mace l'avait fait fuir.

— Tu ne te sentais pas assez à l'aise avec moi pour me le dire.

Ce n'était pas une question, mais une affirmation.

Bon, ça l'ennuyait bien plus qu'elle ne l'aurait cru.

— Bon sang, Mace. Tu es vraiment aussi contrarié par tout ça ?

Il resta silencieux pendant un long moment, se contentant de la dévisager. Puis il baissa la tête jusqu'à ce que leurs lèvres se rencontrent. Au début, un baiser doux, qui se fit plus pressant. Il enfouit ses doigts dans sa tresse, pressant sa bouche contre la sienne, plongeant la langue entre ses lèvres. Son genou glissa entre ses cuisses jusqu'à ce qu'il appuie sur son entrejambe. Aussitôt, il frottait sa jambe contre son clitoris, la faisant gémir contre sa bouche.

Il recula un peu, son souffle se mêlant au sien.

— Merde, Colby, je veux que tu me fasses confiance.

Elle ne répondit pas. Elle voulait lui faire confiance, elle aussi.

Il soupira et replaça une mèche de cheveux derrière son oreille avant de lui offrir un sourire rassurant.

— Viens. Il faut qu'on voie si on peut trouver des choses pour remplir ta grande maison vide.

Sur ce, il s'éloigna d'elle et repartit vers la foule.

Il essayait de dissimuler sa peur de quelque chose. C'était plus qu'une simple conversation fortuite avec un inconnu. Et ne pas savoir ce qui dérangeait Mace l'inquiétait.

Chapitre 12

Mace tendit le bras pour frapper l'objet agaçant. Le téléphone portable vibra une fois de plus sur la surface lisse de la table de nuit. À contrecœur, il le saisit et le porte à son oreille.

— Quoi ?

Un silence de mort l'accueillit jusqu'à ce qu'il comprenne qu'il tenait le téléphone à l'envers. Il le retourna et répéta son message d'accueil bourru.

— Garde l'œil ouvert, Walker. On a reçu des rapports – des rapports fiables – Spinozi et ses hommes te cherchent.

Si ce n'était pas le réveil le plus efficace du monde, Mace ne savait pas ce que c'était. Il se redressa légèrement, s'adossant à la tête de lit.

— Attends, attends.

Il jeta un coup d'œil à l'oreiller à côté de lui pour s'assurer que Colby dormait toujours. Une main en cornet autour de sa bouche et du téléphone, il murmura :

— Bon, qu'est-ce qui se passe ?

— Ta tête est mise à prix.

Eh bien, merveille des merveilles.

— Un contrat ? Et ma tête vaut combien ?

— Tu ne devineras jamais.

— Alors, dis-moi.

— Deux et demi.

— En milliers ?

L'homme à l'autre bout du fil gloussa.

— Centaines de milliers ?

Mace n'obtint toujours aucune réponse. Il secoua la tête, incrédule.

— Non.

— Et si, je suis presque tenté de te tuer moi-même.

Mace passa une main dans ses cheveux ébouriffés.

— Deux millions et demi ? Putain de merde, Spinozi doit être vraiment énervé.

— Hmm. Je dirais que c'est un euphémisme. J'espère que tu guéris rapidement parce que je déteste te dire que tu es tout seul, mon pote. J'enverrais bien quelques hommes pour te couvrir, mais je n'ai personne de disponible. Et de toute façon, tu vaux deux fois mieux que mon second meilleur homme. J'ai pensé que tu serais capable de gérer ce petit contretemps tout seul.

— Petit contretemps ?

Un petit contretemps, ce n'est pas d'être abattu de sang-froid par l'homme de main d'un caïd de la mafia.

— Pour ton bien et le sien, débarrasse-toi de la fille et mets-toi à l'abri. Le contrat est frais, donc s'ils ne sont pas déjà au courant pour elle, elle s'en sortira. Mais n'attends pas. Ce n'est qu'une question de temps.

Mace maugréa doucement lorsque son interlocuteur raccrocha. Il rangea son portable sous l'oreiller et se retourna pour regarder Colby dormir. Sa respiration était profonde et régulière, il n'avait donc aucune raison de penser qu'elle avait entendu ce qui se passait.

Merde. Comment allait-il la faire sortir de sa vie ? Ces dernières semaines avaient été les meilleures de sa vie. Colby était super... sexy et intelligente... Et le sexe était incroyable. Biochimiste le jour, bombe sexuelle la nuit. Elle était ouverte à ses suggestions, prête à essayer chaque soir de nouvelles choses. Chaque matin, aussi.

Cependant, il payait le prix de leurs ébats quotidiens. Pendant la journée, quand elle était au travail, son kinésithérapeute s'occupait des crampes intenses qu'il avait aux jambes à cause de toute cette folle activité. Robin lui avait dit qu'il devait arrêter de se torturer, mais il lui avait dit de ne pas y compter. Les crampes en valaient la peine, même si Colby n'avait pas conscience des efforts considérables qu'il déployait.

Merde. Qu'est-ce qu'il allait faire ? Rompre avec elle ? Il ne pouvait pas s'y résoudre. Il devait réfléchir. Comment la garder en sécurité, mais toujours dans sa vie ?

Putain. C'est impossible.

Cette petite altercation avec l'inconnu à la vente aux enchères prouvait bien qu'il ne pouvait pas la protéger 24 heures sur 24. Le gars aurait pu aussi bien être un type quelconque, mais...

Il ne voulait pas penser au « mais ».

Bon sang, il allait devoir se séparer d'elle, et il ne fallait pas qu'elle comprenne la vraie raison de cette rupture. Il ne pouvait pas lui avouer que sa tête était mise à prix. Il ne souhaitait surtout pas qu'elle panique. Si une simple mauvaise blague sur le téléphone à la maison la stressait autant...

Eh bien, peut-être qu'il fallait s'y attendre. Au début, elle avait cru que Craig était derrière tout ça. Il ne pouvait pas lui reprocher d'avoir peur de ce bâtard après ce qu'il avait vu sur ces photos.

Mais ce serait mieux qu'elle ne soit pas effrayée. Pour elle-même. Pour lui. Elle pouvait vivre en toute sécurité maintenant que Craig Jones était sorti de sa vie. Mais maintenant que Spinozi avait mis un contrat sur lui, son petit monde protégé pouvait s'effondrer. Et elle méritait mieux. Tellement mieux.

Si Spinozi avait la moindre idée de ce qu'il ressentait pour Colby, ce gros bâtard n'hésiterait pas à la démolir. Ou pire.

D'accord, réfléchis, réfléchis, réfléchis. Comment pourrait-il soudainement prendre ses distances sans qu'elle lui pose de questions ?

Qu'est-ce qui serait plausible après tout ce qui s'était passé entre eux ? Ils avaient instauré une routine : elle travaillait la semaine pendant qu'il allait à sa rééducation, ils dînaient ensemble le soir, prenaient un dessert coquin plus tard dans la soirée et passaient les week-ends chez elle à faire des travaux.

Mace grogna. Il allait devoir se comporter comme un salaud sans cœur. Il devrait se glisser dans la peau d'un personnage et devenir un truc, une personne qu'elle détestait.

Il allait devoir devenir Craig.

Putain ! Pourquoi devait-il faire ça ? S'il y avait un autre moyen...

Le bras de Colby se tendit vers lui alors qu'elle s'étirait. Le drap retomba, exposant un sein nu. Il ferma les yeux contre la tentation. Peut-être qu'il pourrait attendre... Non, il devait le faire maintenant. Elle ne méritait pas de se retrouver mêlée à ses embrouilles.

Elle roula sur le côté et lui offrit un large sourire.

— Bonjour.

Il ne voulait pas faire ça. Il ne le voulait vraiment pas. Il prit une profonde inspiration, scrutant son visage rayonnant. Il ferma les yeux un instant et se coula à contrecœur dans son rôle.

— Vraiment ?

Il prit une voix sèche et froide.

La confusion se lut sur visage de la jeune femme, qui fronça les sourcils.

— Quelque chose ne va pas ?

— Qu'est-ce qui pourrait ne pas aller ? Tout est parfait. Tout se passe comme tu le souhaites, cracha-t-il en sortant du lit, se tournant pour pointer un doigt vers elle. Pourquoi ne mets-tu pas tes affaires ici ? Pourquoi as-tu besoin de ta propre chambre ? Bon sang, pourquoi te donnes-tu la peine de retaper cette baraque minable ?

Elle remonta le drap sur sa poitrine, le visage pâle.

— Mace, qu'est-ce qui ne va pas ? Ta jambe te fait mal ? J'ai fait quelque chose ?

— Il faut que je prenne une douche. Tu ne vas pas être en retard au travail ?

Elle jeta un coup d'œil au réveil.

— Non.

— Alors pourquoi n'es-tu pas en bas en train de me préparer le petit-déjeuner ?

Mace quitta la chambre en trombe, laissant Colby seule dans le lit, bouche bée.

Il claqua la porte de la salle de bain derrière lui et fit les cent pas. Il avait besoin de temps pour mettre au point un plan, pour rendre tout cela crédible. S'il foirait, ça pourrait signer l'arrêt de mort de Colby. Ou le sien.

Après s'être lavé et habillé, il descendit les escaliers et entra dans la cuisine. Le visage de Colby était toujours aussi gris ; ses cheveux inhabituellement relâchés autour de ses épaules. Elle avait oublié un bouton sur son chemisier, qui pendait de travers. Il voulait tellement le redresser son chemisier et le reboutonner pour elle, mais il se retint et serra plutôt les poings.

Quelques secondes après qu'il se soit assis à la table, elle posa une assiette fumante devant lui. Il fixa l'omelette aux légumes et le bagel aux céréales complètes avant de repousser violemment le plat, qui glissa sur la table avec un bruit sourd. Le bagel vola jusqu'au sol. Colby se retourna alors qu'elle lui servait une tasse de café, et poussa un cri en se renversant du liquide noir et brûlant sur la main.

Il claqua une paume sur la table, la faisant sursauter.

— Tu appelles ça un petit-déjeuner ? Je ne peux pas avoir des toasts blancs normaux ? Et du bacon ? Pourquoi es-tu aussi empotée ? Tu as renversé du café par terre. Allez, nettoie avant que ça ne tache le sol. Je vais prendre un vrai petit-déjeuner dehors. Je ne serai pas à la maison pour le dîner non plus.

— Mace... murmura-t-elle, la voix tremblante et saccadée.

Il laissa Colby calmer la brûlure de ses doigts sous le robinet. Il avait bien vu les larmes dans ses yeux, mais ne pouvait pas laisser ses émotions le toucher. Impossible. C'était pour son propre bien. Même si elle ne le savait pas. Il fallait que ce soit comme ça.

Il n'avait pas le choix.

Putain.

La maison était tellement silencieuse. Mace n'était vraiment pas rentré pour dîner la veille au soir. Ni ce soir, d'ailleurs. Il n'était pas rentré du tout.

Il fallait que Colby lui parle, elle devait savoir ce qui le contrariait. Comprendre pourquoi il avait agi de la sorte le matin précédent. Avait-elle fait une bêtise ?

Peut-être qu'il ne voulait pas d'une femme avec un lourd passé. Peut-être qu'après avoir assisté à la scène avec Craig, sans parler de l'ordonnance restrictive et des horribles photos, il avait compris qu'elle attirait plus d'ennuis qu'elle n'en valait la peine. Peut-être que sa colère l'avait finalement rattrapé, et qu'il était furieux qu'elle lui ait caché Craig. Il lui avait fait clairement entendre qu'il était mécontent que Martin connaisse son passé, qu'elle partage ses histoires personnelles avec son assistant, mais pas avec Mace, son amant.

Ou peut-être que leur relation était devenue trop compliquée trop rapidement pour lui, et qu'il avait besoin de prendre du recul.

À présent, à une demi-heure de minuit, elle se trouvait face à la porte fermée de sa chambre. Elle essaya la poignée, surprise de la trouver déverrouillée. La pièce était plongée dans le noir lorsqu'elle referma la porte derrière elle. Elle tâtonna jusqu'au lit pour allumer la lampe. La lumière illumina les draps en désordre, et ils lui rappelèrent le plaisir qu'elle avait trouvé dans les bras de Mace. Seulement maintenant, ce plaisir se transformait en enfer.

Il avait chassé un démon – Craig – de sa vie, seulement pour lui en présenter un autre.

Ces deux derniers jours, elle avait été incapable de se concentrer au travail. Son estomac était noué en une pelote serrée, et elle aurait aussi bien pu ne pas être là du tout. Martin avait manifesté de l'inquiétude, mais il s'était rapidement effacé quand elle s'était emportée contre lui.

Elle étudia la photo encadrée de Maxi. Son amie lui manquait, mais elle refusait de la déranger et de gâcher le bonheur de son mariage. Malgré tout, elle avait besoin de parler à quelqu'un. Pour comprendre ce qui avait mal tourné.

Peut-être qu'il souffrait atrocement. Elle espérait que c'était ça, même si elle ne voulait pas qu'il ait mal.

Colby passa une main sur les draps froissés. Froids. Tout le contraire de toutes ces nuits chaudes passées ensemble.

Elle se dirigea vers la commode et attrapa son eau de Cologne. Quand elle huma le flacon, le parfum familier provoqua une vague de contractions dans son bas-ventre. Elle ramassa son survêtement par terre et le plia avant de le poser au bout de son lit, se demandant s'il avait fait sa rééducation aujourd'hui. Peut-être qu'il reviendrait en meilleure forme et que tout reviendrait à la normale.

Colby poussa un soupir, fit le tour de la pièce, caressant les cadres accrochés au mur. Parmi les photos, des diplômes de lycée et d'université. Colby s'approcha pour les déchiffrer : il avait une licence en criminologie.

Une ligne sombre sur le mur, une légère ouverture, attira son attention vers un minuscule placard dont la porte était entrouverte. Ce n'est pas le placard habituel où il rangeait ses vêtements, et elle ne l'avait jamais remarqué auparavant. La porte, d'une soixantaine de centimètres de haut, peinte de la même couleur que les murs, n'avait ni poignée ni charnière pour la trahir.

Elle traversa la pièce, mais hésita, envahie par la culpabilité. Elle ne devrait pas fouiner, mais elle voulait en savoir plus sur cet homme. Cet homme qu'elle connaissait si bien, mais qu'en même temps, elle ne connaissait pas du tout. Il était tellement entouré de secrets, ne parlait jamais de son travail ni de ses relations passées. De rien.

Il ne pouvait donc pas être furieux qu'elle ait tu la vérité sur Craig. Il ne pouvait pas l'être, ça n'aurait aucun sens. Elle avait besoin d'arrêter les devinettes. Il suffirait d'éclaircir ce malentendu, si c'en était bien un, quand il rentrerait à la maison.

Endommagé

La petite porte grinça lorsqu'elle l'ouvrit lentement et jeta un coup d'œil dans le compartiment sombre, essayant de distinguer l'intérieur. Quelques boîtes de dossiers et un petit meuble à tiroirs remplissaient l'espace restreint. Colby tira sur un tiroir, puis un autre. Tous verrouillés. Elle attrapa la boîte d'archives la plus proche, la sortit sous la lumière et repoussa le couvercle. Elle était remplie de dossiers en papier kraft, un nom écrit au marqueur sur chaque onglet.

Un dossier épais était posé par-dessus, comme s'il avait été sorti récemment et rangé ensuite à la hâte. Le nom de Manni Spinozi était inscrit en caractères d'imprimerie noirs.

Spinozi. Bien que le nom lui soit familier, elle n'arrivait pas à le situer.

Elle ouvrit le dossier et trouva une photo épinglée au revers de la pochette et un profil de l'homme sur la page opposée. Elle étudia la photo d'un homme au teint mat, très bien habillé. Une photo innocente évidente, il ne semblait pas savoir que cette photo avait été prise. Elle se souvint avoir entendu son nom aux informations, mais ne se souvient pas dans quelle affaire.

Alors qu'elle scrutait le profil, elle entendit des voix dans le couloir. Elle reconnut celle de Mace, mais l'autre, féminine, lui était parfaitement inconnue.

Le cœur battant la chamade, elle remit le dossier dans la boîte et referma le couvercle, les mains tremblantes. Elle poussa la lourde boîte dans le petit placard et en ferma rapidement la porte. Elle se relevait quand la porte de la chambre s'ouvrit.

Mace s'arrêta dans l'encadrement de la porte, son bras drapé autour d'une blonde décolorée.

Elle les fixa, stupéfaite, et ils l'imitèrent. Personne ne respira jusqu'à ce que la blonde ricane.

— Qu'est-ce que tu fais dans ma chambre ?

Colby cligna des yeux. Son cerveau ne comprenait pas ce qu'elle voyait.

— Je... hésita-t-elle, clignant à nouveau des yeux, ne trouvant pas ses mots. Je...

Le regard de Mace s'attarda sur elle, et Colby se sentit soudain embarrassée dans ce tee-shirt trop grand avec lequel elle dormait parfois. La femme qui souriait à Mace portait une jupe courte en cuir noir et un petit haut dos nu doré et brillant. Un haut qui ne couvrait pas complètement ses seins. La tenue avait un air un peu vulgaire. Non, très vulgaire, mais bien plus sexy que le pyjama informe de Colby.

— Tu m'attendais comme une pauvre femme solitaire...

Son attention se reporta sur Mace. Réfléchis, réfléchis, réfléchis.

— Non ! J'ai... j'ai oublié quelque chose à moi. Je suis venue le récupérer.

— Tu l'as trouvé ?

Elle regarda la main de Mace effleurer le haut des seins de la blonde. C'était difficile de les ignorer, ainsi offerts aux yeux du monde. Elle hocha la tête, incapable de faire passer le moindre son à travers la boule dans sa gorge.

— Bien. Maintenant, on aimerait être tranquilles, lâcha-t-il en souriant avec mépris. Dégage.

Elle ne pouvait détacher ses yeux des deux silhouettes côte à côte dans l'embrasure de la porte. Quand Mace se pencha pour gratifier à la blonde d'un long baiser humide sur ses lèvres rouge vif, Colby détourna enfin le regard.

— T'as pas compris ?

Elle s'approcha du couple qui bloquait la sortie, mais s'arrêta pour renifler l'air.

— Tu as bu ?

Mace lâcha un juron explosif, poussant la blonde de côté et se rapprochant de Colby. Il lui attrapa le bras pour l'entraîner dans le couloir. Son empoignade lui faisait mal, mais elle ne pouvait pas s'échapper. Il lui faisait peur. Il n'était pas l'homme qu'elle pensait.

Bon sang, c'était comme avec Craig ! Elle s'était juré de ne plus jamais se retrouver dans cette position, de ne plus jamais se laisser démolir, mentalement ou physiquement. Et là...

Ses mots bas et menaçants lui firent encore plus peur.

— Tu m'étouffes, putain ! J'en peux plus ! Je veux que tu quittes cette maison. Demain.

Colby dégagea finalement son bras d'un coup sec.

— Ne t'inquiète pas, je pars ce soir même.

Elle se précipita dans le couloir jusqu'à sa chambre et se jeta sur son lit pour étouffer ses sanglots dans son oreiller. Quand elle reprit ses esprits, elle se sentit vide et en colère. Contre elle-même.

Bon sang. Elle avait craqué. Et pas qu'à moitié, en plus. Mais elle ne pouvait s'en prendre qu'à elle-même. Elle s'était souvent répété qu'il ne fallait pas s'engager, surtout avec un homme comme Mace. Mais elle avait recommencé, encore et encore. Et, une fois de plus, elle était la perdante de l'histoire.

Elle serra le couvre-lit de ses doigts tremblants. Elle ne devait cette situation qu'à sa propre bêtise. Elle avait été assez stupide pour...

Bordel, elle était tombée amoureuse de cet homme ! Celui qui se trouvait au même instant dans sa chambre au bout du couloir avec une autre femme, et lui brisait le cœur. Elle renifla et attrapa un mouchoir. Elle devait se ressaisir. Elle avait déjà survécu à une relation pourrie, elle pouvait le refaire. Il le fallait.

Elle allait simplement rassembler ses affaires et quitter sa chambre – non, c'était sa chambre à lui – et emménager dans sa propre maison. Le chantier n'était peut-être pas terminé, mais elle n'avait nulle part d'autre où aller. Ironiquement, elle avait déjà avancé plus que prévu à l'origine, car Mace l'avait aidée à effectuer une grande partie du travail. Elle se débrouillerait.

Après avoir jeté ses vêtements dans ses valises, elle n'avait plus qu'à aller chercher ses affaires personnelles dans la salle de bain – qui, malheureusement, se trouvait en face de la chambre de Mace.

Alors qu'elle se faufilait dans le couloir, elle entendit des rires, des grognements et des cris passionnés.

Colby aurait voulu se couvrir les oreilles avec ses mains, mais elle n'en fit rien. Elle avait besoin de savoir la vérité sur cet homme sournois et mesquin. Et quel meilleur moyen que d'écouter l'homme qu'elle aimait faire l'amour avec une autre femme ?

Elle referma la porte de la salle de bains derrière elle avant de laisser ses sanglots s'échapper.

Mace entendit le crissement des pneus de la décapotable. Elle était partie.

— D'accord, ça suffit.

Surprise, la blonde leva les yeux, s'arrêtant dans son geste... qui consistait à essayer de défaire son pantalon.

— Qu'est-ce qu'il y a, bébé ?

— Rien. Je t'ai payé pour faire semblant. Pas pour le faire vraiment.

Il recula brusquement hors de sa portée et se leva.

— Ça ne me dérange pas, mon chéri, si tu veux jouer un peu, répondit-elle en tendant la main vers lui, ses ongles peints en rouge. Tu es plutôt mignon.

Il s'éloigna du lit et remit sa chemise dans son pantalon.

— Moi, ça me dérange.

C'était bien la dernière chose dont il avait besoin : que cette femme lui mette le grappin dessus, car elle était probablement l'équivalent humain d'une boîte de Pétri. Mais il n'avait pas pu trouver mieux dans cette ville ; il n'y avait pas beaucoup de clubs de strip-tease à disposition.

— Oh, allez. Fallait bien que je tente ma chance.

Mace fouilla dans sa poche arrière et en sortit son porte-feuille. Il jeta un billet de 50 sur le lit.

— Pour 50 dollars, tu peux avoir un peu plus que de la comédie.

Elle lui décocha un sourire, se lécha les lèvres et lui lança un clin d'œil exagéré.

Bordel de merde. Elle n'était vraiment pas pour lui. Pas du tout.

— Non merci, je vais vous appeler un taxi.

— Rabat-joie.

Il ferma les yeux. Colby l'avait traité de rabat-joie une fois. Oui, peut-être que c'était vrai, après tout. Mais il n'était pas d'humeur à s'amuser avec cette femme. Il voulait Colby. Il la voulait tellement que son cœur lui brûlait. Elle aurait dû être dans ses bras. Et dans son lit.

Mais maintenant elle était partie. Même si c'était pour le mieux.

Oui, son départ était préférable. Il devait continuer à y croire et se le répéter.

Putain.

Chapitre 13

Colby flânait sous son porche fraîchement repeint, savourant la brise du soir. Elle observa le jardin à l'avant. Son paysagiste avait fait un excellent travail. L'herbe commençait à ressembler à un vrai gazon. Les buissons avaient été taillés et les arbres élagués pour laisser pénétrer davantage de lumière autour de la maison. Bientôt, de petites touffes de fleurs apparaîtraient, donnant à l'endroit un peu de couleur au pied des arbres, le long de l'allée, autour des lampadaires.

Elle soupira. Ce serait magnifique. Dommage qu'elle n'ait personne avec qui partager ce spectacle.

Au travail, Martin avait remarqué son humeur et lui avait même proposé un rendez-vous arrangé. Malgré ses refus répétés, il n'avait pas renoncé. Il connaissait le type parfait et tu sais quoi ? Il était hétéro, lui aussi. À cette remarque, Colby n'avait pas pu retenir son rire, ce qui avait fait sourire Martin. Il avait enfin brisé sa glace de tristesse. Même si ce n'était que pour un moment.

Elle avait fini par accepter le rendez-vous, car elle ne

voyait pas l'intérêt de rester à la maison à se morfondre tous les soirs. Trois semaines s'étaient écoulées depuis qu'elle avait quitté la maison de Mace.

Trois semaines. Trois longues et misérables semaines. Il lui manquait.

Bon sang, elle l'aimait. Cet idiot l'avait fait tomber amoureuse de lui. *Foutu mec.*

Il était probablement en train de batifoler avec toutes les bimbos disponibles. Elle n'avait été qu'une distraction pour lui. Un divertissement temporaire. Pratique, puisqu'elle vivait sous le même toit. Elle avait cuisiné, nettoyé, et même fait sa lessive. Sans oublier qu'elle l'avait aidé pour sa rééducation. Quelle idiote elle avait pu être.

Idiote un jour, idiote toujours. Combien de fois avait-elle entendu que les femmes maltraitées cherchaient toujours un autre agresseur ? Consciemment ou non.

Mace n'était peut-être pas un agresseur, mais il était définitivement un manipulateur.

Ce soir, elle se tenait là, attendant un rencard avec un inconnu. Qu'est-ce qui n'allait pas chez elle ? Elle devrait complètement se passer des hommes.

Une berline argentée à cinq portes se gara dans l'allée. Un homme élégamment habillé en sortit et lui adressa un petit signe de la main.

— Robert ?

Elle se dirigea vers lui et le détailla. Ses cheveux bruns étaient loin d'être aussi foncés que ceux de Mace. Il était beaucoup plus petit et plus trapu aussi, mais il avait un beau sourire.

— Bonsoir, tu dois être Colby, la salua-t-il en prenant sa main et en effleurant ses lèvres sur ses articulations. Tu es plus jolie que ne le laissait entendre Martin.

Colby sentit ses joues s'empourprer.

— Merci.

— Tu es prête ?

Elle hocha la tête, lui offrant un sourire forcé. Quand Robert lui ouvrit la portière, elle se glissa sur le siège, en murmurant : « Aussi prête que possible. »

***

Mace faisait les cent pas devant le restaurant, ses poings se serrant et se desserrant à un rythme effréné. Il s'arrêta une fois de plus pour jeter un coup d'œil par la fenêtre.

Qu'est-ce qu'elle foutait ? *Putain !* Qui était-ce mec avec elle ?

Et lui, qu'est-ce qu'il foutait ici, de toute façon ? Bon sang, qu'il était stupide. Sans compter, sacrément imprudent.

Il s'éloigna de la vitre, disparaissant dans l'obscurité. Il s'adossa au mur en briques, les poings toujours crispés alors qu'il essayait de donner un sens à tout ça. Quand il l'avait poussée hors de son lit, de sa maison... *de sa vie*, il ne s'était pas attendu à ce qu'elle retombe si vite dans les bras d'un autre homme.

Comment pouvait-elle être à un rendez-vous avec ce type ? Et elle avait l'air de passer un bon moment. Elle n'arrêtait pas de lui sourire, même si le gars avait l'air d'un intello ringard. Un genre de confrère scientifique... Il grogna.

Mace se retint – ne voulait qu'une chose, se précipiter dans le restaurant et de la tirer de là. Il voulait la jeter sur son épaule et la ramener à la maison. La ramener chez lui. Dans son lit.

Il inspira profondément, renversa la tête en arrière pour contempler le ciel nocturne, partiellement masqué par le lampadaire. Il ne devrait pas être ici. Il devait arrêter de la suivre. Ça ne servait à rien, sauf à nourrir son propre chagrin. Et c'était carrément dangereux pour elle. Il le savait.

Il réfléchissait avec son cœur et sa queue, pas avec sa tête.

Il s'écarta du mur et regarda une dernière fois par la fenêtre. C'est à cet instant qu'il remarqua la voiture. Non seulement son propre cul d'idiot se reflétait dans la vitrine du restaurant, mais aussi une longue Lincoln noire aux vitres teintées.

Il se raidit. Une balle pouvait le transpercer à tout moment, et il serait pris les mains dans le sac. Tout comme il avait suivi Colby, il avait été suivi. Les hommes de Spinozi savaient exactement où il était.

Ils savaient qu'il avait suivi Colby jusqu'ici.

Putain, ils savaient.

Colby se retrouverait en danger, et c'était sa faute. Tout était sa faute.

Il devait dégager de là et les éloigner de Colby. Il ne pouvait pas prendre le risque de la prévenir au cas où ils n'auraient pas compris que Mace la suivait. Au cas où.

Il ne pouvait qu'espérer.

Après un dernier regard dans le restaurant, Mace s'enfuit dans la ruelle.

Robert raccompagna Colby jusqu'au porche et à la porte d'entrée. Là, elle se retourna pour lui faire face.

— Eh bien, merci pour cette belle soirée.

Il prit une de ses mains dans la sienne – beaucoup plus douce et plus petite que celle de Mace. Pas une seule callosité, non plus.

— Une merveilleuse soirée. J'espère que tu as passé un bon moment. Moi oui, sans l'ombre d'un doute.

Il fixa sa bouche, et elle comprit avec effroi qu'il pourrait essayer de l'embrasser. Elle retira doucement sa main et fit un pas en arrière.

— Bonne nuit.

Robert avait l'air de vouloir ajouter quelque chose, mais s'abstint. Il lui offrit plutôt un sourire et hocha la tête d'un air entendu.

— Oui, bonne nuit, Colby. Si cela ne te dérange pas, j'aimerais t'appeler bientôt.

Elle acquiesça légèrement et le suivit des yeux tandis qu'il retournait à sa voiture. Elle ne déverrouilla pas la porte d'entrée avant de voir le véhicule s'éloigner. Elle poussa un gros soupir.

Robert n'arrivait pas à la cheville de Mace. Elle a vraiment essayé de bien aimer Robert ce soir.

Elle avait ri à ses blagues, souri à ses compliments. Tout. Elle avait vraiment essayé. Mais il n'y avait rien entre eux. Pas même un soupçon d'étincelle. Maudit soit Mace qui lui avait donné envie de lui.

Et de lui seul.

Elle ouvrit la porte et tendit la main vers l'interrupteur.

— Colby, chuchota une voix près de son oreille. Elle recula la main et poussa un cri de surprise.

— Chut. C'est moi.

— Mace ! s'écria-t-elle, ses yeux s'adaptant lentement à l'obscurité, mais sans parvenir à distinguer vraiment la silhouette dans l'entrée. Mais qu'est-ce que tu fais ici ? Comment es-tu entré ?

— Je ne vais pas répondre à un quizz maintenant. J'ai besoin de te parler.

— Si tu es ici pour implorer mon pardon...

Le juron véhément de Mace l'arrêta net. *Apparemment non.*

— Pourquoi je ne peux pas allumer ? demanda-t-elle, agacée. Elle avait besoin de lumière pour être sûre d'atteindre sa cible quand elle lui donnerait un coup de pied dans l'entre-jambe de ce sale menteur.

— Parce que je ne veux pas que quelqu'un voie que je suis dans la maison.

— Qui va le voir ? lança-t-elle, perdant patience à ce petit jeu.

— Personne, j'espère. C'est le but.

— Tu vas me dire ce qui se passe ?

— On peut s'asseoir quelque part pour discuter ?

Il remarqua alors que le salon était encore vide de tout meuble. Elle n'en était pas encore à cette étape.

— Les escaliers.

Il lui prit le bras, la guidant dans l'obscurité jusqu'à l'escalier.

— Assieds-toi.

Elle obtempéra.

— Mace...

— Colby, laisse-moi parler en premier. C'est très important. Je suis venu ici pour te prévenir.

— Me prévenir ? Mais de quoi ?

— C'est à propos d'une affaire sur laquelle je travaille.

— Manni Spinozi.

Le silence soudain la glaça. Elle aurait aimé voir son visage.

Il se posa sur la marche à côté d'elle.

— Que sais-tu de lui ?

La froideur de sa voix la coupa dans son élan.

— Pas grand-chose. J'ai entendu dire que c'était un ponte

de la mafia. Sur la liste des dix personnes les plus recherchées par le FBI. L'ATF et la DEA aimeraient aussi mettre la main sur lui.

— Où as-tu entendu ça ?

— Aux infos. On en a parlé aux infos plusieurs fois. C'est lui qui t'a tiré dessus ?

— Non. Son frère, répondit-il avant de jurer à nouveau, sans ménagement. Je suis désolé, Colby. Je suis vraiment désolé.

— De quoi ?

Et pourquoi ne pouvait-elle pas allumer ? Être incapable de déchiffrer son visage la rendait folle. Et l'effrayait. Elle avait l'impression de passer à côté de la moitié de l'histoire.

— De t'avoir impliqué là-dedans.

— Là-dedans, avec toi ?

Il était temps qu'il s'excuse.

— Non, dans cette histoire. Tout ce bordel.

— Comment...

— Le simple fait d'être avec moi pourrait te mettre en danger. S'ils ont la moindre idée de ce que je ressens pour...

Sa voix dérailla. Il lâcha un long et profond soupir.

— Ce que tu ressens pour quoi ? insista-t-elle.

— Avec un peu de chance, ils ne savent rien de toi. J'espère que je t'ai fait sortir de chez moi à temps.

— De chez toi, répéta-t-elle et lentement, les choses s'éclaircissaient. Tu m'as chassée en utilisant cette... *cette femme* ? T'es en train de me dire que c'était à cause de ce type ?

— C'est une raison bien suffisante à lui seul. Colby, tu ne connais pas ce type. Moi si. J'ai infiltré sa « famille ». Il le sait maintenant, et il en a après moi. Je peux me protéger, mais j'aurai du mal à te protéger toi à moins de t'enfermer dans une pièce.

La colonne vertébrale de Colby se raidit.

— Quoi ? J'espère que tu ne comptes pas...

— Non. Putain non. Je ne vais pas le faire. J'espère que je n'ai rien fait de stupide ce soir et qui pourrait compromettre ta sécurité.

— Comme quoi ?

— Comme... *Putain*. Te suivre à ton rendez-vous, répondit-il rapidement, prenant Colby par surprise. J'ai essayé de rester à l'écart, mais je n'ai pas réussi. Je n'avais pas prévu de te dire quoi que ce soit ou même de te prévenir. Bon sang, j'aurais préféré que tu ne sois pas impliquée du tout. C'est déjà risqué pour moi d'être ici maintenant. Mais il fallait que je te prévienne. J'étais obligé.

On aurait dit qu'il essayait de se convaincre lui-même plus qu'elle.

— J'ai fait un truc stupide, et tu dois le savoir, conclut-il.

— Tu m'as suivie.

Ce n'était pas une question, plutôt une déclaration incrédule. Elle se leva et s'éloigna dans l'obscurité, en tâtonnant.

— Colby, j'ai fait une erreur.

— Une erreur. Et c'est moi l'erreur ? Est-ce que ramener une bimbo blonde à la maison était une erreur ? Ou tu es juste agacé d'avoir à admettre que tu m'as suivi ?

Dans le noir, elle devina qu'il tenait sa tête entre ses mains, mais pas beaucoup plus. Il ne dit pas un mot. Elle ne savait pas si elle voulait vraiment connaître les réponses à ses questions, de toute façon.

— Mace, tu as été négligent. Même moi, une simple... – comment dites – une simple civile, je m'en rends compte. Pas étonnant que tu te sois fait tirer dessus dans l'exercice de tes fonctions. Les gens négligents finissent par se faire blesser.

Elle voulait le faire souffrir, aussi profondément qu'il

l'avait fait souffrir. Mais ses mots méchants ne la soulagèrent pas du tout. Elle se sentait encore plus mal.

— Je... Je vais me coucher, dit-elle en le frôlant dans la pénombre.

En haut des escaliers, elle s'immobilisa.

— Tu sais où est la sortie.

Chapitre 14

Mace resta figé sur place tandis qu'il écoutait le claquement de ses talons dans le couloir. Sans surprise, une porte claqua.

Cette conversation ne s'était pas passée exactement comme prévu. Ceci étant, qu'est-ce qui s'était passé comme prévu depuis leur rencontre ?

Il avait vraiment tout gâché ce soir, et ne pouvait pas se permettre d'autres erreurs. Elle avait raison. Il avait été négligent, et cette même négligence avait causé sa blessure – et faillit lui coûter sa carrière. Il fallait qu'il se ressaisisse. Ses sentiments pour Colby le rendaient imprudent, les mettant tous les deux en danger.

La porte d'entrée se verrouilla automatiquement quand il sortit, et il fit méthodiquement le tour du rez-de-chaussée, s'assurant que toutes les fenêtres étaient bien fermées. Il appellerait une entreprise spécialisée dans les alarmes dans la matinée.

Après avoir résisté au moins une demi-douzaine de fois à la tentation de grimper les escaliers à la hâte pour se jeter dans ses bras, il se faufila dehors par l'arrière de la maison quelques minutes plus tard, s'assurant que cette porte aussi était bien fermée derrière lui.

Il rentra chez lui, plus déterminé que jamais à sortir de la vie de Colby.

Le seul espoir que Mace avait d'éloigner les hommes de Spinozi d'elle, à moins de les tuer tous – ce qui était impossible, même pour lui – était de quitter la ville. Ils le suivraient, comme de bons petits voyous. Et il ne faisait aucun doute qu'il était suivi. Mace savait qu'ils attendaient le bon moment pour lui tomber dessus.

Il savait aussi qu'ils ne le tueraient pas rapidement et sans douleur. Spinozi voulait qu'il souffre.

Rester vivre ici faisait de lui une cible facile. Le contrat sur sa tête prouvait qu'ils connaissaient son véritable nom et son adresse. Il avait besoin de devenir invisible. Immédiatement.

De retour à la maison, il jeta quelques affaires dans un sac. Il devait appeler son patron pour une nouvelle mission.

Il ne serait plus Macen Jeffrey Walker, mais quelqu'un d'autre. Joe Trucmuche, si nécessaire. Il se passerait encore quelques années avant que Mace Walker ne réapparaisse, si jamais il réapparaissait.

Bien sûr, il préviendrait Maxi avant qu'elle ne revienne de son voyage de noces. Il demanderait à une agence immobilière de vendre la maison pour lui. Lui, comme Maxi, ne pourrait plus jamais vivre ici en toute sécurité.

Son plus grand regret était de ne pas avoir eu la chance de revoir ou de reparler à sa sœur. Il devrait trouver un moyen de la contacter à l'avenir. Quand il serait en sécurité – si ce jour arrivait seulement. Grâce au nouveau nom d'épouse de sa sœur, Mace pouvait espérer que Spinozi et sa bande ne réalisent pas qu'ils étaient liés. Et il aimerait qu'il en reste ainsi.

Le téléphone fixe sonna, le tirant de ses pensées. Putain ! Pourquoi ne les avait-il pas encore tous défoncés ?

Lorsqu'il porta à contrecœur le combiné à son oreille, il entendit immédiatement des sanglots incontrôlables à l'autre bout du fil. Ce n'était pas Colby simplement en colère contre lui à propos de ce soir. *Bordel de merde.* Il fut pris de sueurs froides et s'effondra sur le sol, serrant le téléphone si fort que ses articulations blanchirent.

Une voix bourrue ordonna :

— Dis quelque chose, petite salope !

Les sanglots résonnèrent plus fort encore.

— Putain, dis quelque chose ! répéta la voix.

Mace entendit une forte gifle suivie d'un silence. Puis finalement, des jurons murmurés en arrière-plan.

— Sale enfoiré, marmonna Mace. Enfoiré ! Tu lui as fait du mal et...

Soudain, des rires retentirent au bout du fil et Mace se raidit.

— Quoi ? Qu'est-ce que tu vas faire, appeler les flics, Rico ? Je veux dire... Macen Walker. Tu ne t'appelles pas Rico, hein ?

Il ne répondit pas. Il ne pouvait pas. Il ne révélerait jamais ses secrets. Jamais. Même si cela impliquait sa mort. Mais Colby n'avait pas prêté serment. Elle ne méritait pas de mourir.

— Où es-tu ? répondit Mace.

— Ah ! Dans une jolie cuisine jaune. Fraîchement repeinte. C'est dommage que cette maison explose bientôt en feu d'artifice, emportant dans la foulée ta petite amoureuse. Elle est bonne, Rico ? Au lit, je veux dire.

Mace raccrocha aussitôt. Il attrapa son arme et la glissa dans sa ceinture tout en sortant de la maison en courant.

Le pick-up de Mace s'arrêta en dérapant à presque un pâté de maisons de la maison. Il s'était trouvé là il y a une heure à peine. Même pas une heure, putain ! Il aurait dû rester là-bas.

Non, il aurait dû rester à l'écart.

Il sauta de la cabine et remonta rapidement le trottoir, se faufilant près des arbustes, son arme à la main. Alors qu'il atteignait le coin de l'allée de chez Colby, il s'arrêta derrière le dernier bosquet et prit une grande inspiration. Ralentis et réfléchis. Il ne devait pas se précipiter, il allait les faire tuer tous les deux.

Les hommes de Spinozi le voulaient lui. C'était le jeu. Colby n'était que l'appât. Il devait entrer là-dedans sans qu'elle se fasse tuer. Ils n'hésiteraient pas à la sacrifier. Peut-être même juste pour le plaisir. Il dépassa les arbustes pour s'enfoncer dans l'allée sombre, déterminé à passer inaperçu jusqu'à la dernière seconde.

Un éclair rouge explosif l'aveugla, et le choc le projeta au sol. Il retomba violemment sur le dos, incapable de respirer, ses poumons ne recevant plus d'air. Son arme avait valsé loin de sa main et dérapé sur le trottoir.

Il resta étendu là une seconde, haletant, luttant pour reprendre son souffle. Finalement, i parvint à s'agenouiller. En s'aidant de ses deux mains appuyées sur le bitume, il déplia son corps jusqu'à retrouver une position debout. Mais devant ce spectacle de dévastation, il chancela, luttant pour ne pas perdre l'équilibre.

La maison avait disparu. Complètement détruite, putain. Des flammes s'élevaient des décombres. Seuls quelques éclats de bois brûlés subsistaient de la maison que Colby avait tant aimée.

La maison avait complètement disparu. *Colby.*

Endommagé

Il tomba à genoux, enfonça les doigts dans ses cheveux et tira, essayant de soulager l'agonie qui lui tenaillait l'intérieur du crâne. Il poussa un cri muet jusqu'à manquer d'air et enfouit la tête dans entre ses mains.

La chaleur des poutres en feu lui rappela ce qu'il avait à faire. Lui rappela qui il était.

Qu'ils crèvent. Qu'ils aillent tous en enfer. Ils allaient mourir. Tous. Chacun de ces putains d'enfoirés.

Des mains l'attrapèrent par-derrière, saisissant ses bras, son cou. Il essaya de se dégager, chercha son arme. Il était en infériorité numérique, sa lutte était vaine. Puis quelqu'un lui donna un coup de pied à l'arrière de la tête.

Et tout devint noir.

Des gémissements. Plus fort maintenant. Mace secoua la tête pour s'éclaircir les idées, mais ce mouvement lui arracha un éclair de douleur.

Il lutta pour ouvrir ses yeux gonflés. À travers les fentes de ses paupières, il distinguait à peine la chaise métallique sur laquelle il était attaché. Un liquide chaud coulait de son front et jusqu'à son œil. Sa langue semblait deux fois plus volumineuse que d'habitude, et sa bouche pleine de coton.

Du coton imbibé de sang.

En inspectant mentalement son corps, la douleur intense sur son flanc lui fit penser qu'il avait peut-être des côtes cassées. Le picotement à l'arrière de sa tête et ses cheveux durcis indiquaient probablement une vilaine balafre. Son visage dégoulinait de sang, une partie coagulant déjà, et il ne ressentait rien d'un côté. Peut-être que c'était mieux comme ça. Il tenta d'humidifier ses lèvres sèches et craquelées, mais c'était impossible. Sa langue était entaillée, probablement par ses propres dents.

Il scruta les lieux du mieux possible avec sa vision limitée. Celui qui le retenait ici était assis derrière lui et parlait tranquillement. À travers le sifflement de son oreille droite, Mace essaya de comprendre ce qu'il racontait. Il tourna légèrement la tête, pas assez pour attirer l'attention sur lui, afin que sa bonne oreille puisse suivre la conversation.

— Il sera bientôt là. Il veut qu'on attende jusqu'à ce qu'il soit là. Il veut voir le meurtrier de son frère crever.

— Y a intérêt à ce qu'on touche ce putain de pognon en récompense.

— On l'aura. Il est réglo.

Un autre gémissement puissant. Il tourna un peu la tête vers le bruit et pesta contre sa vision qui se brouilla un instant.

Putain.

Colby. Elle était vivante.

Ses poumons se vidèrent aussitôt, mais son soulagement ne fut que de courte durée. Ils étaient dans une très, très mauvaise situation. Tellement, qu'il doutait de pouvoir les sortir de là. Ils étaient foutus. Et encore, foutus était un euphémisme, connaissant les hommes de Spinozi.

Elle était assise attachée à une autre chaise en métal, à sa diagonale. Du ruban adhésif scellait sa bouche. Son visage, déformé d'un côté par l'enflure, tournait déjà au violet. Sa tête dodelinait, comme si c'était un trop grand effort pour elle de la relever. Ou alors, elle était bienheureusement inconsciente. Il ne pouvait qu'espérer.

— Colby ! s'écria-t-il avant de pouvoir s'en empêcher. Il devait juste savoir si elle allait... bien. Stupide, mais vrai.

Sa tête se redressa légèrement et, à sa vue, ses yeux creux s'agrandirent de surprise, puis de chagrin.

Endommagé

Mace entendit un bruit de pas avant qu'une voix grave juste derrière lui ne lance :

— La ferme !

Il réussit à sortir un « Va te faire foutre » avant que tout ne redevienne noir quand un objet dur rencontra brutalement l'arrière de sa tête.

Le monde s'éclaircit une nouvelle fois, en quelque sorte, quand il reçut une gifle en plein visage. Et une autre.

— Réveille-toi ! Réveille-toi, sale vaurien de merde !

Le martèlement dans sa tête se fit encore plus fort quand il ouvrit les yeux et que les lumières l'aveuglèrent temporairement.

— Bordel, gémit-il.

— Personne ne t'a demandé de parler. Du moins, pas avant qu'on te parle.

L'homme en personne se tenait devant lui. Il n'aurait pas pu se trouver dans pire merde qu'à ce moment précis.

— Pour qui tu bosses ? demanda Spinozi.

— Pour personne.

— Tu vas être loyal jusqu'à la fin, n'est-ce pas ? On va voir ça, rétorqua Spinozi avec un signe de tête aux gorilles derrière Mace. Coupez la jambe gauche de son pantalon. Je veux voir les dégâts que mon frère a faits avant que ce connard ne le tue.

Un des geôliers de Mace découpa son jean au couteau, exposant sa cuisse mutilée.

— Je suis impressionné que tu aies encore l'usage de cette jambe, *Macen Walker*. On va devoir faire quelque chose pour arranger ça. Est-ce que ça fait mal ?

Mace ne répondit pas et jeta plutôt un regard vers Colby.

Maintenant pleinement consciente, elle regardait ce qui se passait, les yeux écarquillés. Elle avait l'air très, très effrayée. Il ne pouvait pas lui en vouloir, il ne se sentait pas très courageux lui-même.

Il allait mourir, et il le savait. Peu importe ce qu'il disait ce soir, il allait quand même mourir. La seule variable possible était la durée du supplice. Il avait l'impression qu'ils aimeraient bien prendre tout leur temps.

Spinozi posa le talon de sa chaussure sur la peau mutilée de Mace et l'écrasa de tout son poids d'avant en arrière, comme pour éteindre un mégot. Mace serra les dents, intensifiant encore la douleur de sa mâchoire enflée. Il ne voulait pas réagir. Il ne réagirait pas.

Il. Ne. Donnerait... Jamais... ce plaisir à ce salopard.

Mace luttait pour garder le contact visuel avec Colby. Malgré la distance qui les séparait, il ne pouvait pas rater les larmes roulant au coin de ses yeux. Elle essaya de dire quelque chose, mais le ruban adhésif étouffa sa voix. Elle tira sur ses liens, mais c'était peine perdue. Même si elle réussissait à se libérer, que pourrait-elle faire ?

Peu satisfait de la réponse de Mace, Spinozi maugréa et s'arrêta. Il se retourna pour étudier Colby, comprenant alors la plus grande peur de son prisonnier. Mace sut à cet instant que Spinozi utiliserait la jeune femme contre lui. Cet enfoiré l'utiliserait pour le briser. Mace préférait qu'il le torture lui pour l'éternité plutôt qu'il la touche même une seule fois.

— Je suppose qu'elle était plus belle avant que mes hommes ne la touchent, hein ? Quelle honte d'abîmer un si joli visage, lança Spinozi avec un rictus mauvais. Il s'approcha de Colby, veillant à ne pas gêner la vue de Mace. Spinozi passa un doigt sur sa joue, mêlant ses larmes fraîches au sang séché déjà présent.

—Regarde, Walker, elle pleure pour toi, rit-il, provoquant

un soubresaut de Colby contre ses liens. Elle a un joli petit corps, n'est-ce pas ? Tu veux bien la partager avec mes hommes ?

Mace se crispa et hurla :

— Si tu la touches...

Spinozi et ses hommes s'esclaffèrent. Leurs rires résonnèrent dans le grand entrepôt vide, lui renvoyant l'écho et soulignant ce qu'il savait déjà. Il avait merdé. Il aurait dû se taire. Il avait dit une connerie. Il ne pouvait pas mettre ses menaces à exécution. Il ne pouvait rien faire d'autre que de regarder ce qu'ils faisaient à Colby. Maintenant, il souhaitait vraiment qu'elle soit morte. Il valait mieux qu'elle soit morte que torturée.

Spinozi empoigna le chemisier de Colby et le déchira, les boutons volant dans toutes les directions. Les rires se turent rapidement autour de lui. Les hommes savaient ce qui allait suivre. Spinozi tendit la main pour qu'on lui donne un couteau. Sa main se referma sur la lame, et il coupa son soutien-gorge, dénudant ses seins. Une fine ligne de sang apparut là où le couteau avait entaillé le sternum. Un accident ? Spinozi ne faisait rien par accident.

Colby ferma les yeux. L'humiliation qu'elle éprouvait le submergea, le frustrant encore davantage.

— Qu'est-ce que ça te ferait de regarder ta copine se faire prendre par six hommes devant toi, hein ? cracha Spinozi avec un sourire malfaisant. Peut-être que vous aimeriez ça. Tous les deux. Est-elle douce, Walker ? As-tu goûté son miel ?

Le parrain du crime passa derrière Colby et posa une main sur son épaule. Une arme apparut dans l'autre, et il l'appuya sur la tempe de la jeune femme.

— Peut-être que tu préfères que sa cervelle t'éclabousse.

Spinozi se pencha vers Colby et lui murmura quelques mots à l'oreille. Le ruban adhésif couvrant sa bouche gonfla puis s'aplatit contre ses lèvres tandis que sa respiration se faisait plus rapide et saccadée.

Mace tira sur les cordes autour de ses poignets jusqu'à sentir un filet de sang couler le long de ses doigts. Rien à faire.

— Putain ! Si tu veux la tuer, fais-le. Elle ne sait rien, elle n'a rien à voir avec tout ça ! Ne la torture pas pour rien !

Spinozi arqua un sourcil sombre.

— Tu me supplies de la garder en vie ?

— Tu me veux, tu m'as. Torture-moi si tu veux vraiment torturer quelqu'un.

— Pas besoin de « si ».

— Alors, torture-moi, espèce de merde, pas elle !

Mace voulait l'énerver, Spinozi semblait mordre à l'hameçon. L'homme s'éloigna de Colby pour se rapprocher de lui, collant l'arme contre les lèvres de Mace.

— Surveille ta bouche, avant que je te l'explose au visage !

— Fais-le, l'encouragea Mace entre ses lèvres écrasées.

— Ça ne va pas être aussi facile, Walker. Pas question. Je ne suis pas pressé, et toi et ta copine n'avez nulle part où aller.

Colby ferma les yeux hermétiquement. À tout instant, elle allait se réveiller et tout ceci ne serait qu'un mauvais cauchemar. Elle avait vu des scènes comme celle-ci dans les films. Ça n'arrivait pas dans la vraie vie.

Ça ne pouvait pas être en train de se produire.

C'était pourtant bien le cas.

Elle rouvrit les yeux en entendant un bruit qu'elle ne voulait même pas tenter de deviner. La bile menaçait de remonter dans sa gorge.

La demi-douzaine d'hommes derrière Mace ne cessaient de fixer ses seins nus. Leurs sourires malsains et méchants ne changèrent pas lorsqu'ils se retournèrent pour voir Mace souffrir. Elle n'arrivait pas à savoir ce qui les excitait le plus. Mais sa poitrine exposée était le dernier de ses soucis.

Mace avait de sérieux problèmes. Ils allaient tous les deux mourir. Mais pas sans avoir souffert avant. Elle en était sûre. Mais enfin, comment pouvait-elle l'aider ou s'aider elle-même ? Même si elle réussissait à se libérer, elle n'avait aucune idée de l'endroit où ils se trouvaient. Un garage ou un entrepôt, peut-être. Ça pourrait être dans un autre état ou même un autre pays. Elle ne savait pas combien de temps elle était restée évanouie avant de se réveiller attachée à cette satanée chaise métallique.

À travers un voile de brouillard, Colby observa la violence ravager Mace. Elle ne savait pas depuis quand cette torture durait. Une heure. Deux ? Peut-être vingt minutes, pour ce qu'elle en savait.

Elle avait perdu toute notion du temps. Elle referma les yeux contre l'horreur, se berçant lentement d'avant en arrière, autant que ses entraves le lui permettaient.

Trop de questions restaient sans réponse. À chaque coup, Spinozi n'obtenait guère plus que de légers gémissements de douleur s'échappant occasionnellement des lèvres de Mace. Ils l'avaient battu, poignardé, tailladé et brûlé. Encore et encore. *Aucun homme ne pourrait supporter ça*, pensa-t-elle désespérément. Mace refusait, ou ne pouvait pas, répondre aux questions qu'ils lui posaient.

Même s'il répondait, elle savait qu'ils ne leur accorderaient aucune pitié. Elle n'était pas stupide.

— Maintenant, place au meilleur moment de la nuit, annonça Spinozi avec un grand geste cérémonial. Détachez sa main droite. Laissez l'autre attachée.

Elle entendit une bousculade, puis un gémissement alors qu'une des mains de Mace se libéra.

— Prends-la, ordonna Spinozi. Prends-la !

Colby ne voulait pas regarder, mais elle ne put pas s'en empêcher. Mace, le visage tuméfié au point d'être méconnaissable, tendait lentement la main pour saisir le pistolet.

Descends cet enfoiré, Mace ! Descends-le !

— Pointe-le sur elle.

— Va te faire foutre.

Les mots n'étaient guère plus qu'un murmure douloureux. Sa voix était difficilement identifiable. Il ne restait pas grand-chose de l'homme qu'elle connaissait. Et qu'elle aimait.

Spinozi colla une lame contre son oreille et fit couler le sang.

— Pointe-le vers elle. C'est plus facile de la tuer que de me voir découper les parties de son corps pendant qu'elle est éveillée. N'est-ce pas, *Rico* ?

Mace leva l'arme, la main tremblante. Les six hommes postés derrière lui avaient également sorti leurs armes. La moitié pointaient vers elle, l'autre vers Mace. Ils étaient condamnés de toute façon.

— Tire sur elle. Tire-lui dessus maintenant !

Mace pointa son arme sur sa propre tempe à la place. Il ne ferait pas ça. Ça devait être un piège.

— Pauvre guignol, grogna Spinozi en contournant Mace. Tu préfères la laisser seule avec nous, alors ? Appuie sur la foutue gâchette, espèce de lâche. Fais-le !

Colby vit ses doigts se resserrer sur l'arme et son doigt glisser devant la gâchette. Il ne l'aurait pas abandonnée comme ça. Jamais.

Mace croisa son regard. Mais elle n'y perçut rien d'autre que l'ombre vide de celui qu'il avait été. Colby voulait crier, mais ce satané ruban adhésif la contraignait à garder le silence. Elle voulait lui dire d'arrêter. Le supplier de ne pas appuyer sur la gâchette.

— Je t'aime, murmura-t-il.

Colby ferma les yeux. C'était bien le meilleur moment pour lui déclarer son amour, juste avant leur mort. Elle réprima le rire hystérique qui bouillonnait dans sa gorge. Elle ne pouvait pas regarder. Elle ne pouvait pas. Mon Dieu, elle l'aimait. Elle l'aimait.

Elle l'aimait.

Mais il allait mourir.

Le pistolet retentit, et Colby sursauta, ses oreilles sifflant douloureusement. C'était fini. Maintenant, c'était son tour.

Le bourdonnement dans ses oreilles refusait de refluer. Elle ne pouvait pas non plus ouvrir les yeux, brûlant de larmes, de fumée et de haine. Elle ne voulait pas voir le pistolet pointé sur elle. Elle n'entendait plus rien, mais au bout de quelques secondes, elle sentit la chaleur d'un corps près d'elle. On arracha le ruban adhésif de sa bouche. La douleur cuisante n'était rien comparée à la souffrance de son cœur.

Colby ouvrit les yeux et vit des hommes s'agiter autour d'elle. Ils portaient tous des blousons bleu foncé et des casquettes de baseball avec l'inscription ATF et FBI en grosses lettres jaunes.

Ils étaient arrivés trop tard. Trop tard !

On la libéra de ses liens. Le retour soudain d'une bonne circulation dans ses pieds et ses mains causa des picotements. Une horrible douleur piquante. Mais la douleur de savoir Mace mort était bien pire.

Son ouïe devait encore être affaiblie par les coups de feu, car il lui fallut plusieurs répétitions avant de saisir les paroles de l'homme aux cheveux bruns debout devant elle.

— M'dame. Tenez, mettez ça.

Colby tenta d'attraper la veste offerte, mais ses bras refusaient de bouger.

— Je ne peux pas.

Sa voix à vif semblait enrouée, et elle essaya de s'éclaircir la gorge.

L'agent l'aida à glisser les bras dans les manches, et il referma la veste, couvrant sa nudité. Elle voulut se lever, mais ses jambes tremblaient tellement qu'elle dut s'y reprendre à deux fois avant que l'homme ne décide de la soulever. Même si elle lui savait gré de l'aide qu'il lui apportait, elle ne pouvait pas le remercier, car si elle ouvrait à nouveau la bouche, elle se mettrait à gémir sans retenue et il faudrait lui administrer un sédatif. Ou lui enfiler une camisole de force.

À l'extérieur du bâtiment, elle entendit enfin les sirènes. Elle ne les avait pas remarquées plus tôt à cause de sa perte d'audition. Mais ces hurlements aigus sonnaient bien à ses oreilles à présent.

Elle balaya la scène des yeux et vit des officiers traîner les hommes de Spinozi hors de la porte, enchaînés comme des animaux – ce qu'ils étaient. Elle aurait aimé avoir son Glock pour pouvoir tirer sur une balle entre les yeux de chacun d'eux. Elle repéra l'arme dans l'étui de l'agent. Il était à sa portée.

Il surprit sûrement son regard, car il éloigna sa hanche d'elle et lui dit :

— L'ambulance est par là, madame. Vous pensez pouvoir marcher ? Je vais vous aider.

Il la prit par le bras et la soutint tandis qu'elle passait la porte, attentif à ce qu'elle reste sur son côté gauche, loin de son arme.

— Il n'y a plus qu'une seule ambulance, madame. Donc, vous allez devoir monter avec un autre patient.

L'homme lui adressa un doux sourire en la remettant aux ambulanciers, qui l'aidèrent à grimper à l'arrière du véhicule médicalisé.

— Asseyez-vous ici, l'invita l'un d'eux, en désignant un siège à côté du brancard.

Elle s'installa, hébétée, et baissant les yeux pour voir avec qui elle allait voyager. Si c'était Spinozi, elle le tuerait tout de suite, avant qu'ils ne puissent atteindre l'hôpital. Elle n'avait pas besoin de l'arme de l'agent, elle le tuerait à mains nues.

— Mon Dieu... chuchota-t-elle avant de se tourner vers l'ambulancier à côté d'elle. Il est vivant ?

— Oui. Il perd régulièrement conscience, mais revient toujours. Regardez.

Colby se pencha en avant. Mace. Il ne s'était pas suicidé. Ces coups de feu assourdissants avaient dû provenir des armes des agents.

Il était vivant. Mais...

— Il va bien ?

— Il est dans un état critique.

Mace leva lentement une main vers le visage de Colby. Il ne pouvait pas tout à fait la toucher, alors elle se pencha plus près, poussant un petit cri d'incrédulité lorsqu'il caressa sa peau. Sa lèvre inférieure était fendue et du sang coulait de sa bouche, mais il essayait de parler.

Elle baissa plus près encore, jusqu'à ce que son oreille soit à un souffle de ses lèvres.

— Quoi ?

— Veux-tu m'épouser ?

Elle devait avoir des hallucinations auditives. Pourquoi lui demanderait-il ça ? Ici, maintenant ? Pendant qu'il luttait pour rester en vie ?

L'ambulancier la tira en arrière.

— Madame, s'il vous plaît. Asseyez-vous, laissez-nous un peu de place pour travailler.

Colby se rassit bien droite. Et se mit à pleurer.

Épilogue

— Pourquoi ils ne veulent pas me laisser le voir ? cria
Colby à personne en particulier tout en arpentant le couloir
de l'hôpital. Elle avait largement dépassé le stade de la frustration et de la colère, elle était carrément folle à lier. Elle
avait attendu six heures, le temps que les médecins la
nettoient, la recousent et la libèrent officiellement, et maintenant ils refusaient de la laisser voir Mace.

— Probablement parce que vous n'êtes pas de la famille.

Elle se retourna vers la voix.

— Qui êtes-vous ?

L'homme était petit, chauve et trapu, mais portait un
costume bleu foncé bien ajusté et des lunettes noires. Qui
portait des lunettes de soleil à l'intérieur ?

— Je ne peux pas vous dire qui je suis. Considérez-moi
juste comme un citoyen responsable.

Un citoyen responsable. Mais bien sûr. Elle savait très
bien qu'il était le patron de Mace. Elle en avait marre de ces
conneries de secrets qui les avaient conduits tous les deux à
l'hôpital.

— Pourquoi ne me laissent-ils pas le voir ? Je suis sa fiancée !

Peut-être avait-il assez d'influence pour la faire accéder à la chambre de Mace.

L'homme haussa un sourcil.

— Oh ?

Une seconde plus tard, Colby crut entendre l'homme marmonner dans sa barbe « Cet enfoiré aura fini par m'avoir... »

Avant qu'elle ne puisse le questionner, il reprit, plus fort cette fois :

— Eh bien, Mlle Parks, félicitations. Et pour votre cadeau de mariage, j'aimerais vous confier les documents de départ de Mace.

Il lui tendit une épaisse enveloppe en papier kraft, sans aucune mention manuscrite, mais avec un sceau du gouvernement fédéral dans un coin. Elle arracha ses yeux de l'enveloppe officielle et surprit son propre reflet dans les lunettes de soleil de l'homme.

— Ses documents de départ ?

— Oui, l'agent Walker est officiellement à la retraite à partir de minuit ce soir.

Colby s'assit sur une chaise, les yeux rivés sur le dossier. Elle le retourna plusieurs fois entre ses mains avant de dire :

— À la retraite ? Avec tous les honneurs, j'imagine.

L'homme se mit à rire.

— Il n'y a aucun honneur dans son métier, mademoiselle Parks. Réjouissez-vous juste que nous soyons arrivés à temps pour qu'il soit encore en vie.

Elle tritura le bord scellé de l'enveloppe et leva les yeux vers lui.

— Je peux ?

L'homme inclina légèrement la tête, une réponse suffisante pour qu'elle ouvre le rabat. Tout en sortant les documents, elle lui demanda :

— Comment avez-vous su où nous étions ?

Elle parcourait le début de la lettre d'accompagnement quand elle remarqua qu'il ne lui avait pas répondu. Colby releva la tête. Il était parti. Sans les papiers entre ses mains, elle aurait pu croire qu'elle avait simplement imaginé cette rencontre.

Elle termina de lire la lettre avant de feuilleter le reste des documents, parmi lesquels figuraient les détails de sa retraite, du montant de sa pension et pas mal de jargon juridique.

Une infirmière s'approcha discrètement d'elle.

— Mademoiselle Parks, vous pouvez le voir maintenant.

— Quoi ? Je pensais...

— M. Smith nous a expliqué votre situation, et nous avons compris notre erreur.

Colby remercia intérieurement M. Smith en passant devant l'infirmière, avant de se précipiter dans le couloir. Elle avait tellement hâte d'ouvrir la porte de la chambre de Mace !

Sa tête était calée sur un oreiller, le haut de son corps maintenu en position assise grâce au lit médicalisé. D'affreux points de suture noirs sillonnaient son visage, une oreille, son bras... Elle interrompit son exploration. Les zones suturées étaient trop nombreuses pour être comptabilisées. Il lui rappelait Frankenstein, mais en moins effrayant. Ses yeux étaient fermés, sa respiration régulière. Une intraveineuse sortait de son bras gauche, et une machine était connectée à lui, émettant des bips toutes les secondes environ.

Elle tira une des chaises compactes à côté de son lit et s'installa sur le rebord. Quand elle tendit le bras pour prendre sa main droite, celle qui n'était pas encombrée de tubes, il l'attrapa à mi-chemin. Ses longs doigts chauds enveloppèrent la sienne. Elle leva les yeux vers son visage et il la fixa à travers ses paupières tuméfiées et violettes, indéchiffrables. Il serra légèrement ses doigts.

Sans le lâcher, comme s'il était sa bouée de sauvetage, elle déposa délicatement le dossier sur son torse. Il souleva un peu la tête de l'oreiller :

— Qu'est-ce que c'est ? souffla-t-il à travers des lèvres gonflées et meurtries.

— Ta mission est officiellement terminée. Tu es à la retraite.

Il ne répondit pas et elle ne savait pas si c'était une bonne ou une mauvaise nouvelle pour lui. Impossible qu'il veuille continuer à se faire tirer dessus ou tabasser. Jusqu'à quel point un corps pouvait-il supporter ce genre de traitement ? Après cette nuit, elle ne pouvait plus en supporter davantage. Elle ne voulait pas lui lancer un « C'est moi ou ta carrière. » Elle ne lui aurait jamais fait ça, mais elle ne pouvait pas rester là à s'inquiéter pour lui. Ou pire, le perdre pour de bon.

— Bien. Maintenant, je peux me concentrer sur d'autres projets.

Colby souffla, sans même s'être rendu compte qu'elle avait retenu sa respiration en attendant sa réponse. Il allait renoncer à son travail.

— Quels autres projets ?

— Te construire une nouvelle maison. Quelque part loin d'ici. Un endroit sûr.

Ses mots sortaient lentement, chacun lui demandant un effort considérable, sans pour autant qu'elle ne les comprenne tous. Il serra plus fort sa main.

— Je suis désolé que ta maison ait été détruite, Colby.

— Je sais, sourit-elle doucement. Je peux remplacer une maison. Je ne peux pas te remplacer toi.

Il tira légèrement sur sa main et elle vint s'asseoir au bord du lit d'hôpital, soucieuse de ne pas trop le bousculer.

— Je sais combien elle comptait pour toi. Ton havre de paix.

— Tu es tout ce dont j'ai besoin maintenant.

Elle effleura d'un doigt ses traits meurtris et fracturés. Elle posa la tête sur sa poitrine, la sentant se soulever et s'abaisser doucement au rythme de sa respiration régulière.

— Je t'aime, Mace.

Le flux de sa poitrine hésita sous sa joue, et un instant plus tard, s'intensifia et poursuivit ce mouvement apaisant. De sa main libre, il écarta ses longs cheveux tombés sur son visage.

— Quand pourrai-je sortir d'ici ? J'en ai marre des hôpitaux.

— Bientôt, répondit-elle, mais en vérité, elle n'en savait rien. Il lui restait de nombreuses blessures à panser avant de pouvoir construire leur maison. Leur maison.

— Où voudrais-tu aller ? demanda-t-il.

— Aller ?

— Oui, où veux-tu construire notre nouvelle maison et notre nouvelle vie ? précisa-t-il.

— N'importe où, Mace. Où que tu ailles, je te suivrai.

Il gloussa doucement puis gémit de douleur.

— Non, je crois que tu as mal compris. Je te suivrai. Jusqu'au bout du monde si nécessaire.

Colby soupira en resserrant les doigts autour des siens. Il les leva vers son visage et appuya délicatement contre ses lèvres.

Elle remonta pour appuyer sa joue contre la sienne, en faisant attention à ne pas le blesser. Elle avait besoin de lui, de le sentir contre elle. Elle l'aimait et ne voulait jamais le laisser partir.

— Tu n'as jamais répondu à ma question, murmura-t-il à son oreille.

Sa question... Quelle question ?

Oh.

— Oui, répondit-il en riant à travers ses larmes. Oui, oui, oui !

Inscrivez-vous à la lettre d'information de Jeanne pour connaître ses prochaines sorties, ses ventes et bien plus encore (En anglais):

http://www.jeannestjames.com/ newslettersignup

Faites connaissance avec les hommes de Manning Grove, trois frères et policiers dans une petite ville, et leurs rencontres avec les femmes qui changeront le reste de leurs vies. Voici l'histoire de Max...

Endommagé

Amanda Barber, fêtarde invétérée et véritable enfant gâtée, est une fille typique des grandes villes. Mais son existence va prendre un nouveau tournant quand elle va devoir s'adapter à la vie dans une petite bourgade tout en s'occupant de son frère dépendant. Sans compter ce flic local horripilant contre lequel elle ne cesse de se heurter.

Agent de police et ancien soldat, Max Bryson est Monsieur Responsabilité. Il n'a jamais vécu en couple et n'a pas l'intention de s'y mettre dans un avenir proche. Il aime trop son indépendance. Et même s'il était tenté par la vie à deux, il ne choisirait jamais une femme aussi immature et irresponsable qu'Amanda. Pourtant, il a beau s'efforcer de ne pas y penser, elle ne quitte jamais ses pensées… ni son cœur. À mesure qu'elle prend de l'assurance, il se sent de plus en plus protecteur envers elle.

Certes, Amanda trouve son policier autoritaire et possessif, mais elle ne peut nier qu'il lui fait beaucoup d'effet. Quoi qu'il en soit, elle refuse de se laisser contrôler à nouveau, et cet homme ne sera pas différent des autres. À moins que… ?

Remarque : Ce tome peut être lu indépendamment des autres tomes et il se termine par une fin heureuse.

**Tournez la page pour lire le premier chapitre du livre suivant :
Des Frères en Uniforme : Max (Des Frères en Uniforme, tome 1)**

Des Frères en Uniforme : Max
(Tome 1)

Chapitre un

Pendant quarante-cinq minutes, la petite voiture de location rouge resta immobile sur le parking. Amanda Barber était figée sur le siège du conducteur. Elle fixait le bâtiment en briques qui se trouvait face à elle à travers le pare-brise. Le moteur de la voiture était coupé, la clé encore sur le contact. Il lui suffirait d'un bref instant pour tendre le bras, tourner cette clé et refaire la route qui l'avait menée jusqu'ici en sens inverse.

Elle lut encore une fois l'enseigne du bâtiment comme si cela allait lui permettre de repousser l'inévitable. *Howell — centre d'accueil de jour pour adultes.*

Il commençait à faire noir, elle ne pouvait plus rester plantée là. Elle avait promis à l'avocat de sa belle-mère qu'elle resterait ici pour deux semaines, rien que deux semaines. Quatorze jours, un demi-mois.

Il fallait qu'elle arrête de jouer les pleurnicheuses.

Très bien, plus de place pour les hésitations. Elle s'empara des clés et les jeta dans son sac à main. Autant en finir avec ça. Elle sortit de la voiture et entra dans le bâtiment avant de changer d'avis.

Lorsque la porte se referma derrière elle avec un *clic* qui lui parut assourdissant, Amanda regarda autour d'elle. Quelques personnes âgées étaient assises là, à tricoter, à lire, et à parler en petits groupes. On entendait la télévision en bruit de fond. Un très vieil homme était assis dans un fauteuil roulant face à une grande fenêtre panoramique, la tête dans le vide lorsqu'il s'assoupit.

Une femme qui ne devait avoir que quelques années de plus qu'elle leva les yeux et remarqua Amanda. Elle se redressa, et était à cet instant en train de porter assistance à un jeune homme assis à une table de jeu. Amanda ne voyait pas bien pour quelle raison le jeune homme avait besoin d'aide. Il avait l'air d'être en train de dessiner. La femme se pencha et lui dit quelque chose à l'oreille avant de s'approcher d'Amanda.

— Puis-je vous aider ?

— Je crois, oui.

La femme eut un regard sceptique lorsqu'Amanda resta silencieuse.

Elle poursuivit avec hésitation :

— Avez-vous besoin d'informations, ou bien souhaitez-vous visiter l'établissement ?

— Non.

La femme plissa les yeux d'un air confus et pencha la tête de côté, comme pour lui poser une question tacite. Lorsqu'elle ouvrit la bouche, Amanda l'interrompit.

— Je suis venue voir Gregory Barber.

Elle avait dû prononcer cette phrase à voix haute, car le jeune homme leva les yeux de son ébauche et se tourna vers elles. Il se mit à rire bruyamment et repoussa les cheveux qui lui tombaient dans les yeux du dos de son poignet replié.

La bouche de la femme devint ronde comme un O.

— Vous devez être Amanda.

Amanda fronça les sourcils. Bien évidemment que la femme savait qui elle était. Elle était prête à parier que tout Manning Grove attendait qu'elle pointe le bout de son nez.

— Oui, je suis venue récupérer Greg.

Amanda se mordit la lèvre lorsque le jeune homme se leva de table, arborant un sourire tordu. L'instant qui suivit, il se mit à courir vers elle en agitant les bras en l'air. Amanda recula machinalement. Elle avait vraiment envie de se retourner et de partir en courant, mais le jeune homme enveloppa ses bras autour d'elle, et la serra contre lui au point qu'elle ne puisse plus respirer.

La femme lui empoigna les bras pour tenter de le forcer à se décoller de la nouvelle venue.

— Greg ! Greg ! Lâche-la !

Greg se balança d'avant en arrière avec Amanda dans ses bras, appuya sa tête contre sa poitrine et la serra encore plus fort. Elle poussa un gémissement de douleur.

— Greg !

— Donna, est-ce que c'est Manda ? Est-ce que c'est Manda ?

Sa voix tonitruante vibrait contre sa poitrine.

— Greg, tu vas l'étouffer à force de la serrer si fort !

Greg la relâcha à contrecœur et se recula, le sourire tordu sur son visage s'agrandissant encore. Des postillons lui échappèrent de la bouche lorsqu'il hurla :

— Ma sœur Manda !

— Oui, Greg, ta sœur est venue te chercher.

Donna se tourna vers Amanda.

— Comme vous pouvez le constater, je m'appelle Donna. C'est moi qui dirige cet établissement.

Un soupçon d'inquiétude transparut sur son visage.

— Vous semblez un peu pâle. Voulez-vous vous asseoir ?

Amanda secoua la tête.

— Non.

Elle prit une grande respiration, se massa les côtes et inspecta sa tenue pour voir si elle n'avait pas subi trop de dégâts. Elle baissa sa jupe et réajusta le pull qui était tout de travers sous sa veste.

— Non, ça ira.

— Ramenez-vous Greg chez sa mère ?

— Oui.

— Vous êtes-vous déjà occupée d'une personne à besoins spécifiques ?

Amanda regarda Greg, qui la fixa en retour, un immense sourire dessiné sur son visage.

— Non.

Greg ne parvenait pas à rester immobile. Il gigotait dans tous les sens et marmonnait dans sa barbe.

Donna fronça les sourcils.

— Oh, Bon Dieu.

Amanda n'avait pas envie d'entendre une telle remarque. *Oh, Bon Dieu.* Qu'est-ce que cela signifiait ? Elle savait qu'elle s'apprêtait à porter un lourd fardeau, mais de là à dire « *oh, Bon Dieu* », tout de même...

Merde.

— Eh bien... est-il prêt à partir ?

Donna regarda Greg.

— Oui. Il est tout content de retrouver sa sœur, comme vous le voyez.

Elle reporta son attention sur Amanda et leva les sourcils.

— C'est la première fois, n'est-ce pas ?

Amanda acquiesça. Elle ne savait pas si elle devait se sentir honteuse ou effrayée. La honte qu'elle éprouvait submergea bien vite sa peur. Il ne faisait aucun doute que Donna connaissait la réponse à cette question avant même de l'avoir posée. Amanda était certaine que la ville tout entière savait la vérité.

Double merde.

Donna la prit par le bras avec un air de pitié dans le regard.

— Écoutez, je vais vous donner ma carte. En cas de problème ou si vous avez des questions, appelez-moi. Greg est un bon garçon. Il est très facile de travailler avec lui et il se contente d'un rien.

Amanda regarda celui dont il était question. Il n'avait rien d'un garçon. Son demi-frère avait vingt-deux ans. Vingt-deux.

Il était assez grand pour boire de l'alcool, voter, s'engager sous les drapeaux.

C'était un adulte au comportement d'enfant.

— Merci. Je pourrais bien vous prendre au pied de la lettre.

Pour la première fois depuis le début de leur entrevue, Donna sourit.

— Pas de problème. Voilà le dépliant de l'établissement ainsi que ma carte. Greg vient ici trois jours par semaine. Un bus viendra le chercher le matin, avant huit heures, le lundi, le mercredi et le vendredi, sauf pendant les vacances. Il le déposera ensuite chez lui après dix-huit heures.

Amanda avait la tête qui tournait.

— Très bien.

— Greg, es-tu prêt à partir à présent ?

— Ouais, ouais, ouais, je suis prêt à y aller !

Greg sauta sur un pied, puis l'autre, tout excité qu'il était.

— On y va maintenant !

Il courut de nouveau vers Amanda et lui tendit sa main toute tordue.

Amanda tendit le bras et la prit dans la sienne. Son immense sourire était irrésistible. Elle aussi esquissa un faible sourire à son attention.

— Tu es prêt, mon pote ?

— C'est qui, mon pote ?

Amanda regarda son frère. Il avait beau n'être que son demi-frère en réalité, ils partageaient tout de même un lien de sang. Il faisait partie de la famille. Amanda relâcha quelque peu ses muscles tendus et lui caressa doucement la main.

— Mon pote, c'est toi. Tu vas devenir mon nouveau meilleur copain.

— Oh ! Oh ! Donna, je suis un pote ! Je suis son pote ! dit Greg en la tirant en direction de la porte.

— Oh, attendez, Madame Barber !

Amanda tourna la tête vers Donna, tirée par son frère vers le sas d'entrée.

— N'oubliez pas Chaos !

— Quoi ?

Elle s'agrippa à l'encadrement de la porte pour empêcher Greg de la traîner à l'extérieur et de la faire s'étaler sur le trottoir, tout enthousiaste qu'il était.

— Chaos, répéta-t-elle comme si ce simple mot constituait la réponse à tous ses questionnements.

Donna se dirigea vers la porte de derrière et la maintint ouverte. Un border collie noir et blanc bondit de l'autre côté et les encercla en aboyant, tout aussi déchaîné que Greg.

Chaos.

Son nom était décidément très bien choisi.

Endommagé

Un tintement de clés se fit entendre et les gonds de la porte d'entrée grincèrent lorsqu'Amanda entra dans sa nouvelle maison.

Sa nouvelle maison à titre temporaire, se souvint-elle.

Elle se sentait épuisée à cause du long vol qu'elle avait pris, suivi du trajet interminable et lassant jusqu'à cette ville *au milieu de nulle part*. Elle avait bien besoin d'une bonne nuit de sommeil pour avoir les idées claires le lendemain matin.

Elle regarda sa montre : sept heures.

Ni Greg ni elle n'avaient encore dîné, et voilà qu'elle songeait déjà à aller se coucher, comme une vieille fille. À Miami, la vie nocturne n'avait probablement même pas encore commencé.

Chaos passa à côté d'elle en l'effleurant. Le chien avait probablement faim, lui aussi.

— Greg, est-ce que tu sais ce qu'il faut donner à manger à Chaos ?

En l'absence de réponse, Amanda se retourna pour le regarder. Il se tenait toujours debout près de la voiture, et était resté étrangement calme et silencieux lorsqu'ils étaient entrés dans le voisinage avant d'arriver jusqu'à la maison. Le « garçon » tout excité dont elle avait eu un aperçu tout à l'heure s'était évaporé.

— Greg ?

— Est-ce que maman est là, dans la maison ?

Même dans le noir, et bien qu'il soit si éloigné d'elle, la tristesse et la confusion qu'il éprouvait transparaissaient clairement sur son visage. Mais sa question fit se hérisser les poils à l'arrière de la nuque d'Amanda.

— Non, Greg, ta maman est partie. Viens, il faut que je te prépare quelque chose pour le dîner.

— Maman fait du bon manger.

Amanda soupira. Elle n'avait pas envie de s'occuper de ça, il n'était pas sous sa responsabilité. D'ailleurs, elle n'avait encore jamais rencontré son frère jusqu'à aujourd'hui. Elle était au courant de son existence, mais ils vivaient chacun dans deux mondes bien distincts. Son père, sa belle-mère et son demi-frère n'avaient jamais fait partie de son monde à elle. La mère d'Amanda, Anne, s'en était assurée.

— Tu sais, mon pote, je ne suis certainement pas la meilleure des cuisinières. Pour tout dire, je suis même probablement l'une des pires qui puissent exister. Mais je peux tout de même te préparer un bol de soupe et un bon gros sandwich au fromage grillé.

Son nouveau surnom sembla l'enthousiasmer un peu. Il la suivit à contrecœur à l'intérieur de la maison.

Amanda passa la main le long du mur, car la maison était plongée dans le noir, et chercha un interrupteur. À tâtons, elle en trouva un du bout des doigts et alluma. La maison était plutôt mignonne et assez petite. Tout semblait avoir une place bien précise, et était disposé de manière très soignée. Malgré le fait que sa belle-mère, Dolores, était décédée un peu plus d'une semaine auparavant, la maison semblait relativement propre.

Le salon situé sur sa droite semblait commode, équipé d'un grand canapé moelleux et de quelques vieilles tables en bois massif, ornées de jolies gravures. Il s'agissait probablement de meubles d'antiquaire. Les murs étaient principalement décorés de photographies encadrées. Elle les scruterait de plus près ultérieurement, après avoir un peu dormi.

Amanda remarqua cependant rapidement une chose : la décoration ne comportait rien de délicat, pas de poteries ni d'objets en verre, ni même de petits bibelots. Amanda comprit vite pourquoi lorsqu'elle entendit quelque chose tomber dans un grand fracas. Elle retourna à toute vitesse à l'arrière de la maison.

La grande cuisine arborait un style moderne, équipée de tout un tas d'appareils électroménagers dernier modèle en acier inoxydable, et d'un splendide plan de travail en granit. Un ensemble de faitouts en cuir pendaient au-dessus d'un comptoir entouré de chaises d'un bois sombre.

Au centre de cette belle cuisine se trouvait Greg, qui se tenait là, l'air penaud.

— Désolé.

Il avait fait tomber la gamelle en métal de Chaos, mais le chien n'en avait que faire. À la vitesse où il mangeait, il avait gobé toutes les croquettes jusqu'à la dernière comme un aspirateur, partout où elles avaient roulé.

— Ça ne fait rien, mon pote. Voyons voir ce que nous pouvons te trouver à manger.

Après avoir fouillé les placards pendant quelques minutes, elle prépara rapidement le dîner de Greg, et se mit à explorer la maison plus en détail tandis qu'il mangeait. Même si celle-ci était petite, comme elle en avait eu l'impression au premier abord, elle semblait commode, disposant de deux étages, de trois chambres et de deux salles de bain.

La cuisine était certainement l'une des pièces les plus spacieuses de la maison. Le petit jardin intérieur était long et étroit, bordé d'une clôture parfaitement adaptée pour le chien. Ce qu'Amanda préférait, c'était la véranda adjacente au bureau, à l'arrière de la maison, qui semblait avoir été rajoutée récemment.

Amanda retourna dans la cuisine pour voir comment se portait Greg. Peut-être n'aurait-elle pas dû le laisser seul aussi longtemps, ou du moins, elle aurait pu lui donner une serviette. Tout en l'aidant à essuyer la soupe à la tomate qui avait coulé sur ses vêtements, elle lui posa quelques questions pour tenter de déterminer ce qu'il pouvait faire ou non.

Vers vingt-deux heures, après que Greg eût fini de regarder, selon ses dires, l'une de ses émissions « préférées », elle monta avec lui dans sa chambre.

— Je vois que tu es un grand fan de la NASCAR[1], Greg.

— J'adore la NASCAR. J'adore les courses ! Un jour, je deviendrai pilote de course automobile.

— Laisse-moi deviner, je parie que Tony Stewart est ton pilote préféré !

Greg poussa de petits cris enthousiastes.

— Comment tu le sais ?

Amanda fit le tour de la chambre du regard, dont les murs étaient recouverts de posters de la voiture de course de son pilote favori, portant le numéro 14. Son demi-frère possédait également une collection de figurines de voitures ainsi que divers objets souvenirs. Elle tira le couvre-lit, évidemment à l'effigie de Stewart. *Hmm, comment pouvait-elle s'en douter ?*

— Est-ce que tu vas pouvoir te débrouiller maintenant ? Peux-tu te préparer à aller te coucher ?

— Oui.

— Très bien, bonne nuit, Greg.

— Manda ?

— Oui ?

— Je peux avoir un câlin ?

— Bien sûr, mon pote.

Cette fois, son étreinte fut plus délicate.

— Bonne nuit, mon pote. On se revoit demain matin.

— Bonne nuit, Manda.

Amanda retourna en bas. Elle se dirigea tout de suite vers le comptoir de la cuisine, où elle avait laissé tout à l'heure l'enveloppe blanche que l'avocat lui avait donnée. Elle s'en saisit et alla dans la véranda, où elle s'effondra avec un grognement las sur l'une des causeuses recouverte d'un tissu pelucheux. Elle déchira l'enveloppe. Chaos entra dans la pièce en courant et sauta sur le fauteuil, avant de se rouler en boule à côté d'elle. Amanda passa une main le long de son dos, sur son pelage soyeux.

Elle déplia la lettre et se mit à lire :

Chère Amanda,

Je sais que nous n'avons jamais eu l'occasion de nous rencontrer, et j'en suis navrée. Les circonstances n'y changeront plus rien à présent. La première chose que je tiens à ce que tu saches, c'est que ton père t'aimait, peu importe ce que tu as pu croire. Il nous a donné une belle vie, et je lui suis reconnaissante pour cela. Je l'aimais énormément.

Je suis consciente que cela doit être un grand choc pour toi de rencontrer ton frère pour la première fois. Gregory est un bon garçon. J'espère que tu le constateras par toi-même.

La vie a été dure pour Greg après la mort de ton père, décédé comme tu le sais d'une crise cardiaque il y a deux ans, sans parler de moi. Je sais que tout sera encore plus difficile pour Greg après mon départ. Il ne sait pas que l'on m'a diagnostiqué un cancer du sein, et de toute manière, je ne pense pas qu'il comprenne bien de quoi il s'agit.

Si tu lis cette lettre, cela signifie que Greg a perdu ses deux parents. J'espère qu'au plus profond de ton cœur, tu trouveras la force de l'aider ainsi que de l'aimer. Je sais que ce n'est que ton demi-frère, mais ton frère tout de même. Tu es tout ce qu'il a au monde.

Je t'en prie, puise au fond de toi la volonté de lui ouvrir ton cœur. La tâche promet d'être ardue. Greg est capable de se gérer lui-même, dans une certaine mesure, mais il aura besoin d'une aide conséquente. J'ai essayé autant que possible de le rendre plus autonome, mais il ne sera jamais capable de vivre tout seul. Il a vraiment besoin de toi. Je n'ai pas envie qu'il finisse seul dans un institut.

La maison est à toi désormais. Ton père et moi avons mis en place un fidéicommis par l'intermédiaire duquel tu percevras une rente mensuelle pour t'aider à prendre soin de Gregory. La somme que tu toucheras devrait te suffire si tu restes à Manning Grove, tu n'auras vraisemblablement pas besoin de travailler et pourras être présente aux côtés de Greg lorsqu'il aura besoin de toi. Si tu le ramènes à Miami (ce que, j'espère, tu ne feras pas), l'argent va fondre comme neige au soleil.

Cette ville est charmante, les habitants sont aimables et ils connaissent Gregory. Je sais que cela ne va peut-être pas te convaincre, mais je ne pense pas que Greg serait heureux dans une grande ville.

Bref, je m'étale.

Amanda parcourut ensuite une sorte de liste de courses détaillant ce que Greg pouvait faire tout seul et ce pour quoi il avait besoin d'aide. Elle froissa la lettre dans sa main et la lança à travers la pièce. Celle-ci rebondit sur l'abat-jour d'une lampe et atterrit sur le sol au beau milieu de la véranda.

Chaos sauta du fauteuil et alla chercher la lettre roulée en boule comme s'il se fût agi d'une balle avant de la poser sagement sur ses genoux. Elle le regarda, hébétée, lui et la lettre froissée et humide, essaya de ne pas crier, lutta de toutes ses forces pour ne pas pleurer.

Elle ne voulait pas faire ça, ce n'était pas possible. Cette femme n'avait aucunement le droit d'exiger cela d'elle. Elle n'avait jamais demandé à avoir un frère. Cela ne l'avait jamais dérangée d'être enfant unique. Sa mère l'avait gâtée, pas parce qu'elle l'aimait, mais plutôt par besoin de la contrôler, et si nécessaire, de s'assurer qu'Amanda ne lui reste pas dans les jambes.

Chaos lui effleura la main du bout du nez, et attendit qu'elle lui relance la « balle ».

En fixant du regard le chien noir et blanc, elle se rendit compte que l'on attendait d'elle qu'elle se montre responsable. *Elle*, Amanda Barber ! Elle qui n'avait jamais eu le moindre animal domestique, pas même un hamster. Elle avait désormais sous sa responsabilité un autre être humain. C'en était trop.

Elle allait laisser tomber Greg.

Sa tête retomba dans ses mains, et elle craqua. De lourds sanglots lui tiraillaient les entrailles au point qu'elle finit par en avoir mal à l'estomac. Son nez était encombré, rempli de sécrétions, et elle avait les yeux gonflés. Elle renifla bruyamment. Chaos s'assit à ses pieds, les oreilles relevées, et leva la tête dans sa direction, comme s'il se demandait silencieusement ce qui se passait.

Elle avait peur.

Elle était seule.

Même sa mère ne pouvait pas ou ne voulait pas l'aider.

Cette simple idée lui fit reprendre du poil de la bête. Elle n'avait pas besoin de sa mère, qui était en colère contre elle. Anne avait dit qu'Amanda ne serait jamais à la hauteur de la tâche, que sa fille était une incapable.

Amanda allait lui montrer ce dont elle était capable justement, elle se comporterait mieux que sa mère. Greg partageait avec elle un lien de sang, il faisait partie de sa famille. Elle se montrerait chaleureuse, attentionnée et aimante.

Du moins, elle pouvait toujours essayer.

Chaos, qui en avait marre d'attendre, sauta à nouveau sur le fauteuil pour se coucher à côté d'elle. Amanda lui caressa la tête. Elle était déterminée à prouver à sa mère qu'elle s'était trompée sur son compte.

Disponible ici : mybook.to/Max-French

---

[1] N.d.T : La NASCAR est une célèbre course automobile américaine sur circuit, organisée par la société du même nom.

Si vous avez aimé ce livre

Merci d'avoir lu *Endommagé*. Si vous avez aimé l'histoire de Colby et Mace, merci de publier un avis sur votre site de vente préféré et/ou catalogue en ligne de type Goodreads pour en informer les autres lecteurs. Les avis sont toujours très appréciés et quelques mots suffiront à aider énormément une auteure indépendante comme moi!

Livres en Français

Made Maleen: Un conte de fées moderne revisité

Endommagé

Série Des Frères en Uniforme

Des Frères en Uniforme : Max (Tome 1)
Des Frères en Uniforme : Marc (Tome 2)
Des Frères en Uniforme : Matt (Tome 3) - comprend aussi
Teddy (Nouvelle 3.5)
Des Frères en Uniforme : Noël Chez la Famille Bryson
(Tome 4)

La suite est à venir !

À propos de l'auteur

JEANNE ST. JAMES est une auteure de romances, dont les best-sellers sont en vente dans le monde entier et figurent au classement de *USA Today*. Elle adore mettre en scène des femmes fortes et des mâles alpha. Elle n'avait que treize ans quand elle a commencé à écrire. Son premier texte publié était une nouvelle érotique, dans le magazine *Playgirl*. Elle a écrit sa toute première romance en 2009. Depuis, elle est l'auteure de plus de cinquante romances contemporaines. Ses sujets de prédilection sont les histoires M/F et M/M, les trios M/M/F et les couples mixtes. Elle écrit aussi sous le nom de plume J.J. Masters. Envie de découvrir un peu plus ses œuvres ? Téléchargez un extrait gratuit en anglais : Book-Hip.com/MTQQKK

Pour ne rien rater de ses actualités et de ses parutions, consultez son site web www.jeannestjames.com ou inscrivez-vous à sa newsletter (en anglais): http://www.jeannestjames.com/newslettersignup

www.jeannestjames.com
jeanne@jeannestjames.com

Jeanne's Groupe de lecteurs: https://www.facebook.com/groups/JeannesReviewCrew/
TikTok: https://www.tiktok.com/@jeannestjames

Amazon.fr: https://www.amazon.fr/~/e/B002YBDE7O

facebook.com/JeanneStJamesAuthor

instagram.com/JeanneStJames

bookbub.com/authors/jeanne-st-james

goodreads.com/JeanneStJames

pinterest.com/JeanneStJames

Aussi par Jeanne St. James

Retrouvez mon ordre de lecture complet ici:

https://www.jeannestjames.com/reading-order

* Disponible en livre audio (anglais)

<u>Des livres qui se suffisent à eux-mêmes:</u>
<u>Made Maleen: A Modern Twist on a Fairy Tale</u> *
<u>Damaged</u> *
<u>Rip Cord: The Complete Trilogy</u> *
Everything About You (A Second Chance Gay Romance) *
Reigniting Chase (An M/M Standalone) *

<u>Brothers in Blue Series:</u>
<u>Brothers in Blue: Max</u> *
<u>Brothers in Blue: Marc</u> *
<u>Brothers in Blue: Matt</u> *
<u>Teddy: A Brothers in Blue Novelette</u> *
<u>Brothers in Blue: A Bryson Family Christmas</u> *

<u>The Dare Ménage Series:</u>
<u>Double Dare</u> *
<u>Daring Proposal</u> *
<u>Dare to Be Three</u> *
<u>A Daring Desire</u> *

Dare to Surrender *

A Daring Journey *

<u>The Obsessed Novellas:</u>

Forever Him *

Only Him *

Needing Him *

Loving Her *

Tempting Him *

<u>Down & Dirty: Dirty Angels MC Series®:</u>

Down & Dirty: Zak *

Down & Dirty: Jag *

Down & Dirty: Hawk *

Down & Dirty: Diesel *

Down & Dirty: Axel *

Down & Dirty: Slade *

Down & Dirty: Dawg *

Down & Dirty: Dex *

Down & Dirty: Linc *

Down & Dirty: Crow *

Crossing the Line (A DAMC/Blue Avengers MC Crossover) *

Magnum: A Dark Knights MC/Dirty Angels MC Crossover *

Crash: A Dirty Angels MC/Blood Fury MC Crossover *

<u>In the Shadows Security Series:</u>

Guts & Glory: Mercy *

Guts & Glory: Ryder *

Guts & Glory: Hunter *

Guts & Glory: Walker *

Guts & Glory: Steel *

Guts & Glory: Brick *

Blood & Bones: Blood Fury MC®:

Blood & Bones: Trip *

Blood & Bones: Sig *

Blood & Bones: Judge *

Blood & Bones: Deacon *

Blood & Bones: Cage *

Blood & Bones: Shade *

Blood & Bones: Rook *

Blood & Bones: Rev *

Blood & Bones: Ozzy *

Blood & Bones: Dodge *

Blood & Bones: Whip

Blood & Bones: Easy

Beyond the Badge: Blue Avengers MC™:

Beyond the Badge: Fletch

Beyond the Badge: Finn

Beyond the Badge: Decker

Beyond the Badge: Rez

Beyond the Badge: Crew

Beyond the Badge: Nox